IDEAL LIBRARY

나의 꽃밭에 님의 꽃이 피었습니다

민족의 청년, 시인 한용운

고명수 지음

이상의 도서관 21

한길사

나의 꽃밭에 님의 꽃이 피었습니다

민족의 청년, 시인 한용운

지은이 · 고명수
펴낸이 · 김언호
펴낸곳 · (주)도서출판 한길사

등록 · 1976년 12월 24일 제74호
주소 · 413-756 경기도 파주시 교하읍 문발리 520-11
　　　www.hangilsa.co.kr
　　　E-mail: hangilsa@hangilsa.co.kr
전화 · 031-955-2000~3　　팩스 · 031-955-2005

상무이사 · 박관순 | 영업이사 · 곽명호
편집 · 이현화 김진구 | 전산 · 한향림
마케팅 및 제작 · 이경호 이연실 | 관리 · 이중환 문주상 장비연 김선희

출력 · 지에스테크 | 인쇄 · 타라TPS | 제본 · 쌍용제책

개정판 제1쇄 2009년 3월 30일

값 16,000원
ISBN 978-89-356-5994-4 03810

• 잘못 만들어진 책은 구입하신 서점에서 바꿔드립니다.

이 도서의 국립중앙도서관 출판시도서목록(CIP)은
e-CIP 홈페이지(http://www.nl.go.kr/cip.php)에서 이용하실 수 있습니다.
(CIP제어번호: CIP2009000469)

독자여, 나는 시인으로 여러분의 앞에 보이는 것을 부끄러워합니다.
여러분이 나의 시를 읽을 때에,
나를 슬퍼하고 스스로 슬퍼할 줄을 압니다.
나는 나의 시를 독자의 자손에게까지 읽히고 싶은 마음은 없습니다.
그때에는 나의 시를 읽는 것이 늦은 봄의 꽃수풀에 앉아서
마른 국화를 비벼서 코에 대는 것과 같을는지 모르겠습니다.

밤은 얼마나 되었는지 모르겠습니다.
설악산의 무거운 그림자는 엷어갑니다.
새벽종을 기다리면서 붓을 던집니다.

을축 팔월 이십구일 밤끝

• 한용운, 「독자에게」

"지옥에서 열반을 구하라"

■ 개정판 머리말

지금 우리는 세계 경제의 영향권 아래 또 다시 경제적 어려움을 겪고 있다. 미국이 기침을 하면 우리는 폐렴을 앓는다. 10년 전에도 외환위기와 실업대란의 악몽을 경험했었고, 이제는 무사히 잘 넘어왔구나 안심했는데 또 다시 어려운 시기가 닥쳐왔다. 그런데 이번 위기가 훨씬 더 심각하고 근본적이라는 데에서 국민들이 느끼는 두려움은 훨씬 크다.

이토록 어려운 때이거늘 가진 자들은 노블레스 오블리주를 실행하기는커녕 제 잇속 차리기에만 급급하고 경기는 싸늘하게 얼어붙어 못가진 자들의 살림은 더욱 위축되어간다. 더욱이 직장에서는 구조조정의 칼날이 생존을 위협하고 있다. 이처럼 양극화 현상은 심화되고 있는데, '능동적 복지'를 천명한 새 정부는 시장과 경쟁을 강조하고 민간 중심의 복지 체계를 구축하려는 움직임을 보이며 복지 예산을 삭감하고 있는 실정이다. 이는 시장이 복지를 해결해줄 수 없음에도 불구하고 국가복지의 비율을 최소화하려는 신자유주의적 발상을 만천하에 드러낸 것이다.

시대가 어려울수록 엄혹한 시대를 살았던 위대한 인물들의 생애를 기억하게 된다. 위인이란 어려운 환경을 헤쳐 나가 마침내 극복하고 자아의 확장을 구현한 인물이기 때문이다. 선사(禪師)에서 지사(志士)로, 지사에서 보살(菩薩)로 삶의 영역을 확장시켜 나아갔던 행동주의자 만해 한용운의 우렁찬 음성이 지금 이 땅에 들려온다. "지옥에서 열반을 구하라."

'위기는 위대한 기회'라는 말이 있다. 만해 한용운이 그 엄혹한 시대, 지옥의 고통 속에서도 굴하지 않고 민족의 양심을 지키며 독립과 해방을 위하여 헌신하였듯이 우리도 지금의 이 어려움을 위대한 기회로 삼으려는 창조적 발상과 용기를 지녀야 할 것이다.

전면 개정을 하려고 마음먹었으나 2008년 한해가 유난히 바쁜 시기였던 개인적인 사정 탓에 이번에는 부분적으로 수정 · 보완했다. 다음에 기회가 닿는 대로 새롭게 전면 개정판을 선보일 것을 기약하며 독자들에게 양해를 구한다. 아울러 새로운 판형으로 책을 만들어주신 한길사 여러분께 고마움을 전한다.

2009년 3월
양평에서 고명수

세계화의 시대, 한국인의 지표

■ 머리말

오늘 우리에게 만해(萬海)는 무엇인가? 오늘 이 시대에 만해는 무엇인가? 일제의 가혹한 핍박이 끝나고 골육상쟁의 끔찍한 전쟁을 경험했으며, 가까스로 물질적 가난은 벗어난 것 같으나 여전히 정신적인 자주와 독립을 이루지 못한 채 세계자본의 노예가 되어가고 있는 이때에 만해를 다시 생각해야 하는 이유는 무엇인가? 이러한 질문은 필자가 이 책을 써야 하는 이유이기도 하므로, 책의 모두(冒頭)에서 잠시 짚어보고 들어가지 않을 수 없다.

만해, 그는 한 시대를 풍미하며 신명나게 살다간 의인(義人)이자 관자재보살(觀自在菩薩)이었다. 또한 언제나 시대와 민족을 고민하며 참된 자아를 찾아가고자 했던 '역사적 법신(法身)'이자 영원한 구도자였다. 그는 '믿음과 글과 삶이 합일(合一)에 이른' 사람이었다. 우리는 만해를 거울로 삼아 오늘날 가치관의 혼돈으로 방황하는 우리들 자신의 모습을 비춰보아야 한다. 구한말과 참담했던 일제시대의 모순들이 여전히 지속되고 있는 오늘의 우리에게 만해는 올바른 행동과 윤리의 시금석으로 다가와 있는 것이다.

만해는 한국 근세사에서 유례를 찾아보기 어려운 전인적(全人的) 풍모를 지니고 있다. 시인 조지훈(趙芝薰)이 만해의 참모습은 '혁명가와 선승과 시인의 일체화'에 있다고 한 것이나, 평론가 염무웅(廉武雄)이 '그의 진정한 탁월성은 이 세 가지가 각기 서로를 전제로 하는 놀라운 종합을 이룩한 데에 있다'고 한 평가가 모두 이를 지적한 것이라 할 수 있다. 방황하는 청년 유천(裕天)이 한국 근대의 행동하는 불교 지성(知性)으로 혁혁한 발자취를 남길 수 있었던 것은 그가 이미 절대자유의 경지에서 노닐 줄 알았던 정법(正法)의 화현이었으며, '아뇩다라 삼먁삼보리'(阿耨多羅三仁三菩提)의 절대평등을 구현하고자 했던 혁명가였기 때문에 가능한 일이었다. 이는 또한 만해가 '진짜 스님'이었기에 가능한 일이었으며, 보편적 진리를 시중(時中)의 논리로 재해석할 줄 알았던 눈 밝은 선승이었기에 구현할 수 있었던 것이다.

그러나 만해가 누누이 지적하였는데도 한국사회나 한국불교계는 그 적폐를 드러내며 여전히 낙후를 면치 못하고 있을 뿐만 아니라, 지금도 그 모순들이 해소되지 않고 있는 실정이다. 민족의 독립을 위해 수많은 독립지사들이 존재했고, 그들이 모두 비원을 안고 순국했음에도 민족은 분단되고 말았으며, 최근 남북 정상이 만나 손을 잡고 이산가족이 재회하는 등 분위기는 무르익어가는 것 같지만, 진정한 독립과 민족의 통일은 요원해 보인다. 그러기에 우리는 여전히 그들과 같은 위대한 민족 지도자들이 절실하게 요청되는 시대를 살고 있는 것이다.

해방 이후 친일파들이 각계 각층에서 그대로 세력을 유지함으로써 오욕의 역사를 제대로 청산하지 못한 채 왜곡되어온 민족의 정기를 바로 세우고, 생활양식은 물론이고 사고방식까지도 빠른 속도로 서구의 노예가 되어가는 이때에 민족의 전통사상을 근대정신과 결합하여 주체적으로 펼쳐 나갔던 위대한 민족지도자 만해를, 우리의 자존(自存)이자 자랑이었으며 대중적 환호를 가장 많이 받은 선각자이기도 했던 만해 한용운(韓龍雲)을 새롭게 조명해야 하는 당위도 여기에 있는 것이다. 다소 시기가 늦은 감은 있지만 새로운 세기를 맞이하는 이때에 이 일은 우리의 시대적 과업이기도 하다. 특히 한국문명이 질곡을 헤매고 있고, 나아가 인류문명이 총체적으로 위기에 처한 이때에 만해는 이제 그 차원을 달리하여 새롭게 부각되어야 할 필요가 있는 지점에 우리는 와 있는 것이다.

러시아는 새로운 사상인 마르크시즘을 러시아화하는 데에 어느 정도 성공하였다. 마찬가지로 중국도 『마르크스의 공자 방문기』를 쓴 궈모뤄(郭沫若) 같은 인물이 있었기에 생소한 외래사상인 마르크시즘이 전통적인 사상과 접맥됨으로써 공산주의를 중국화하는 데에 상당 부분 성공했다고 볼 수 있다. 그러나 우리 나라의 경우는 이 둘을 접맥시키는 데에 실패함으로써 결과적으로 외래이념에 의해 한 민족이 둘로 분단되는 어처구니없는 비극을 초래하고 말았다. 하지만 만해의 경우는 달랐다. 그는 오히려 루쉰(魯迅)이나 궈모뤄처럼 전통과 민족자존에 기반을 두고 전래사상인 불교와 서구의 근대자유주의 사상을 탁월하게 결합시킴으로써 확고한 역사관과 세계적 보편성을 지닌 논리를 개진할 수 있었던 좋은 선례를 보여주었다.

오로지 민족의 앞날을 위해 죽음도 두려워하지 않고 우리 민족의 분단을 막으려 노력했던 진정한 민족주의자 백범(白凡) 김구(金九)가 비겁하고 속악한 현실추수주의자들에 의해 비명에 갔듯이, 만해 또한 일체의 타협을 거부한 채 너무도 꼿꼿하고 일관되게 항일 저항의 삶을 살다가 그토록 염원하던 해방을 한 해 앞둔 채 영양실조로 순국하고 말았다. 단재(丹齋) 신채호(申采浩), 백범 김구, 만해 한용운과 같은 위대한 민족지도자의 상실은 참된 민족정신사의 연장·확대 가능성을 차단시킴으로써 외세를 등에 업은 현실주의자들의 득세를 초래하게 되었고, 결국 이 나라는 두 동강이 나고 말았으며, 민족정기는 흐려질 대로 흐려진 채 혼돈의 늪 속을 헤매고 있는 것이다.

다 아다시피 일제시대의 항일 저항논리에는 도산(島山) 안창호(安昌浩)의 준비론(또는 실력양성론)과 단재 신채호의 무장투쟁론의 두 갈래 큰 흐름이 있었다. 이광수(李光洙)의 민족개조론이 준비론의 후예라면, 만해의 민족자존론은 단재의 노선에 더 근접하다고 할 수 있다. 이 두 주장은 사상의 근본원리에서도 상이하다. 이광수의 민족개조론은 '남의 종이 되어도 좋으니 잘살고 보자'는 개화론에 그 거점을 둔다. 일본 다이쇼(大正) 데모크라시의 분위기에 힘입은 이러한 외세의존적 개화론은 전통단절론에 바탕을 둔 민족개량주의로, 윤치호(尹致昊)·서재필(徐載弼)·이승만(李承晚)·안창호·이광수·최남선(崔南善) 등의 노선이기도 하다. 이러한 민족개량주의는 결국 우리 민족의 독립의지를 약화시키려는 일제 당국의 고등술책에 이용되는 결과를 초래하고 말았다. 준비론을 추종했던 이들이 대부분 친일로 기울어 민족사에 지울 수 없는 치명적인 오점을 남겼던 것은, 이들이 그 근본사상에서 이미 오류를 범하고 있기 때문이다. 이들은 역사의 흐름을 꿰뚫어보는 혜안이 부족하였기 때문에 사태의 본질을 정확히 볼 수 없었던 것이다. 그러나 만해 한용운은 "국가란 물질문명이 구비된 후에라야 꼭 독립되는 것은 아니다. 독립할 만한 자존의 기운과 정신적 준비만 있으면 충분하다", "조선 민족은 당당한 독립국민의 역사와 전통을 가지고 있다"라고 명쾌하게 선언함으로써 민족의 자존성과 함께 전통계승론을 바탕으로 한 비타협주의로 일관할 수 있었던 것이다.

이광수는 우리 민족이 '문명한 생활을 경영할 만한 실력'을 갖추는 '개조'(改造)의 과정을 거친 다음에야, 스스로의 진로를 결정할 수 있다고 하였다. 이에 대해 한용운은 '자유는 만유의 생명'이므로 인류는 누구나 누려 마땅한 '자존'을 실현하기 위해서 즉시 독립을 해야 한다고 하였다. 조동일(趙東一)의 다음 지적은 새겨들어야 할 것 같다.

'개조'론은 문명(文明)을, '자존'론은 자유(自由)를 특히 소중하게 여기는 데에 근거를 둔다. 문명은 노력해서 이룩해야 할 목표이고, 자유는 타고난 조건이다. 사람은 마땅히 노력해서 이룩해야 할 가치를 목표로 설정하고 힘써 실현해야 한다는 데에 맞서서, 사람은 누구나 타고난 조건을 왜곡시키지 않고 온전하게 실현하는 것이 더욱 긴요하다고 해서 견해 대립이 심각해진다. 개조론은 차등의 세계관이어서 훌륭한 나라, 잘난 사람만이 정당한 권리를 누릴 수 있다. 그래서 끊임없이 경쟁을 부추기고, 투쟁을 미화한다. 그러나 자존론은 대등의 세계관이고 평화의 논리이다. 삶을 누릴 수 있는 자격은 사람만 갖추지 않고 모든 생물에게도 다 함께 인정되어야 한다. 그래서 "자유는 만유(萬有)의 생명"이라고 했다. 천지만물이 함께 화합하면서 살아가는 것이 사람의 도리이다. (중략) 오늘날 민족 '자존'론은 잊혀지고 민족 '개조'론이 극성이다. 선진국을 따르고 배워 세계화를 해야 한다고 주장한다. 그렇게 하기 위해서는 '수입학'을 학문의 기본방법으로 삼아야 한다고 한다. 경제성장, 국민소득 등의 지표에 의해 서열화된 단일한 세계질서 속에서 좀더 윗자리로 올라가기 위해서 노력하는 것 외에 다른 길은 없다고 한다. 그것은 명백한 진리이므로 다른 말이 있을 수 없다고 한다. 그렇게 나타나는 민족 '개조'론을 바로잡으려면 민족 '자존'론을 되살려야 한다. 어떤 후진국이나 낙후한 민족이라도 누구나 자기 삶을 자기 방식

대로 누릴 수 있는 권리를 지구 전체의 범위 안에서 실현하는 것이 세계인의 과제임을 분명하게 해야 한다. 그렇게 하는 학문은 자기능력을 스스로 발현해 인류 공유의 자산으로 제공하는 '창조학'이어야 한다. 인류의 문화유산이 근대인이 잘못 알고 있는 것보다 다양하고 풍부하며, 지금의 단일한 세계질서와는 다른 길이 있어 근대를 극복하고 다음 시대로 나아갈 수 있다는 것을 입증하는 것이 우리가 해야 할 '창조학'의 과제이다. 만해 연구는 '창조학'의 필수적인 과제다. 전통사상이 근대사회와 어떤 관계를 가졌던가 살피는 일을 광범위하게 수행하면서, 철학과 문학, 인문과학과 사회과학, 국학과 세계학이 하나가 되는 작업을 해야 한다. 그렇게 하는 데에 만해의 전례는 소중한 지침이 되고, 벅찬 연구과제를 제공한다. 만해의 어느 면을 따로 분리시켜 살핀다든가, 연구는 제대로 하지 않으면서 만해를 숭앙의 대상으로 삼는다든가 하는 잘못을 시정하고, 문제를 다시 제기하고, 시야를 확대해서 논의를 새롭게 전개해야 한다. 만해를 기점으로 세계사의 위기 극복에 대한 광범위한 논의를 시작해야 한다.[1]

최근 우리 문화계에서는 우리 역사의 뿌리를 되찾자는 운동이 광범위하게 전개되고 있다. 국조인 단군상의 목이 잘려 나가는 현실에 직면하여 왜곡된 상고사 교육을 바로잡고 위기에 봉착한 민족정기와 인류문명의 미래를 구원할 수 있는 새로운 패러다임을 모색하는 가운데 우리는 자꾸만 남의 것, 즉 서구사상으로만 치달아갈 것이 아니라 우리 속에 내재되어 있는 위대한 비전과 창조적 가능성을 발굴하고 모색해야 한다.

우리는 이미 일제 치하에서 몰주체적 전통단절론에 입각하여 역사를 직시하지 못했던 친일변절자들의 행태와 극명히 대비되는 만해의 주체적인 민족사상과 자주·독립 사상을 비롯한 자유·평화 사상, 생명사상, 민중사상 등 투철한 역사관에 입각한 독창적 사상들을 가지고 있다. 이러한 훌륭한 사상들은 오늘에도 폭넓게 계승되어 선양되어야 할 필요성이 있는 것이다. 이는 암울했던 시절 우리 민족의 자존심을 지켜준 빛나는 유산인 동시에 우리 민족과 역사를 진심으로 사랑했기에 자연스럽게 잉태된, 그리고 치열하게 그 사랑을 실천에 옮겼기에 더욱 빛을 발하는 우리의 사상인 것이다.

이에 필자는 지금까지 전개되었던 만해 연구의 성과를 종합하면서 오늘 우리 민족이 나아가야 할 올바른 방향을 지시하고 있는 만해 사상의 진면목은 무엇이고, 지칠 줄 모르고 타올랐던 그의 삶과 행동이 오늘의 우리에게 던지는 질문들은 무엇이며, 우리가 이어받아야 할 정신자세는 어떤 것인가를 필자 나름대로 제시해보려 한다. 그리하여 만해의 빛나는 생애와 사상이 방향을 잃고 허둥대는 이 시대 한국인의 한 지표가 되기를 기대한다. 만해의 사상이 종합적으로 구현되는 분야가 문학이므로 '문학인 만해'에 다소 비중이 많이 간 것은 이 책의 한 특징이 될 것이다.

늘 시간에 쫓기느라 늦어지던 원고를 끝까지 기다려 예쁘게 한 권의 책으로 빛을 보게 해주신 한길사 여러분, 연보 교정과 사진자료 사용 등 여러 가지로 배려해주신 만해 기념관 관장 전보삼 선생님과 곁에서 독촉해준 아우 영섭에게도 고마움을 표한다.

2000년 8월
곤지암에서 고명수

나의 꽃밭에 님의 꽃이 피었습니다

민족의 청년, 시인 한용운

청년 유천

탄생과 성장

충청남도 홍성(洪城) 땅은 최영(崔瑩)·성삼문(成三問)·김좌진(金佐鎭) 그리고 만해 한용운을 배출한 충의의 기개가 서린 고장이다. 들이 넓으며 하늘이 잘 뚫려 있어 큰 인물들을 잉태할 만한 지세를 갖추고 있는 곳일 뿐만 아니라, 을사조약에 항거하여 일본군과 격전 끝에 순국한 항일의병 열사들의 유골 9백여 구를 모신 홍주의사총(洪州義士塚)이 있는 고장이기도 하다.

만해가 태어나던 무렵의 시대적 환경은 결코 한 인간이 정상적으로 평탄한 길을 걸어갈 만한 순경(順境)이 아니었다. 조선왕조 5백 년의 국운은 이미 기울어 외세의 침탈이 날로 그 기세를 더해 가던 때였다. 1876년 개항과 함께 조선이 세계자본주의로 편입되면서 한반도를 둘러싼 열강 제국들은 자기 나라의 이익에 눈이 어두워 저마다 눈에 핏대를 세우고 호시탐탐 이권의 기회를 노리며 다가오고 있었다. 만해와 같은 고장 출신인 한계전(韓啓傳)은 당시의 사정을 홍주(洪州: 홍성의 옛 이름)를 중심으로 다음과 같이 파악하였다.

만해의 고향인 충청남도 홍성에 있는 홍주성(사적 제 231호)

　　프랑스와 미국이 개항을 이유로 양요를 일으켰고, 뒤이어 1882년에
는 임오군란을 계기로 청나라군이 진주, 내정간섭을 시작하였다. 이에
대항하여 이른바 개화파들이 1884년 정변을 일으켜 정권을 장악하기
도 하였다. 그러나 김옥균(金玉均) 개화당 정권은 3일 천하로 막을 내
렸다. 한편 일본은 개화파를 이용해 끊임없이 침략을 기도하였다.
1894년 일본군은 경복궁을 침입, 무력 쿠데타를 일으켜 고종을 퇴위시
켰다. 이에 격분한 동학군은 제2차 봉기를 했으며, 그 기세는 만해의
고향 홍주를 포함한 내포 지역으로까지 확산되었다. 곧 이어 일본은 을
미사변을 일으켜 민비를 시해했고, 나아가 단발령을 선포하기에 이르
렀다. 뿐만 아니라 일본은 우리 영토 내에서 청일전쟁을 도발하는 만행
을 저질렀다. 이에 격분한 홍주의 유생들이 을미의병을 일으켰다. 이처
럼 만해가 태어나 자란 홍성은 다른 어느 지역보다 역사의 현장 속에

있었다.[1)]

홍주에서는 1894년의 동학농민운동이 실패로 끝나자 2년 뒤인 1896
년 항일 을미의병이 일어났다. 만해가 '19세 때 어떤 사정으로 출가'하
여 중이 되었다는 기록에서 '어떤 사정'이란, 한계전에 따르면 1896년 최
초로 홍주에서 을미의병이 일어났을 때 만해가 이에 가담하였다가 거사
의 실패로 쫓기는 신세가 되어 1897년 몸을 피해 고향을 떠난 것으로 판
단된다.

이러한 시대적 상황과 지역적 풍토 속에서 태어나 선친으로부터 아침
저녁으로 역사에 빛나는 의인과 걸사(傑士)들의 위대한 행적에 대해 들
으며 자라는 동안, 만해의 가슴속에는 자연스럽게 그들을 닮고 싶은 충동
이 자리잡게 된다. 그렇다면 만해가 선친으로부터 아침저녁으로 들었던
의인들은 누구였을까? 한계전은 이에 대하여 다음과 같이 해명하였다.

의인, 걸사란 보통 나라가 국난에 처하였을 때 나라를 위해 목숨을 바
친 사람들을 일컫는데, 당시에 칭송을 받은 의인들로는 고려 말의 포은
(圃隱) 정몽주(鄭夢周), 사육신 성삼문, 임진왜란 때의 이 충무공(李忠武
公), 병자호란 때의 삼학사들이 있었다. 이들은 모두 홍주 인근의 지역
들이 배출한 구국의 영웅들이었다. 그중에서도 삼학사는 17세기 이후
우리 민족이 가장 존숭해 마지않는 열사였다. 홍주 의병을 사상적으로
주도한 복암(復菴) 이설(李偰, 1850~1906)이 을미의병의 실패로 서울
로 압송되어가는 도중 아산에서 「충무이공묘하」(忠武李公墓下)를 짓고,
평택의 홍익한(洪翼漢) 묘 앞을 지나면서 「화포홍충정묘하」(花圃洪忠正
墓下)라는 시를 지어 자신의 충의를 가다듬었던 것처럼 만해의 시에도

정몽주 · 성삼문 · 안중근(安重根) · 황매천(黃梅泉) · 논개(論介) · 계월향(桂月香) 등을 기리는 작품이 남아 있는 것은 우연이 아니다.[2]

만해는 18세가 되던 1896년 고향인 홍주에서 일어난 의병운동에 참여함으로써 기나긴 항일운동을 시작하게 된다. 전국 각 지역의 유생들과 민중이 구국의 일념으로 목숨을 초개같이 여기며 분연히 일어나던 이러한 때에도 임진왜란 때와 마찬가지로 조정은 사분오열되어 지배계층으로서 책무를 제대로 수행하지 못하고 있었다. 외세에 부화뇌동(附和雷同)

충청남도 홍성군 결성면 성곡리에 있는 만해 생가. 홍성 군민의 노력으로 1992년 복원되었다.

하여 자파의 이익을 추구하는 데만 혈안이 되었던 것이다.

　이처럼 혼란스러운 19세기 말의 시국 속에 일본에 의해 원산(元山)이 개항되던 해인 1879년 8월 29일, 만해 한용운은 유천(裕天)이라는 속명으로 충청도 홍주 땅, 일명 박철부락(지금의 충청남도 홍성군 결성면 성곡리 491번지)에서 태어났다. 당시에는 몰락했으나 양반의 기품과 의기를 지닌 선비 집안에서 한응준(韓應俊)의 둘째아들로 태어난 유천은 6세 때부터 서당에 다니며 한학(漢學)을 공부하였다.

　유천은 어린 시절부터 이미 신동(神童)의 면모를 보였다. 청년 승려들의 항일투쟁 비밀결사단체인 만당(卍黨)의 회원이며 만해의 제자인 김관호(金觀鎬)의 술회에 따르면, 유천은 어릴 적부터 기억력과 이해력이 뛰어나 가끔 어른들을 놀라게 하였다. 그래서 마을 사람들은 그를 신동이라고 불렀으며, 유천의 집은 '신동 집'으로 통하였다고 한다. 특히 정자(程子)의 주(註)가 마음에 들지 않는다 하여 서당에서 읽고 있던 『대학』(大學)의 군데군데에 시커멓게 먹칠을 하였다는 일화는 유명하다. 한학에 더욱 깊이 정진한 유천이 뒤에 서당의 숙사(塾師)가 되어 자기보다 나이가 많은 서동들을 가르쳤다는 것도, 그의 뛰어난 문자해득력과 타고난 문재(文才)가 잘 드러나는 예라 할 수 있다.

왕위를 계승하기를 바라는 심정으로 출가 구도에 대한 아들의 관심을 다른 곳으로 돌리기 위해 일찍 혼사를 서둘렀던 카필라바스투의 수도다나왕(Suddhodana, 淨飯王: 석가모니의 아버지)처럼, 입신양명하여 몰락한 가문을 다시 일으켜주기를 기대하는 부친 한응준은 미지의 세계로 떠나려 하는 호기심 많은 사춘기 소년 유천을 14세가 되던 해에 전정숙(全貞淑)과 결혼시켰다.

이 무렵 오랜 지배와 수탈에 억눌려오던 조선 민중의 울분은 마침내 폭발하여 갑오년(1894)에 동학농민운동이 일어나게 된다. 그 기세는 요원의 불길처럼 전라도 일대를 넘어 충청도 땅까지 번졌다. 다급한 조정에서는 전 충훈부도사였던 유천의 부친 한응준의 재등용을 요청하는 교지를 내리고, 유천의 부친은 맏아들 윤경(允敬)과 함께 동학 농민군의 토벌에 나서야 했다. 뒤에 의병이 봉기할 때는 부형이 모두 토벌에 참여하였다가 몰살당하는 참화를 입게 된다. 이처럼 청년 유천은 심정적으로 민중의 봉기에 공감하면서도, 부친과 가형이 농민군의 토벌에 나서야 했던 특수한 상황에서 심각한 정신적 갈등을 겪었던 것으로 보인다.

조정의 요청에 따라 청나라 군대가 개입하게 되자, 일본군도 이에 뒤질세라 가세하여 급기야 청일전쟁으로 확대되며 한반도는 참극의 현장이

젊은 시절의 만해

되었다. 이 땅의 민중은 또 한 번 말할 수 없는 고통을 겪게 된 것이다. 이러한 시대적 상황 속에서 유천은 어릴 때부터 민감한 사회의식과 애국심을 지니게 되었으며, 민족의 운명에 대해 고뇌하는 청년으로 성장해가게 된다. 만해의 회상기인 「시베리아 거쳐 서울로」에 다음과 같은 내용이 나온다.

고향에 있을 때, 나는 선친에게서 조석으로 좋은 말씀을 들었으니, 선친은 서책을 보시다가 가끔 어린 나를 불러 세우시고 역사상에 빛나는 의인 · 걸사의 언행을 가르쳐주시며 또한 세상형편, 국가 사회의 모든 일을 알아듣도록 타일러주시었다. 이러한 말씀을 한두 번 듣는 사이에 내 가슴에는 이상한 불길이 일어나고, 그리고 '나도 그 의인·걸사와 같은 훌륭한 사람이 되었으면……'하는 숭배하는 생각이 바짝 났었다.

• 「시베리아 거쳐 서울로」, 『한용운산문선집』(현대실학사, 1991), 355쪽.

결국 위대한 인물은 훌륭한 가정교육에서 태어난다는 사실이 다시 한 번 입증되는 셈이다. 사실 인간은 그가 처한 환경에 의해서 어느 정도 만들어진다고 볼 때, 구한말의 시대상황과 의병이 봉기했던 홍주라는 지역적 상황, 그리고 의로운 가문의 풍토라는 장(場)은 만해와 같은 위대한 인물을 출현시킨 배경이 된다. '난세에 영웅이 나온다'는 옛말처럼 험난한 시대상황과 열악한 삶의 현실조건 속에서 위대한 사상은 잉태되는 것이다. 세계의 모든 위대한 사상과 종교들의 탄생이 또한 그렇지 아니하던가. 그러기에 만해는 국권상실의 고난에 처해 있는 젊은이들을 향해 "그대들은 오히려 행복하다"라고 말할 수 있었던 것이다.

출가와 방황

바람을 타고 들려오는 혼란스런 나라의 소식은 피끓는 젊은 유천의 마음을 흔들어 가만히 앉아 있지 못하게 하였다. 외세의 개입과 청일전쟁·러일전쟁의 발발, 갑신정변의 실패와 개화파·수구파 또는 친일파·친청파·친러파로 나뉘어 부화뇌동하는 구한말의 세력다툼 속에 백성들의 삶은 나날이 피폐해졌다.

어떻게 하면 이 나라를, 백성을 구할 수 있을 것인가. 조선왕조 5백 년의 유구한 전통을 급격하게 무너뜨리는 신호탄이라 할 갑오경장(1894)과 잔인한 일제의 마수에 의해 저질러진 국모살해사건인 을미사변(1895)의 소식을 들은 유천은 '지금 이렇게 시골에 묻혀 있을 때가 아니로구나' 하고 자각함으로써 역사의식과 시대정신에 눈뜨게 된다. 그리고 많은 사람들이 농민군으로, 또는 의병으로 죽어 나가는 모습을 지켜보던 유천은 인생에 대한 깊은 회의와 함께 인생이란 무엇인가에 대한 근원적 의문이 싹튼다. 그 의문을 풀어보고자 청년 유천은 마침내 눈 밝은 도사(道師)를 찾아서 고향을 떠나 방랑길에 오르게 된다. 폐포파립(弊袍破笠)으로 홀연히 집을 나온 유천은 서울(경성)로 향한다. 온갖 풍문의 진원지인 서울로 가봐야 했던 것이다.

나는 나의 전정(前程)을 위하여 실력을 양성하겠다는 것과 또 인생 그것에 대한 무엇을 좀 해결하여 보겠다는 불 같은 마음으로 한양 가던 길을 구부려 사찰(寺刹)을 찾아 보은(報恩) 속리사(俗離寺)로 갔다가 다시 더 깊은 심산유곡의 대찰(大刹)을 찾아간다고 강원도 오대산의 백담사(百潭寺)까지 가서, 그곳 동냥중, 즉 탁발승(托鉢僧)이 되어 불도(佛道)를 닦기 시작하였다.

　•「나는 왜 중이 되었나」, 『한용운산문선집』, 321~322쪽.

노자도 지닌 것이 없었다. 그래도 내 마음은 태연하였다. 서울 가는 길 방향도 몰랐다. 그러나 남이 가리켜주겠거니 하고 퍽 태연하였다. 그러나 해는 이미 기울고, 발에서는 노독(路毒)이 나고, 배는 고파 오장이 주리어 차마 촌보(寸步)를 더 옮기어 디딜 수 없기에 길가에 있는 어떤 주막집에 들어가 팔베개를 베고 하룻밤을 지내노라니, 그제야 이번

원나라 희곡 『서상기』의 표지

걸음이 너무도 무모하였구나 하는 생각이 났다. 큰 뜻을 이룬다니, 한학의 소양밖에 없는 내가 무슨 지식으로 큰 뜻을 이루나? 이러한 생각 끝에 나는 아홉 살 때 읽었던 『서상기』(西廂記)의 「통곡(痛哭)」 일장에 문득 마음이 쏠려졌다. 인생이란 덧없는 것이 아닌가. 밤낮 근근 살자 하다가 생명이 가면 무엇이 남는가, 명예인가 부귀인가, 모두 다 아쉬운 것이 아닌가. 결국 모든 것이 공(空)이 되고 무색(無色)하고 무형(無形)한 것이 되어버리지 않는가. 나의 회의는 점점 커져갔다. 나는 이 회의 때문에 머리가 끝없이 혼란하여짐을 깨달았다.

• 「시베리아 거쳐 서울로」, 356쪽.

위의 회상기들에서 보듯이 민해는 장래의 인생에 대한 구상과 진리에 대한 열렬한 구도심의 발동으로 집을 나온 셈이다. 시대적인 불안감과 인

만해가 출가했던 백담사의 일주문

생에 대한 깊은 회의에서 촉발된 그의 충동적 가출이 실존적 한계에 부딪치게 되면서 더욱더 근원적인 사유에 다다르게 되는 방황의 모습을 보이는 것은, 그의 지적 단계가 아직은 미숙한 경계에 머물러 있음을 보여주는 것이라 할 수 있다. 자신의 미망(迷妄)도 해탈하지 못한 개체가 현실의 여러 모순에 대응하여 이를 변개(變改)시켜 나아가기에는 아직 역부족이었던 것이다. 이러한 한계를 자각한 유천은 결국 다음과 같은 결론을 내리고 행로를 바꾼다.

'에라, 인생이란 무엇인지 그것부터 알고 일하자' 하는 결론을 얻고, 나는 그제는 서울 가던 길을 버리고, 강원도 오대산의 백담사에 이름 높은 도사가 있다는 말을 듣고 산골길을 여러 날 패어 그곳으로 갔었다.
• 「시베리아 거쳐 서울로」, 356쪽.

백담사 경내에 세워진 만해당

온갖 세속적 잡답(雜沓)을 떨치고 청년 유천은 위로는 진리를 구하고 참된 자아를 찾으며, 아래로는 위기에 처한 조국과 핍박받는 민중을 구해보려는 원대한 포부를 안고 자신을 계도해줄 선지식을 찾아 험난한 길을 재촉했다.

굽이굽이 맑은 계곡을 지나 유천이 닿은 곳은 설악산 백담사였다. 한때 대통령을 지낸 전두환 씨가 기거하여 말도 많았던 백담사에 지금은 만해의 얼을 기리는 '만해당'과 '만해 교육관', '만해기념관'이 들어서 만해를 흠모하는 이들을 맞고 있다. 백담사 입구에 조성된 '만해마을'에는 '만해 사상실천선양회' 본부가 있으며, 해마다 '만해시인학교'와 '만해축전'이 열리기도 하는 그야말로 만해 사상 선양의 성지이다.

유천은 1905년 백담사에서 주지인 연곡(蓮谷) 스님을 은사로 모시고 득도한 다음 영제(泳濟) 스님에게 계(戒)를 받는다. 이때의 계명이 봉완

(奉玩), 법명이 용운(龍雲), 법호가 만해였다. 방황하던 청년 유천은 이제 출가 수도의 길을 가는 구도자가 된 것이다.

이미 속세에서 한학에 깊이 정진한 바 있는 만해에게 부속 암자인 오세암의 장경각에 소장된 방대한 불교경전을 비롯한 고서들은 그의 주린 지식욕을 해갈시켜주는 단비와도 같았다. 오래 전 남호(南湖) 스님이 "누군가 눈 밝은 납자(衲子)가 이 경을 보게 되리라"라는 기대로 묻어두었으나 염불이나 하고 목탁이나 칠 줄 아는 당시의 무지한 승려들이 거들떠보지도 않아 먼지가 자욱한 대장경(大藏經)을 비롯, 희대의 천재이자 불우한 방외인(方外人)이었던 매월당(梅月堂) 김시습(金時習)이 보다가 묻어둔 책들이 비로소 만해를 만나 그 생명을 갖게 된 것이다.

특히 1925년 여름 오세암에서 지낼 때 우연히 접하게 된 동안(同安) 상찰선사(常察禪師)가 지은 선화(禪話) 『십현담』(十玄談)에 붙인 김시습의 주(註)를 만난 기쁨은 남다른 것이었다. 수백 년의 격절을 뛰어넘은 두 천재의 만남은 천재성은 물론이려니와 두 사람이 모두 비슷한 처지에 놓여 있었기에 그 감회가 더했을 것이다.

만해는 매월당을 "마침내 당세에 굴하지 않고 스스로 천하만세에 몸을 결백케 하였으니, 그 뜻은 괴로웠고 그 정은 비분함에 있었다"라고 평하고, "또한 매월도 『십현담』을 오세암에서 주해했고, 나도 또한 오세암에서 열경(悅卿)의 주해를 읽었다. 사람들이 접한 지는 수백 년이 지났건만 그 느끼는 바는 오히려 새롭구나"라 하여 그 소회를 피력한 바 있다. 아쉽게도 오세암의 이 장경각은 1970년대에 소실되고 말았다.

진리를 찾고자 하는 한 청년 납자의 진리를 향한 열망은 이제 가장 포괄적이고 심오하며, 현실적인 동시에 형이상학적 종교인 불교를 통해 제 길을 찾게 된다. 만해는 학암(鶴庵) 스님으로부터 『기신론』(起信論), 『능가경』(楞伽經), 『원각경』(圓覺經)을 배운다. 이 시기에 배운 경전의 가르침은 이후 만해의 세계관 형성에 핵(核)으로 작용한다. 즉 만해의 모든 행동과 실천은 불교사상의 바탕 위에서 이루어진다는 뜻으로, 특히 『능가경』과 『원각경』, 몇 년 뒤에 접하게 되는 『화엄경』의 가르침은 만해의 행동양식에 결정적인 영향을 미치고 있다.

유심(唯心)에 의한 자내증(自內證)을 기본 취지로 하는 경전이 『능가경』이다. 『능가경』은 전설적인 장소인 능가산에서 석가모니와 대혜(大慧)가 질의응답하는 형식을 취하고 있는데, 철학적인 사색과 종교적인 명상이 풍부하며, 대승의 여러 가르침의 요지를 두루 모은 듯하여 각 품(品) 간의 연결이 불연속적인 것이 특징이다. 모든 것은 마음이 스스로 나타난 것임을 깨닫지 못하고 바깥의 여러 대상에 집착하여 허망 분별을 일으킨다는 것이다. 이러한 인식을 구체적으로 체득케 해준 사건이 뒤에 소개될 가평천을 건널 때의 일화이다.

한편, 깨달음과 실천의 구체적 세목을 자상하게 일러주고 있는 경전이 『원각경』이다. 『원각경』은 석가모니가 12명의 보살과 문답한 것을 각각 1장으로 구성한 것인데, 뛰어난 교리와 실천방법을 설하고 있어 불교수행의 길잡이가 되어온 경으로 그 문체가 매우 유려하여 문학적으로도 뛰어난 작품이다.

그러나 수년 승방(僧房)에 묶여 있어도 결국은 인생이 잘 알려지지도 않고, 또 청춘의 뜻을 내리누를 길 없어 다시 번민을 시작하던 차에, 마침 『영환지략』(瀛環志略)이라는 책을 통하여 비로소 조선 이외에도 넓은 천지가 있는 것을 인식하고, 행장을 수습하여 원산을 거쳐서 시베리아에 이르러 몇 해를 덧없는 방랑생활을 하다가, 다시 귀국하여 안변

방대한 불교경전과 고서가 보관되어 있어 만해의 왕성한 지식욕을 채워주었던 오세암의 관음전. 그는 이곳에서 매월당 김시습이 상찰 선사의 『십현담』에 붙인 주를 보았고 자신 또한 『십현담주해』를 썼다.

(安邊) 석왕사(釋王寺)에 파묻혀 참선생활을 하였다.

• 「시베리아 거쳐 서울로」, 356~357쪽.

수려한 설악의 품에 안겨 백담사와 오세암(五歲庵)을 오가며 독경과 선수행에 여념이 없던 만해는 그의 은사인 연곡 스님이 건봉사(乾鳳寺)에서 구해다준 두 권의 책을 통해 새로운 세계인식에 눈뜨게 된다.

건봉사는 임진왜란 때 승병대장이었던 사명당(四溟堂) 유정(惟政)이 7백여 명의 승군들을 이끌며 의병운동의 근거지로 삼았던 유서 깊은 사찰로, 일제 강점기에는 금강산 일대의 많은 사찰을 말사로 두고 많은 승려들과 민족지도자들을 배출했던 곳이다. 또한 백담사의 본사(本寺)

민족혼의 산실인 건봉사 전경

로서 비교적 빨리 개화했던 사찰로서, 갑신정변의 주도자인 김옥균의 브레인 역할을 한 이동인(李東仁) 같은 개화승을 배출하기도 했으며, 봉명학교(鳳鳴學校)를 운영하여 불교적 강론과 더불어 일반 학교의 수업에 해당하는 외사(外史)를 두루 가르쳤다고 한다.

건봉사는 만해도 가끔 방문하여 강연을 통해 어린 학생들에게 애국심을 고취하고, 건봉사의 사지(寺誌)를 작성하기도 했던 곳으로, 지속적으로 인연을 맺게 되는 사찰이다.[3]

건봉사에서 연곡 스님이 구해다준 두 권의 책 중 하나는 20세기 초반 한국 지식인들의 이념적 지표 역할을 했던 것으로, 변법자강운동(變法自彊運動)의 주역인 중국의 계몽주의 사상가 량치차오(梁啓超)의 『음빙실문집』(飲冰室文集)이요, 다른 하나는 세계의 지리를 설명한 지리서 『영환지략』이었다. 당시 조선의 진보적 지식층에게 량치차오는 믿을 만한 서

청나라 말기 량치차오의 저술 『음빙실문집』. 만해는 이 책을 통해 서구사상을 접하게 되었고, 동서비교사상의 새로운 장을 열었다.

구문화의 전신자(轉信者)였고, 조선이 처한 세계사적 상황을 이해하는 데에 필요한 이론적 공식의 제보자였으며, 박은식(朴殷植)·장지연(張志淵)·신채호 등과 같은 한국의 근대 지식인들이 이른바 애국계몽운동을 전개하는 데에 많은 사상적 영향을 끼쳤다.[4]

특히 변화야말로 우주·인간의 질서를 꿰뚫는 근본원리라는 믿음을 지녔던 량치차오의 사상이 청년 유천에게 준 충격은 이후의 혁신적인 만해의 행보에 결정적인 영향을 주었다고 볼 수 있으며, 무변광대한 미지의 세계가 있음을 알려준 『영환지략』과의 만남은 그로 하여금 드넓은 세계로의 모험을 추동하였다고 볼 수 있다. 염무웅이 지적한 대로, 만해 사상의 기본 윤곽은 어쩌면 량치차오에 힘입어 이루어졌으며, 그로 인해 만해는 문명의 진보와 합리주의를 믿는 계몽주의자가 되었는지도 모른다.

만해로 하여금 세계 지리에 눈을 뜨게 해준 『영환지략』

　만해가 세계 만유를 떠나기 위해 백담사에서 서울로 향하던 어느 초봄
에 있었던 다음의 일화는 그의 인생관과 세계관 형성에 큰 영향을 준 문
제의 장면으로 볼 수 있다.

　때는 음력 2월 초순이라 깊은 산에는 물론 빙설(氷雪)이 쌓여 있으
나 들과 양지에는 눈이 상당히 녹는 때이므로 산골 냇물은 얼어붙은
곳도 있지마는 얼음이 녹아서 흐르는 곳도 있었다. 백담사에서 경성
(京城)을 오려면 산로(山路)로 20리를 나와서 가평천(加坪川)이라는
내를 건너게 되는데, 그 물의 넓이는 약 1마장이나 되는 곳으로 물론
교량은 없는 곳이었다. 그 내에 이르매 내가 눈녹이 물에 불어서 상당
히 많았다. 눈녹이 물이 얼음보다 찬 것을 다소 경험해 본 나로서는
도두(渡頭)에 이르러 건너기를 주저하지 아니할 수가 없었다. 이것이
세계일주의 첫 난관이었다(중략).

건너기 시작한 지 얼마 아니 되어서 물이 몹시 찰 뿐만 아니라 발을 디디는 대로 미끄러지고 부딪쳐서 차고 아픈 것을 견딜 수가 없었다. 중류(中流)에 이르러서는 다리가 저리고 아프다 못하여 감각력을 잃을 만큼 마비가 되었으므로 육체는 저항력을 잃고 정신은 인내력이 다하였다. 가령 정신의 인내력은 다소 여지가 있다 할지라도 저항력과 감각력을 잃은 다리는 도저히 정신의 최후 명령을 복종할 수가 없는 것이었다. 돌아오려야 돌아올 수도 없고 나아가려야 나아갈 수도 없는 그야말로 진퇴유곡(進退維谷), 남은 일이 있다면 그것은 주저앉는 것이 아니면 넘어지는 것뿐이었다.

• 「북대륙(北大陸)의 하룻밤」, 『한용운산문선집』, 359쪽.

이러한 극한상황 앞에 서게 될 때, 소심한 사람의 경우 대개 좌절하거나 처음부터 포기하고 말았을 것이다. 그러나 담대하고 명철한 인물은 이러한 상황에 놓일수록 더욱더 그 진가를 발휘하는 법이다.

흔히 사람의 가치관을 셋으로 나누어 말하곤 한다. 첫 번째가 '예속적 가치관'인데, 무엇인가에 얽매여서 자아주체성을 갖지 못하고 살아가는 태도이다. 두 번째가 '조화적 가치관'인데, 적당히 '좋은 게 좋다'는 식의 태도이다. 마지막 세 번째가 '정복적 가치관'인데, 말 그대로 도달하고자 하는 생의 목표를 어떠한 난관 속에서도 마침내 뚫어내고야 마는 태도이다. 이것은 확고한 신념과 가치관을 지니고 성공하는 사람들의 자세이다. 이러한 가치관을 지닌 사람에게는 장애물이나 시련이 많을수록 더욱 힘이 솟구친다. 생의 철학자 프리드리히 니체가 "고난이 심할수록 내 가슴은 뛴다"라고 말했던 것처럼 말이다.

백척간두 진일보(百尺竿頭進一步), 홀연히 생각하였다. 나는 적어도 한 푼 없는 맨주먹으로 세계 만유를 떠나지 않느냐. 어떠한 곤란이 있을 것을 각오한 것이 아니냐. 인정(人情)은 눈녹이 물보다 더욱 찰 것이요, 세도(世途)는 조약돌보다 더욱 험할 것이다. 이만한 물을 건너기에 인내력이 부족하다면 세계 만유라는 것은 부질없는 일이 아닌가 하여서 스스로 나를 무시하는 동시에 다시 경책(警責)하였다. 차고 아픈 것을 참았는지 잊었는지는 모르나 어느 겨를에 피안(彼岸)에 이르렀다. 다시 보니 발등이 찢어지고 발가락이 깨어져서 피가 흐른다. 그러나 마음에는 건너온 것만이 통쾌하였다. 건너온 물을 돌아보고 다시금 일체유심(一切唯心)을 생각하였다.

• 「북대륙의 하룻밤」, 359~360쪽.

결국은 대상의 질곡이 문제가 아니라, 그 대상을 바라보는 또는 그 대상에 임하는 주체의 마음가짐이 문제이다. 이것이 이른바 일체유심조, 곧 자내증(自內證)의 실체이다. 자내증이란 자신의 마음을 깨닫는 것이다. 대개 종교적 신앙심의 형성단계를 신(信)·해(解)·행(行)·증(證)의 네 단계로 보는데, 여기서 가장 중요한 단계가 증(證), 곧 체험의 단계다. 만해의 불교는 생각이나 관념에만 머무는 불교가 아니라, 위에서 보는 것처럼 실천궁행(實踐躬行)을 통해서 체득된 것이기에 더욱더 확고한 자세를 지닐 수 있었던 것으로 보인다. 만해는 가평천에서 생의 미망을 극복하는 특별한 체험을 하고 서울에 도착하지만 별다른 소득을 얻지 못한다.

그 길로 경성에 와서 보니 기대하던 세계의 지리와 사정에 대하여 대강이라도 체험담을 들을 곳이 없었다. 나의 교제가 넓지 못한 것도 한

젊은 시절, 만해의 인생관과 세계인식에 큰 변화를 가져왔던 사건들을 소개한 글 「북대륙의 하룻밤」. 「조선일보」 1935년 3월 8일부터 13일까지 연재되었다.

가지 원인이겠지만 실로 세계적 체험을 가진 사람이 적었던 것이다. 그리하여 나는 지도와 문자상으로 본 것을 기초삼아서 진로를 스스로 결정하였는데, 가까운 러시아로 먼저 가서 중구(中歐)를 거쳐 미국으로 가기로 하였으므로 원산 가서 배를 타고 해삼위(海參威)에 상륙하기로 하였던 것이다.

• 「북대륙의 하룻밤」, 361쪽.

원대한 세계 만유의 꿈을 품고 청년 만해는 원산으로 향한다. 근대문명의 상징인 기선(汽船)을 목격한 만해는 놀라운 마음에 내부를 자세히 둘러보기도 하며 호기심 어린 태도를 보인다. 그런데 여기서 한 가지 짚고 넘어갈 점이 있다. 그는 왜 미국으로 가고 싶어했는가? 이에 대해서는 고재석(高宰錫)의 다음 견해가 설득력이 있는 것 같다.

그가 일본이 숨기고 있던 음험한 식민지 책략의 실체를 직감하고, 그 결과 자유로운 삶의 지평을 국민적 권리로 인정하고 있던 미국을 희망하였다면, 이는 보다 분별력 있는 성숙한 관점이라고 볼 수 있기 때문이다. 자국 문화에 대한 확고한 인식의 기반을 갖추지 못한 어린 나이의 소년들이 현해탄을 건너가 근대문화의 세례를 받고 경박한 계몽주의자가 되었던 사례의 일부를 떠올린다면, 그의 입산과 블라디보스토크행은 환경적 결함으로 인해 어쩔 수 없이 선택했던 행위라 하더라도, 근대화에 대한 무비판적 수용의 유혹을 한번 걸러낼 수 있었던 역설적인 행운으로 작용한다고 볼 수 있다. 바다의 사상을 찬미했던 최남선이 뒤에 산의 사상으로 되돌아왔고, 조상의 묘혈을 파헤쳐 버리라고 외쳤던 이광수가 무명의 세계로 되돌아간 역사적 아이러니는 시사적이다. 한용운은 입산을 결행함으로써 오히려 자기확인을 위한 창조적 자기부정의 체험을 부여받을 수 있었던 것은 아닐까. 해방적 관심이 많았던 그에게 산이 갖고 있는 자기통어의 기율(紀律)과 침묵의 위의(威儀)가 하나의 길항력(拮抗力)으로 작용하게 된 것은 역사적 우연이 허용한 운명적 행운이었는지 모른다.[5]

그러나 그러한 행운은 거저 주어진 것이 아니었다. 그것은 수많은 시행

착오와 육체적 · 정신적 시련의 고통에 대한 하나의 대가로서 주어졌던 것이다.

당시의 해외 정세에 어두웠던 만해는 블라디보스토크(海參威)에서 예상치 못한 위기에 직면하게 된다. 블라디보스토크에 당도했을 때의 첫인상을 만해는 다음과 같이 적고 있다.

우리 일행은 배에서 내려 조선인의 부락인 개척리(開拓里)를 찾아가는데, 노변(路邊)에 드문드문 모여 있는 조선 사람들은 많이 내리는 선객 중에 특히 우리 3인을 주목하면서 이상한 표정으로 수군거리는 것을 발견하였다.
· 「북대륙의 하룻밤」, 362쪽.

일진회원(一進會員)으로 인지되면 재판 과정도 없이 무조건 죽여버리는 동족들의 극단적인 적대의식은 껄끄럽던 당시의 러 · 일 관계에서 기인한 것이다. 일진회는 러일전쟁에서 승리한 일본에 의해 제1차 한일협약이 체결된 이후 일본을 지지하는 세력이 규합해 만든 단체였다.

러시아에서 뿌리내리고 살아야 하는 조선 유민들로서는 생존이 걸린 문제이므로 친일단체인 일진회 회원들을 첩자로 간주하고 이들에게 러시아 당국의 묵인하에 무자비한 테러를 감행했던 것으로 보인다. 그 당시 일진회 회원들이 삭발 승복 차림으로 많이 다녔으므로, 그곳 사정을 알 길이 없던 만해 일행이 일진회원으로 오인된 것은 당연한 일이었다. 위태롭고 불안한 기운이 감도는 가운데 방도를 모색하던 차에 이미 그들은 '염라국 사자들'처럼 들이닥친다.

세계의 차가움을 절감케 한 블라디보스토크에서의 봉변을 회고한 만해의 회상기.

"너희가 다 무엇이냐?"

하고 눈을 부라리면서 묻는다.

"우리는 중이오."

하고 나는 괴었던 턱을 떼고 말하였다.

"중이 무슨 중이야, 일진회원이지?"

"아니오. 우리의 의관이라든지 행장을 보면 알 것입니다."

"정탐하기 위하여 변장을 하고 온 것이지, 그러면 모를 줄 아느냐?"

"아니오. 본국 사원으로 조사를 해도 알 것이오."

"중놈이 아닌 것이 드러난다. 중놈일 것 같으면 우리가 들어오는데 다리를 접개고 앉았을 리가 있나?"

"다리를 접갠 것이 나쁜 일이 아닙니다."

"나쁜 일이 아니라니 중놈이면은 우리가 들어오는 것을 보고 으레 일어나 절을 할 터인데 다리를 동그마니 접개고 앉아서 본 체 만 체한단 것이냐? 일진회원으로 변복(變服)하고 온 것이 분명하다."

하고 단장을 들어서 나를 때리려고 겨눈다.

　•「북대륙의 하룻밤」, 365쪽.

'변명을 하되 기축(氣縮)하지 않는 것이 요체(要諦)'라고 생각하고 다리를 접갠 채로 턱을 괴고 앉아 있던 만해는 이 위급한 상황에서도 당황하지 않고 침착하게 '가부좌'(跏趺坐)에 대해 설명하며 차분하게 응답한다. 만해의 기지와 침착성이 돋보이는 부분이다.

'내일 처치하겠다'고 통고하고 그들이 돌아간 뒤 만해 일행은 '집행을 기다리는 사형수처럼' 밤을 지낸다. 그러나 행동주의자 만해는 즉시 활로를 찾아 행동에 들어간다. 담대하게도 그들의 우두머리 격인 엄인섭(嚴寅燮)을 찾아가 그를 감복시키고, 그로부터 통행증 대신으로 보호하라는 뜻을 적은 명함을 얻어 돌아온다.

'기습으로 성공한 개선장군처럼 명랑한 자존심'을 지니고 여관으로 돌아왔던 만해는 항구나 구경하려고 나갔다가 다시 위기에 처한다. 단순 직정적(直情的)인 조선 청년들에게 엄인섭의 명함은 무용지물이었고, 결국 만해는그들에게 끌려가 수장당할 위기에 놓인다. 적당한 완력

마저 없었다면 순식간에 수장되고 말았을 이 위급한 상황은 싸움을 말리던 청인(淸人)의 고성을 듣고 달려온 러시아 경관들에 의해 해소된다. 그 청인이 러시아에 사는 조선인들의 비행을 말할 때, 만해는 타국에서 조차 단결하지 못하고 분열되어 있는 동족들의 모습에 실망한 나머지 그 자리에 주저앉아 '방성대곡'을 하고 여관으로 돌아온다. 구제할 길 없는 동족에 대한 절망 때문이었을 것이다.

쓰라린 상처만 가슴에 안고 구사일생의 시련 끝에 두만강을 건너온 만해는 안변의 석왕사에 들어가 참선에 몰입한다. 이때 나라 안은 여러 곳에서 의병이 일어나 어지러운 상황이었다.

젊은 혈기로 세계의 차가움을 몸소 체험하고 돌아온 그에게 산은 언제나 포근한 안식처로서, 재생의 보금자리가 되어주었다. 여기서 잠시 만해에게 '산'이란 무엇이었는지를 생각해보기로 하자.

한용운은 정치적 자유가 있었더라면 승려보다 혁명적인 정치가가 되었을지 모른다. 그가 시골에서 도시로 향하는 순간부터 산과 도시를 넘나들고, 나아가 국내와 국외를 숨가쁘게 질주했던 것은 생리적인 해방적 욕망을 제한된 시대적 여건 속에서 나름대로 해소해야 했기 때문이다. 그는 해방적 관심과 정치적 부자유라는 모순 속에서 늘 방황하였다. 그의 삶은 영혼을 찾는 탐색 그 여행이었다. 그는 산과 도시, 아니 성과 속의 차원을 넘나들면서 끊임없이 자기를 갱신하고 있었던 것이다. 도시는 해방적 관심을 극대화할 수 있는 공간이었고, 산은 이 해방적 관심과 혁명적 정열을 더욱 내밀한 차원으로 이끌어 올려주고 감싸주는 정신적 도량이었다.[6]

혁명적 기질의 소유자이자 '해방적 관심'의 소유자인 만해에게 산은 깊이 있는 자기성찰과 깨달음의 도량이었고, 도시는 그 깨달음을 실천하는 공간으로서 그 두 공간은 변증법적으로 상호 길항하면서 만해의 정신세계를 성장시켜주었던 것이다.

다시 한 번 뼈를 깎는 자기반성의 시간을 가지게 된 만해는 건봉사에서 최초의 선수업인 수선안거를 성취한 뒤 금강산 유점사(楡岾寺)로 들어가 월화(月華) 스님으로부터 『화엄경』(華嚴經)을 배운다.

만해는 매우 학구적인 인물이었다. 문학의 여러 형식 중에서 작자의 품성과 교양이 직접적으로 가장 잘 드러나는 장르가 수필이라고 할 수 있다. 1929년 8월 『조선일보』에 연재된 바 있는 그의 수필 「명사십리행」(明沙十里行)을 읽어보면, 만해가 얼마나 학구적인 인간인가 하는 것이 단적으로 나타난다.

사람은 맹목적으로 추종하는 일이 많은 듯하다. 승객들은 기차가 수도를 통과할 때에 매연이 들어온다는 말만을 듣고 덮어놓고 창을 닫기만 하여 한 번도 닫지 아니하여 본 경험은 없는 듯하다. 혹은 공교히 경험에서 실패하였는지는 모르지만 나는 홀연히 수년 전에 오세암에서 까마귀의 기억력을 시험하던 일이 추억된다.

• 「명사십리행」(明沙十里行), 『한용운산문선집』, 328쪽.

이 수필은 기억력이 부족한 사람을 가리켜 흔히 '까마귀 고기를 먹었다'라고 말하는데, 그 말이 사실 그러한가를 실제로 관찰하는 얘기로 이어진다. 몇 차례의 관찰과 검증을 거쳐서야 그는 그것이 하나의 낭설임을 입증해낸다.

나는 까마귀의 식물을 저장하는 것이 과연 세상 사람들의 전하는 말과 같은가를 시험하기 위하여 일부러 시식(施食)을 많이 주고 그 행동을 조사하였다. 까마귀는 처음에 조금 먹다가 물고 가기 시작하는데 반드시 동일한 위치에 두 번 가는 일이 없을 뿐 아니라 그 저장하는 곳의 거리와 방향이 너무도 대중이 없어서 조금도 의식적 표준이 없는 것 같았다. 그래서 그 물고 가는 상태를 보고서 과연 전설과 같이 까마귀는 기성(記性)이 없는 것인가 의심하였다.

그러나 그것만으로는 그 결과를 단정할 수가 없으므로 그 저장하는 곳을 눈여겨보아서 기억할 수 있는 대로 기억하였다가 그 저장한 상태를 보기 위하여 두어 곳을 찾아가서 본즉 곳곳마다 식물을 물어다놓고 반드시 나무 잎새로 덮어놓았다. 나는 그곳을 다른 무엇으로 안표를 하여 조사에 편리하도록 하여 놓고 돌아왔다.

약 4, 5시간 후에 까마귀는 저장하였던 식물을 찾아서 먹기 시작하였다. 나는 긴장한 흥미를 가지고 그 결과를 기다렸다. 까마귀는 저장한 순서대로 찾는데 한번 내려가 앉으면 한 발짝도 옮기는 일이 없이 한번 앉은 그대로 서서 그 저장하였던 식물을 먹는데, 첫번도 그러하고 둘째번도 그러하여 순서를 따라서 번번이 그러하였다. 그뒤에도 몇 번이나 조사를 계속하였으나 조금도 틀림없었다. 이로 보면 까마귀의 기억력이 사람보다 나은 것은 물론 그 비류(比類)가 별로 많지 못한 듯하다.

그렇게 기성(記性)이 좋은 까마귀에 대하여 기억력이 없다고 인정하게 된 것은 무슨 연고인지 모르겠고, 처음에는 어찌하여 그런 말이 났든지 그뒤로 얼마를 두고 그 진설을 맹종하어 그칠 바를 알지 못하는 것은 이상한 일이 아니라고 할 수 없다. 덮어놓고 오해를 하는 사람도 어리석

상식의 허와 실을 짚어내는 만해의 혜안과 학구적 열정을 잘 보여주는 수필 「명사십리행」(『조선일보』 1929년 8월 14일자).

거니와, 이유 없이 오해를 받는 까마귀도 원통하리라고 생각하였다.

• 「명사십리행」, 329쪽.

이와 같이 만해는 치밀한 학구적 태도를 바탕으로 상식의 허실이랄까, 맹점을 예리하게 짚어낸다. 이러한 격물치지(格物致知)의 엄밀한 정신은

사물을 대함에 있어 언제나 격물치지의 엄밀한 학구적 정신을 보여주었던 만해는 『조선일보』 1937년 7월 20일자에 아이스박스의 역사를 한시를 통해 고증하는 수필 「빙호」를 게재했다.

사물의 실상을 꿰뚫어보는 시인적 혜안과 함께 『조선불교유신론』(朝鮮佛敎維新論), 『불교대전』(佛敎大典), 『정선강의 채근담』(精選講義 菜根譚), 「조선독립에 대한 감상의 개요」, 『십현담주해』(十玄談註解), 『님의 침묵』 등으로 이어지는 그의 탁월한 문자적 업적을 성취케 한다.

　지칠 줄 모르는 학구열을 지닌 만해는 식민지시대 많은 지식인들이 그러했듯이 더 넓은 세계와 조선의 참모습을 보기 위해, 또 '동양문명의 집산'이 이루어지는 새로운 문명의 현장을 보고 싶어 미국 대신 식민지 종주국이자 세계적인 불교 선진국인 일본으로 간다. 1908년 4월의 일이었다.

그러다가 반도 안에 국척(跼蹐)하여 있는 것이 어쩐지 사내의 본의가 아닌 듯하여 일본으로 뛰어들어갔다. 그때는 조선의 새 문명이 일본을 통하여 많이 들어오는 때이니까 비단 불교 문화뿐 아니라, 새 시대의 기운이 융흥(隆興)한다 전하는 일본의 자태를 보고 싶었던 것이다.

• 「나는 왜 중이 되었나」, 322쪽.

만해는 일본행에서 몇 가지 소득을 얻게 된다. 하나는 조동종대학(曹洞宗大學: 지금의 고마자와 대학〔駒澤大學〕)에서 아사다 후상(淺田斧山) 교수의 안내로 불교와 서양철학을 청강한 것이고, 또 하나는 메이지 대학(明治大學) 법학부에서 정치 지도자의 자질을 연마하고 있던 최린(崔麟)을 만난 것이다. 만해는 그와 함께 뒤에 3·1운동을 주도하게 된다.

일본 각지를 돌아보며 신문물을 관찰하고 돌아온 만해는 그해 12월 경성명진측량강습소(京城明進測量講習所)를 개설하는 한편 『조선불교유신론』 저술에 착수한다. 토지 개념이 희박한 조선 사람들로 하여금 측량기술에 대한 강의를 하여 측량 인식에 눈뜨게 함으로써 일본의 토지 수탈로부터 사찰이나 개인 소유의 토지를 수호하고자 강습소를 개설했으나 호응하는 사람은 의외로 적었다. 참담한 심정으로 사찰을 전전하던 만해는 1909년 7월 중순경, 월화 스님으로부터 『화엄경』을 배웠던 금강산으로 들어가 불교강사 생활을 한다.

행동하는 한국 근대불교 지성

임제종운동의 좌절과 만주 순방

조선시대의 배불(排佛)정책으로 1451년 문종 때부터 승려들의 도성 안 출입이 금지된 이후, 명종 때의 불교중흥책과 임진왜란 당시 의승병의 활약으로 잠시 완화되었다가 1623년 다시 인조가 금지령을 강화해 19세기 말에 이르기까지 그 기조가 유지되어왔으니, 그 동안 승려들의 한이 얼마나 컸을지는 짐작이 가고도 남는다.

수백 년간 엄격히 지속되어온 승려들의 입성금지가 해제된 것은, 1895년 3월 29일자 『고종실록』(高宗實錄)의 기록에 따르면 총리대신 김홍집(金弘集), 내부대신 박영효(朴泳孝)의 건의를 고종이 윤허함으로써 이루어진다. 이 과정에서 특히 불교신자인 박영효 거사의 역할이 컸던 것으로 알려져 있다.[1] 당시에 반상(班常) 차별 철폐, 노비제도의 폐지 등과 함께 국정개혁 차원에서 거론되어 이루어진 승려 입성금지 해제 조치가 마치 일본 승려 사노(佐野前勵)에 의해 이루어진 것처럼 왜곡된 것은, 일제의 식민주의 역사가들이 왜곡한 역사를 철저한 검증과 비판 없이 수용한 데서 온 중대한 오류이다.

구한말의 개화사상가 박영효『고종실록』에 따르면, 문종 이후 지속된 승려들의 도성출입금지령은 당시 총리대신 김홍집과 내무대신 박영효의 건의로 해제되었는데 특히 불교신자였던 박영효의 역할이 컸다.

　그러나 오랜 억압과 소외에서 채 벗어나기도 전에 조선 불교는 총독부에 의해서 관리되는 비운을 맞는다. 승려 입성금지령이 해지된 지 4년 뒤에 흥인문(興仁門) 밖에 원흥사(元興寺)가 세워진다. 조정에서는 1902년 그곳에 사사관리서(寺社管理署)를 두고 사찰령 36개조를 정한다. 이듬해에는 이보담(李寶潭) 등이 '사원 및 불교관리권 자치' 청원을 하고, 몇 해 뒤에는 '불교연구회'를 설립하고 고등교육기관인 '명진학교'(明進學校)를 세운다. 조선 침략의 야욕을 드러내기 시작한 일제는 원흥사를 빼앗으려다 이보담 등의 반대로 실패하게 된다. 그러나 이회광(李晦光)이 명진학교 2대 교장이 되던 해인 1907년 다케다(武田範之)는 일진회의 이용구(李容九)와 '권불재흥서'를 만든다. 이때 만해 한용운은 건봉사에서 수선안거(首先安居)를 성취하고 있었다.

1908년 조선 승려 52인은 원흥사에서 전국 사찰 대표자회의를 개최하여 불교회의를 해체하고 새로 원종(圓宗) 종무원을 설립한다. 이회광을 종정으로, 다케다를 고문으로 추대한 이들은 1910년 전동에 각황사(覺皇寺: 지금의 조계사)를 창건하여 조선불교중앙회사무소 겸 중앙포교소를 설립한다.

　그런데 우리를 당혹하게 만드는 사건이 한일합병이 일어나던 1910년에 있었다. 만해가 두 차례에 걸쳐서 중추원 의장 김윤식(金允植)에게 보낸 「중추원 헌의서」(中樞院獻議書)와 통감 데라우치 마사타케(寺內正毅)에게 보낸 「통감부 건백서」(統監府建白書)가 그것이다. 급진적 개혁주의자 만해는 당시의 문란했던 승려의 계율 문제와 불교도의 경제적 자립 문제 등을 직관하고, 그 해결책으로 승려의 결혼 허용을 강력히 주장한다. 조선 불교의 발전을 열망하는 충정에서 나온 만해의 이러한 주장은 다음과 같은 해명에도 불구하고, 철저한 자기반성이 결여된 당시 불교계의 들뜬 분위기가 초래한 단견이라고밖에 볼 수 없었다.

　　당면 문제보다도 30년 이후를 예견한 주장이다. 앞으로 인류는 발전하고 세계는 변천하여 많은 종교가 혁신될 텐데 우리 불교가 구태의연하면 그 서열에서 뒤질 것이다. 그리고 지금처럼 금제(禁制)하면 할수록 승려의 파계와 범죄는 속출하여 도리어 기강이 문란해질 것이라 믿는다.
　　그런데 한 나라로서 제대로 행세를 하려면 적어도 인구가 1억쯤은 되어야 한다. 인구가 많을수록 먹고 사는 방도가 생기는 법이다. 우리 인구가 일본보다 적은 것은 수모(受侮)의 하나이니 우리 민족은 장래에는 1억의 인구를 가져야 한다.
　　• 김관호, 「만해가 남긴 일화」, 『한용운』(한길사, 1979)에서 재인용.

만해는 금제가 파계를 낳는다는 탈불교적 발언과 인구의 증진만이 국가 존립의 방편이라는 시대착오적 발상을 언명하고 있다. "승려들은 마땅히 자식을 낳고 불교의 범위를 넓혀서 종교 경쟁의 진지(陣地)를 구축하여 기치를 세우게 하는 것이 교세를 보존하는 큰 계책"이라는 이러한 주장은 대처를 기본으로 하는 일본 불교의 종풍(宗風)과도 부합하는 내용으로, 김윤식이나 데라우치 마사타케는 쌍수를 들어 환영하는 바이겠으나 그를 아끼고 사랑하는 스승이나 동지들에게는 크나큰 실망을 안겨주었던 것이다.

당대의 교학승이자 만해의 외우(畏友)이기도 했던 박한영(朴漢永)조차 "만해가 미쳤나"라고 했을 정도로 충격을 주었던 이 사건은 보수적인 승려들에게 신랄한 비판을 받게 된다. 이 두 건의 건백서가 포함된 『조선불교유신론』이 탈고된 지 3년이 지나서야 나오게 된 것도 이러한 사정과 무관하지 않을 듯싶다. 그런데도 만해가 이듬해 장금봉(張錦峯)·박한영·김종래(金種來) 등과 임제종운동을 일으킬 수 있었던 것은, 만해의 재질과 능력을 아꼈던 그들의 선배다운 포용력과 도량이 있었기에 가능한 일이었다. 고재석의 지적처럼 만해는 '불교계의 반대 여론을 체험하면서 적어도 일방적인 환영의 무풍지대에서 자기만의 목소리를 높이는 경박한 계몽주의자로 화할 위험을 예방할 수 있었던' 행운을 가졌던 것인지도 모른다.

일제 통감부 통감 데라우치 마사타케와 대한제국 총리대신 이완용(李完用) 사이에 합병조약이 조인됨으로써 마침내 국권을 상실한 1910년 10월, 친일파 승려 이회광은 국내 72개 사찰 위임장을 가지고 일본으로 건너가 일본 조동종과 굴욕적인 연합체맹(聯合締盟)을 체결한다. 7개 조항으로 이루어진 연합체맹의 내용은 다음과 같다.

1. 조선 전체의 원종 사원은 조동종과 완전히 또는 영구히 연합동맹하여 불교를 확장한다.

1. 조선 원종 종무원은 조동종 종무원에 고문을 부탁한다.

1. 조동종 종무원은 조선 원종 종무원이 설립 인가를 득함에 있어서 알선을 노력한다.

1. 조선 원종 종무원은 조동종 포교에 상당한 편의를 도모한다.

1. 조선 원종 종무원은 조동종 종무원에서 포교사 약간 원(員)을 초빙하여 각 수사(首寺)에 배치하여 일반 포교 및 청년 승려의 교육을 촉탁하고 또는 조동종 종무원이 필요로 인하여 포교사를 파견하는 때는 조선 원종 종무원은 조동종 종무원이 지정하는 땅의 수사나 혹은 사원의 숙사(宿舍)를 정하여 일반 포교 및 청년 승려 교육에 종사케 한다.

1. 본 체맹(締盟)은 쌍방의 의(意)가 부합(不合)하면 폐지 변경 혹은 개정한다.

1. 본 체맹은 기(旣) 관할처의 승인을 득(得)하는 날로부터 효력을 발생한다.

조선 불교를 일본 불교에 종속시키려는 이회광의 이러한 음모는 즉각적인 반발을 불러일으켰다. 1911년 1월 15일 송광사(松廣寺)에서 박한영·진진응(陳震應)·장금봉·김종래·한용운 등의 주도로 전국승려대회가 발기하여, 일제의 비호를 받는 원종에 대립하는 임제종운동이 출범한다. 그러나 총독부는 같은 해 6월 3일 모든 사찰의 주지와 재산에 관한 권한은 총독이 가진다는 7조의 조선사찰령과 8조의 시행규칙을 발표함으로써, 조선 불교의 독립성과 국권수호의 의지를 다짐했던 임제종운동을 무력화시키고 만다.

임제종운동이 실패로 끝난 뒤, 조선사찰령과 시행규칙이 발표되는 현실불교로부터 소외된 열정의 풍운아 만해는 씁쓸한 심정을 달래고 자신을 추스르기 위해 그해 가을 만주로 떠났다.

조선 시세가 변한 이후로 조선 사람이 사랑하는 조국에서 살기를 즐기지 않고, 그 무슨 뜻을 품고, 오라는 이도 없고 오기를 바라는 사람도 없는 만주를 향하여 남부여대(男負女戴)로 막막한 만주 벌판으로 건너서는 사람이 많았다. 그중에는 고국에서 먹고 살 수 없어 가는 사람도 있었고, 또 그 무슨 뜻을 품고 간 사람도 많았다.

나는 그때에도 불교도(佛敎徒)이었으니까 한 승려의 행색으로 우리 동포가 가서 사는 만주를 방방곡곡 돌아다니며 우리 동포를 만나보고 서러운 사정도 서로 이야기하고 막막한 앞길도 의논하여 보리라 하였다. 그곳에서 조선 사람을 만나는 대로 이런 이야기 저런 이야기로 이역(異域) 생활을 묻기도 하고 고국 사정을 전하기도 하였다. 그리고 그곳 동지와 협력하여 목자(牧者)를 잃은 양(羊)의 떼같이 동서로 표박하는 동포의 지접할 기관, 보호할 방침도 상의하였다.

• 「죽다가 살아난 이야기-만주산간(滿洲山間)에서 청년의 권총에 맞아」, 『한용운산문선집』, 316쪽.

국내의 불교현실에서 느낀 소외와 환멸을 떨치고자 수많은 유이민(流移民)이 새로운 생존의 길을 찾아 모여든 만주 땅으로 간 만해는 그곳에서도 블라디보스토크에서처럼 구사일생의 위기에 부닥친다. 그곳 역시 만해의 회상에 따르면 '이상한 불안과 감격과 희망 속에 싸여 있는' 곳이었다.

근일에는 그곳을 가보지 못하였으나 그때에 그곳은 무슨 이상한 불안과 감격과 희망 속에 싸여 있었다. 낮에는 장산에 올라 풀뿌리를 캐고 조를 뿌리어 가을에 길이 넘는 조를 베어들여 산 밑에 있는 게딱지 같은 오막살이에 거두어들여서 조밥을 배불리 먹고, 관솔불 켜고 천하 대사를 통론하며 한편으로 화승총(火繩銃)에 조련을 하는 때이었다. 그리고 조선 내지에서 들어온 사람을 처음에는 불안으로, 그 다음에는 의심으로, 필경에 의심이 심하면 생명을 빼앗는 일까지 종종 있던 때이다.

•「죽다가 살아난 이야기 – 만주산간에서 청년의 권총에 맞아」, 316~317쪽.

만해는 이곳에서 훗날까지 깊은 신뢰와 존경으로 우의를 다진 동지들을 접촉하고 교분을 맺는다. 일송(一松) 김동삼(金東三), 단재 신채호, 성재(省齋) 이시영(李始榮), 단주(旦洲) 유림(柳林) 등과의 만남이 그것이다. 당시 이들은 만주 땅에서 신채호의 무장투쟁론의 이념 아래 각지에 의병학교를 세우고 때가 오기를 기다리는 독립지사들이었다. 만해는 이들을 격려하고 독립정신을 일깨우는 강연도 하면서 만주 일대를 순방하였다. 그런데 만해는 자신을 정탐(偵探)으로 오인한 청년들에게 저격을 당하는 극한상황에서 신비한 체험을 하게 된다.

몹시 아프다. 몸 반쪽을 떼어가는 것같이 아프다! 아! 그러나 이 몹시 아픈 것이 별안간 사라진다. 그리고 지극히 편안하여진다. 생(生)에서 사(死)로 넘어가는 순간이다. 다만 온몸이 지극히 편안한 것 같더니 그 편안한 것까지 감각을 못하게 되니, 나는 이때에 죽었던 것이다. 아니, 정말 죽은 것이 아니라 죽는 것과 꼭 같은 기절을 하였던 것이다.

평생에 있던 신앙은 이때에 환체(幻體)를 나타낸다. 관세음보살(觀世音菩薩)이 나타났다. 아름답다! 기쁘다! 눈앞이 눈이 부시게 환하여지며 절세의 미인! 이 세상에서는 얻어볼 수 없는 어여쁜 여자, 섬섬옥수에 꽃을 쥐고, 드러누운 나에게 미소를 던진다. 극히 정답고 달콤한 미소였다. 그러나 나는 이때 생각에 총을 맞고 누운 사람에게 미소를 던짐이 분하기도 하고 여러 가지 감상이 설레었다. 그는 문득 꽃을 내게로 던진다! 그러면서 "네 생명이 경각에 있는데 어찌 이대로 가만히 있느냐?" 하였다.

- 「죽다가 살아난 이야기 – 만주산간에서 청년의 권총에 맞아」, 317~318쪽.

관세음보살을 친견하고 계시를 받아 정신을 차린 만해는 구사일생으로 도망쳐 청인의 마을에서 응급조치를 받은 뒤 조선인 마을로 가서 수술을 하고 치료를 받는다. 이때 만해의 뼛속에 박힌 몇 개의 탄환은 끝내 꺼내지 못하여 이후에도 오랫동안 체머리로 살게 되는 계기가 된다.

나는 그 집에서 대강 피를 수습하고 그 아래 조선 사람들 사는 촌에 와서 달포를 두고 치료하였다. 총알에 뼈가 모두 으스러져서 살을 짜개고 으스러진 뼈를 주워내고 긁어내고 하는데 뼈 긁는 소리가 바각바각 하였다. 그러나 뼛속에 박힌 탄환은 아직도 꺼내지 못한 것이 몇 개 있으며, 신경이 끊어져서 지금도 날만 추우면 고개가 휘휘 둘린다. 지금이라도 그 청년들을 내가 다시 만나면, 내게 무슨 까닭으로 총을 놓았는지 조용히 물어보고 싶다.

- 「죽다가 살아난 이야기 – 만주산간에서 청년의 권총에 맞아」,

만주 흥경현 깊은 산속에서 훈련하고 있는 독립군들

318~319쪽.

만해에게 총을 쏜 청년들은 그 당시 만주 일대에 산재해 있던 독립군 후보생들로, 검정 두루마기에 검정 고무신을 신은 허름한 행색의 만해를 일제 정탐꾼으로 오인하여 처치하려 했던 것 같다. 신흥 무관학교를 설립한 우당(友堂) 이회영(李會榮)은 만해가 입원 치료 중이라는 소식을 듣고 크게 놀라 총을 쏜 학생들을 꾸짖고 병원으로 찾아가서 사죄토록 하였다. 무릎을 꿇고 용서를 비는 그들에게 만해는 다음과 같이 말하였다고 한다.

"뭐 그럴 게 있나? 청년, 아무 걱정 마오. 나는 독립군이 그처럼 씩씩한 줄은 미처 몰랐구려. 나는 이제 마음을 놓게 됐소. 조선 독립은 그대들 같은 용사가 있어서 크게 낙관적이오."

• 임중빈, 『만해 한용운』(명지사, 1993), 74쪽.

귀국 후 만해는 휴식할 겨를도 없이 임제종운동에 다시 뛰어든다. 범어사에 거점을 둔 임제종은 1912년 5월 26일 조선임제종 중앙포교당 개교식을 거행하는데, 만해가 취지를 설명하고 백용성(白龍城)이 연설을, 이능화(李能和) · 정운복(鄭雲復)이 찬조연설을 하였다. 원종이 각황사를 지어 포교활동을 강화하는 데 맞서기 위한 방책으로서 만해는 전국을 누비며 기금을 모연하다가 일제의 헌병대에 체포되어 실형을 선고받기도 하였다. 이처럼 한국 근대불교계는 총독부에서 인가를 받은 30본산 주지들의 원종과 이에 반대하는 임제종이 겨우 몇백 보를 사이에 둔 채 경성의 한 공간에서 대립하면서 남(범어사)과 북(각황사)으로 양분되었다.

이러한 불교계의 내분을 종식시키려는 자구책으로 주지회의를 개최하여 '조선선교양종'이라는 종지를 결정하고 그해 6월 20일 원종 종무원의 명칭은 '조선선교양종 각본산 주지회의원'으로 변경된다. 그리고 다음날인 21일 경성부에서는 원종(이회광 · 강대련)과 임제종(한용운) 양측을 소환하여 두 종무원의 현판을 철거하라고 명령한다. 불교계는 자신들의 문제를 타율적인 힘에 의하여 해결할 수밖에 없었던 것이다.[2]

임제종의 현판이 철거되었다는 사실은 젊은 승려 만해에게는 큰 좌절이었다. 고재석의 언급처럼 개종역조(改宗易祖)라는 명분과 함께 한국불교의 정치적 예속성을 거부하던 임제종운동의 좌절과, 현실세력에 의한 불교계 중심권으로부터의 소외는 30대였던 만해의 '해방적 관심'과 '혁명적 정열'이 현실에 부딪혀 좌절되는 순간이었다.

당시의 불교계에서 밀려난 만해는 다른 방향에서 일종의 문화적 참여 행위를 추구하게 된다. 1910년 12월 8일 탈고해두었던 『조선불교유신

부산 금정산의 범어사 조선 불교를 일본 불교에 종속시키려는 움직임에 반발하여 박한영 · 진진응 · 한용운 등이 주도한 임제종운동의 실질적인 총본산이었다.

론』의 간행에 착수하고, 『불교대전』 편찬을 계획하게 된 것이다. 그의 좌절이 오히려 창조적인 행위로 이어져 문자적 보상을 성취하는 계기로 작용했음을 생각한다면, 불교계로부터의 소외는 하나의 '역설적 행운'으로 볼 수도 있을 것이다.

한용운이 왜 당시 종단에서 간행한 불교 잡지를 이용하지 않고 단독으로 『조선불교유신론』(불교서관, 1913), 『불교대전』(범어사, 1914) 및 『정선강의 채근담』(신문관, 1917)을 잇달아 출간했는가, 그리고 『조선

불교총보』가 있었음에도 불구하고 왜 『유심』(惟心: 1918. 9. 1.~12. 30., 총 3호)을 간행하지 않으면 안 되었는가는 이러한 불교계의 정황을 벗어난 곳에서 찾기 어렵다. 그는 불교계로부터 소외된 고립감 또는 일종의 배신감을 저술이라는 단독적이고 창조적인 행위로 보상받지 않으면 안 되었으리라 생각된다. 그가 3·1독립운동 당시 백용성과 함께 외로운 참여를 결심하고, 또 그럴 수밖에 없었던 이유도 이러한 불교계의 다수적 분위기와 무관하지 않을 것이다.[3]

한국 근대불교사와 관련하여 만해가 보여준 문자적 업적은 선구적인 위치에 놓인다 할 수 있다. 『조선불교유신론』, 『불교대전』을 비롯하여 『십현담주해』, 『유마힐소설경강의』(維摩詰所說經講義)로 이어지는 저술 행위와 『유심』지의 간행으로 이어지는 만해의 실천적 사회활동은 어두운 시대의 횃불이 되기에 충분하였다. 위의 인용문에서 보듯이 그것이 어쩌면 현실적 소외와 모순 속에서 좌절된 이상의 한 보상 행위로 이루어진 것이라 할지라도 그 선구적 의미는 퇴색하지 않는다.

『조선불교유신론』의 의의

1912년 5월 25일 간행된 『조선불교유신론』은 만해 최초의 저술로서, 원문은 순한문에 한글로 토를 달아 읽기에 편리하도록 되어 있으며, 국판 80여 쪽에 이른다. 조선 불교의 현실을 타개하려는 열렬한 실천론이라 할 수 있는 이 논문은 그 시급함에 대한 혁명적 인식으로 인하여 부패할 대로 부패한 조선 불교의 현실을 직시할 수 있었을 뿐더러, 살아 있는 불교 진리와 그 현대적 의의를 제대로 제시한 불후의 노작이 되었다.

만해의 사상이 집약적으로 드러나는 『조선불
교유신론』의 표지

　당시의 조선 승려들은 세계적인 여행가 비숍 여사가 『한국과 그 이웃
나라들』이라는 책에도 썼듯이 "무척 무식하고 미신적"이었으며, "불교의
역사나 교의에 대해서, 불교의식의 취지에 대해서는 전혀 무지한 채로 대
부분의 승려들이 그저 '공덕'을 쌓느라고 끊임없이 반복하고 있었다."[4]
이러한 당시 조선 승려들의 전반적인 지적 수준에서 보면 만해의 사상은
그야말로 군계일학이라 할 만한 것이었다. 오세암 장경각의 먼지 쌓인 경
서들과 스승인 연곡 화상이 건봉사 등지에서 구해다준 근대 중국의 명저
들은 만해 사상의 형성에 중요한 자양분이 되었으며, 어린 시절부터 읽었
던 유교 경전들에 대한 지적 섭렵이 있었기에 『조선불교유신론』이 탄생
할 수 있었다.

　염무웅의 지적처럼 그때까지의 만해의 모든 교육과 사색과 견문이 당
시의 조선 불교에 대한 비판의 형태로 전면적으로 집약되고 있으며, 또한
앞으로 전개될 그의 모든 행동과 사상과 문학의 윤곽이 총체적으로 부각

되고 있다는 점에서 『조선불교유신론』은 '만해 사상의 집대성적 성격을 지닌다'고 할 수 있다.[5] 논술의 교본인 『맹자』(孟子)를 비롯하여 불교의 인명(因明)논리학을 철저히 육화(肉化)시킨 만해인지라, 논리전개가 아주 명쾌하고 힘이 넘치는 것이 특징이다.

모두 17장으로 구성된 이 논저에서 만해는 제1장부터 제4장에 걸쳐서 이론적 근거를 해박한 논증을 통하여 제시하고, 제5장부터 제16장까지는 당시의 조선 불교가 당면한 문제들로서, 시급한 해결을 요하는 구체적 문제들에 대한 의견을 피력하였다. 이 책의 논거를 제시한 앞부분에서 우리는 만해가 파악하고 있는 불교사상의 성격과 탁월한 현실인식 및 세계관을 엿볼 수 있다. 그러면 『한용운산문선집』(현대실학사, 1991)에 수록된 내용을 토대로 제1장부터 만해의 주장을 검토해보기로 하자.

제1장 「서론」에서 만해는 '학술·정치 등 다른 분야에서는 유신(維新), 유신 하고 부르짖는데, 왜 조선의 불교에서는 유신의 소리가 전혀 들리지 않는가'라고 개탄하고, 모든 것을 천운(天運)에 맡기고 상황에 순종적으로 이끌려가는 무기력한 불교계의 현실을 질타한다. 특히 이 글에서 우리는 모든 미신적 사고를 거부하는 명철한 합리주의자의 모습을 발견할 수 있다. 즉 만해는 "일을 꾀하는 것은 사람에게 있고 일을 이루는 것은 하늘에 달렸다"는 말의 모순성을 예리하게 지적·비판하고, 모든 것은 인간 스스로의 노력에 달려 있음을 강변한다.

성공할 수 있는 이치가 있기 때문에 성공하는 것이고 실패할 만한 이치가 있기 때문에 실패하는 것, 이것이 곧 진리인 것이다. (중략) 일을 꾀하는 것도 나에게 있다고만 할 것이 아니라 한 걸음 더 나아가 일을 이루는 것도 또한 나에게 있다고 해야 하리니, 이와 같은 이치를 깨달은 사람은 자기를 책망하되 남을 책망하지 않고, 자기를 믿되 다른 사물, 즉 하늘 따위를 믿지 않는다.

제2장 「불교의 성질」에서는 생존과 진화의 자본인 희망을 주는 것이 종교의 본령이라고 전제하고, 장래의 문명에 적합하지 않을 때는 종교는 존재 의의가 없다고 하여 종교의 현실정합성을 중시하는 철저한 현실주의적 종교관을 보여주고 있다. 따라서 만해는 '금후의 세계는 진보를 그치지 않아서 진정한 문명의 이상에 도달하지 않고는 그 걸음을 멈추지 않을 것'이므로 이 불교라고 하는 종교가 부단히 진보해 나갈 인류 문명의 미래에 적합할 것인가 그렇지 못할 것인가 하는 문제제기로써 출발점을 삼았다.

만해에게 중요한 것은 하나의 종교로서 불교가 본질적으로 중요하냐 그렇지 않느냐의 문제가 아니라, 그것이 과연 인류를 행복과 문명으로 이끄는 데 현실적으로 기여하느냐 못 하느냐 하는 것이었다. 그에게 하나의 고정불변의 절대적 가치나 관념으로서의 종교는 별 의미가 없었다. 그런데 불교야말로 만해가 보기에는 문명의 이상과 상충되지 않는 합리적 종교였던 것이다.

여기서 만해는 종교의 본질에 대한 근본적인 의문을 제기한다. 우리는 왜 종교를 믿는가? 그것은 인간에게 미래에 대한 희망이 필요하기 때문이고, 종교가 그에 대한 일정한 해답을 제시해주기 때문이다. 희망은 생존과 진화의 자본이므로 희망이 없다면 사람은 도덕적 행위의 지표를 상실하고, 삶의 의의 자체를 상실하게 된다. 그렇다면 사람들은 상승적 발전의 욕구를 포기하고 찰나의 쾌락주의에 안주하고 말 것이다. 결국 세상은 아귀다툼과 아수라장이 되고 말 것이다. 그렇기 때문에 종교는 필연적으로 내세에 대한 비전을 제시하게 되고, '예수교의 천당, 유대교가 받드는 신, 마호메트교의 영생(永生) 따위'는 그 구체적인 사례라 할 수 있다.

그러나 만해는 이러한 것들은 일종의 속임수요, 미신이라고 생각하였다. '미신으로써 어찌 사람을 깨달음의 경지로 이끌 수 있겠는가'라는 근원적 질문에 당면하여 만해는 비로소 불교의 진면목을 발견한다. 불교는 '민중의 지혜에 부당한 제약을 주는' 미신과 미혹에서 떠나 깨달음에 이르도록 하는 종교이기 때문이다. 천당이니 영생이니 하는 초월적인 환상에 의하지 않고 어디까지나 각 개인의 마음 속에 진리에 이르는 최종적 근거(眞如, 佛性)가 있다고 가르침으로써, 불교는 중생에게 희망을 갖도록 하는 것이다.

중생이 이런 더 없는 보배를 마음 속에 간직하고 있으면서도 스스로 미혹하여 알지 못하는 까닭에, 우리 부처님께서 대자대비한 마음으로 이들을 위하여 설법하시었다.

이와 같이 불교의 요체를 정확히 터득한 만해는 불교가 미신을 타파함으로써 참된 자아 안에서 불생불멸의 삶을 얻도록 가르치는 희망의 종교라는 점을 지적한다. 우리는 여기서 많은 종교가 지니고 있는 신비주의의 허상을 깨뜨리고자 하는 합리주의자·계몽주의자 만해의 면모를 다시 한 번 확인하게 된다. 미신의 종교들이 민중의 지혜를 속박하고, 미신으로써 사람의 생명을 낚는 미끼로 삼아 소중한 목숨까지 잃게 하는 폐단이 많다. 그러나 불교는 깨달음의 종교로서 마음 속에 천당도 있고 지옥도 있다고 보는 유심론적 세계관을 바탕으로 모든 사람들로 하여금 각자가 지닌 진여이 소중함을 일깨워주는 지혜의 종교라고 만해는 불교의 종교적 성질을 규정한다.

다음으로 불교의 철학적 성질에 관해서는 여타 종교들이 철학적 진리와 자신들의 종교적 진리가 부합하지 않아 마찰을 빚어온 데 비해, 불교는 거의 모든 철학적 진리를 포용할 수 있는 포괄적인 진리임을 구체적으로 논증해 나간다. 비록 량치차오 등의 견해를 인용한 단편적 견해이긴 하나 동서양 철학의 주요사항들을 불교의 내용과 비교하여 명쾌하게 그 요체들을 하나하나 짚어 나간다. 이를테면 외국에서 발생한 불교와 기독교가 중국에 들어가 불교는 크게 번성하고 기독교는 크게 번지지 못한 사실을 들어 기독교의 교리가 협애하고 단순하여 종교성만 내세우므로 철학성이 결핍되어 중국 지식층의 마음을 만족시키지 못한 데 비해 불교는 종교성과 철학성의 양면을 고루 갖추어 그들을 만족시켰기 때문에 결과적으로 불교가 중국철학의 발전에 크게 기여하였다는 량치차오의 견해를 소개한 다음, 우리 나라의 경우 불교가 들어온 지 1,500년이나 되었으나 이렇다 할 조선철학의 이채를 보이지 못했음을 지적한다.

이어서 역시 량치차오의 견해를 인용하여 칸트의 '도덕적 성질' 자유성과 부자유성을 기준으로 한 '참된 자아'와 '현상적 자아'의 개념을 설명한 뒤, 이를 불교의 진여와 무명(無明)의 논리와 연관짓고, 칸트와 부처의 다른 점을 지적한다. 또 진여·무명의 논리와 같은 불교사상의 도움을 받아 중국유학을 혁신시킨 성리학의 비조(鼻祖) 주자(朱子)의 의리지성(義理之性)과 기질지성(氣質之性), 명덕(明德)과 기품(氣稟) 또는 인욕(人欲)의 개념을 설명하기도 한다.

뒤이어 영국의 철학자 베이컨의 주장과 『능엄경』의 내용, 프랑스의 철학자 데카르트의 주장과 『원각경』의 내용을 대비하여 같고 다른 점을 지적한다. 이외에도 플라톤의 대동설, 루소의 평등론, 육상산(陸象山)과 왕양명(王陽明)의 선학(禪學)이 불교의 내용과 부합됨을 지적한다. 결론은

세존이 12명의 보살과 문답한 내용을 기록한 『원각경』. 깨달음과 실천의 방법을 구체적으로 상세히 알려주는 경전이다.

동서고금의 철학이 금과옥조로 삼아온 내용이 결국은 불경의 주석 구실에 지나지 않을 뿐이며, 종교이면서 철학인 불교는 미래에 도덕과 문명의 중요한 원천이 되리라는 것이다. 이와 같이 미래의 역사 전개에 대한 비전 제시와, 동서양 철학사상과 불교의 비판적 대비가 가능했던 것은 난삽한 철학이론들을 명료하게 인식할 수 있었던 만해의 명석함에도 원인이 있겠지만, 그보다는 불철주야의 오랜 정진에서 오는 불경 전반에 관한 도저(到底)한 섭렵이 있었기에 가능했던 것이다.

　제3장 「불교의 주의」에서는 불교의 이념을 평등주의(平等主義)와 구세주의(救世主義)에서 찾는다. 사물의 현상이 어쩔 수 없는 법칙에 의해서 제한을 받는 것이 불평등이요, 공간과 시간을 초월하여 얽매인 바가 없는 자유로운 진리가 평등이라고 정의하고, 불평등한 기짓 현상의 미혹을 벗어나 평등한 진리를 추구하는 것이 불교라고 규정한다. 나아가 근세의 자

유주의와 세계주의는 평등의 자손이라고 해명하고 진정한 자유는 남의 자유를 침범하지 않는 것으로써 그 한계를 삼는 것이며, 서로 침탈함이 없이 세계 다스리기를 한 집안을 다스리는 것같이 하는 것이 참된 세계주의라고 명명한다.

만해의 이러한 평등 개념은 불교를 형이상학적인 관념으로만 보지 않고 역사적·사회적 현실의 차원에서 해석함으로써 그 독창성을 갖는다. 뒷날 그는 이러한 생각을 '불교사회주의'라는 말로 개념화한 적도 있지만, 개개인의 자유가 모두 수평선처럼 가지런하게 되어 조금의 차이도 없는 것이 평등의 이상이 실현된 상태라고 보는 것이다.

만해는 나아가 불교의 평등정신이 다만 개인과 개인, 인종과 인종, 나라와 나라 사이의 관계에만 미치는 것이 아니라 모든 동식물과 모든 사물에까지 미치는 철저한 성격이라고까지 말한다. 구세주의는 이타주의(利他主義)의 다른 이름이다. 잘못된 이기주의적 기복 신앙은 불교의 본령과는 배치되는 것이므로 비판하고 『화엄경』의 구절을 인용하여 지극한 중생구제의 이념을 지향하는 불교의 본의를 논증한다. 아울러 현실도피적 은둔주의를 퍼뜨린 소부(巢父)·허유(許由)·양주(楊朱) 등 신선도의 무리를 질타한다. 이 또한 만해의 철저한 현실주의 사상을 보여주는 대목이다.

만해는 불교를 현실과의 긴밀한 관계 속에서 해석하였다. 흔히 불교가 참선과 고행으로 자기 한 몸만의 구원을 성취하려는 이기주의적 종교로 오해된 적도 있으나, 부처의 모든 설법은 중생제도의 자비심으로 가득 차 있다고 만해는 역설한다. 유마거사(維摩居士)처럼 한 사람이라도 해탈에 이르지 못한 병든 중생이 남아 있을 때, 그것을 곧 자기의 병으로 여기고 자신의 해탈을 거부하는 정신, 이러한 대승적 보살정신이 바로 불교정신의 핵심이라고 파악하고, 만해는 이런 불교의 근본정신을 구세주의라고 불렀다.

만해는 이미 『유마경』(維摩經)이나 『반야경』(般若經), 『화엄경』 같은 대승 경전에 심취한 바 있으므로 이러한 사상 형성은 자연스러운 것이고, 이러한 근본교리에 입각하여 만해는 절을 산 속에서 세간으로 옮길 것과 현실개혁 및 사회활동에 적극적으로 뛰어드는 종교로서의 불교를 지향해갔던 것이다. 그런 의미에서 염무웅의 다음 지적은 지금도 유효하다 하겠다.

만해는 '새로운 불교해석을 통해서 진보적인 계몽주의자가 되었고, 근대적인 자유주의를 불교적 평등의 개념 속에 흡수하였으며, 그러면서도 자유주의에 결부되기 쉬운 이기적 개인주의를 배격하는 동시에 불교의 보살정신을 사회개혁의 사상적 거점으로 확인하였다. 전통사상의 낡은 형태를 끝내 고집함으로써 시대의 발전에 역행하기도 하고, 외래사조에 무비판적으로 휩쓸려버림으로써 자기상실의 허무주의에 빠지기도 했던 혼돈의 시대에 있어서, 근대사상의 진보적 측면을 불교 속에 철저히 여과시키고자 했던 만해의 경우는 오늘의 우리에게도 매우 값있는 교훈으로 제시된다고 하겠다.[6]

제4장 「불교의 유신은 파괴로부터」에서 만해의 급진적 개혁주의는 비로소 그 모습을 드러낸다. 자주 인용되는 그 전반부는 다음과 같다.

유신이란 무엇인가. 파괴의 자손이다. 파괴란 무엇인가. 유신의 어머니다. 세상에서 어머니 없는 자식이 없다는 것은 대개 말할 줄 알지만 파괴가 없는 유신이 없다는 것은 아는 사람이 전혀 없다. 비례(比例)의 학문을 가지고 추리(推理)해보면 금방 알 수 있는데도 말이다. 그러나 파괴라고 해서 헐어버리고 없애버리는 것만을 일컫는 것은 아니다. 단지 구습(舊習) 중에서 현실에 맞지 않는 것을 고쳐서 새로운 방향으로 나아가게 한다는 것뿐이다. 그러므로 이름은 파괴지만 사실은 파괴가 아니라고 할 수 있다. 그리고 유신을 좀더 잘하는 사람은 파괴도 더욱 잘하게 된다. 파괴가 더딘 사람은 유신도 더디 이루고, 파괴가 빠른 사람은 유신도 빨리 이루고, 파괴가 작은 사람은 유신도 작게 이루고, 파괴가 큰 사람은 유신도 크게 이룬다. 이와 같이 유신의 정도는 마땅히 그 파괴의 정도에 따라 차이가 난다. 유신을 함에 있어 가장 먼저 시작해야 할 일은 파괴임이 틀림없다.

위의 글에서 우리는 근본적인 불교의 본의로부터 멀리 벗어나 있는 조선 불교의 오랜 폐단이 종기와도 같이 곪아 있으므로 대대적인 외과 수술이 필요함을 역설하고 있는 만해의 급진적인 개혁주의 노선을 엿볼 수 있다. 또한 노회한 수구파적 승려들에 대한 질타와 아울러 자신을 소외시킨 당시 불교계의 중심세력들의 부패, 무사안일, 무기력에 대한 분노와 그들에 대한 만해 자신의 전투적 의중을 읽게 된다. 군살을 도려내고 피를 짜내서 그 독을 제거하고 병의 뿌리를 뽑아내는 과감한 개혁이 없이는 근대사회에 부합하는 참된 종교가 될 수 없다는 만해의 전언은 오늘날에도 부합되는 초시대적인 안목으로 평가할 수 있다.

제5장에서는 유신의 구체적 방법으로「승려의 교육」문제를 제기한다. 여기서 그는 문명 발달의 관건이 교육에 있음을 전제하고 특히 사상의 자유를 강조한다.

그러므로 사상의 자유는 사람의 생명이요 학문의 중요한 기틀인 것이다. 슬프도다, 조선 승려의 배움을 제대로 이끌지 못하였기에 노예의 처지에 들어가게 했는가. 노예의 처지에 빠졌다는 것을 말하지 않으려고 해도 말하지 않을 수가 없다.

그 사상적 자유 면에서 전통적으로 승려들의 교육이 다른 계통에서 배우는 사람보다 나았으나, 이러한 제도가 오래 되다 보니 폐단이 생겼다는 것이다. 즉 지나친 권위주의가 참된 교육을 방해하고 있으며, 승려의 학문(불교학)을 추락시켰다는 것이다. 만해는 승려의 교육에서 시급히 요청되는 일이 우선 세 가지가 있다고 주장한다. 하나는 승려 교육이 지나치게 전문학(專門學)으로 치우쳐서 보통학(普通學)을 경시하고 있는 점이다. 기초적인 교양교육이 필요하다는 얘기다.

승려 교육을 받는 사람들이 그 학력의 우열은 가리지 않고 모두 불교의 전문적 학문에 종사하려 하고, 보통학을 원수와 같이 여겨 배우지 않을 뿐만 아니라, 도리어 중상을 일삼고 있으면서 그 무지몽매함을 많이 드러내고 있다.

따라서 만해는 불교 교과서를 새로 편찬하고 개정하여 단계적 교과과정을 정하고 체계적으로 교육해야 한다고 주장한다.

둘째는 사범학(師範學)인데, 이는 교육방법론과 교사론을 아우르는 개념으로 볼 수 있다. 만해는 사도(師道)가 알맞으면 배움의 반은 이루어진 것이라 전제하고, 오늘날의 승려 교육이 사범학이 제대로 되어 있지 아니하고 참된 스승이 부족함을 지적한다.

슬프도다, 세상은 크고 학문의 세계가 넓거늘 후배들이 무슨 죄로 이런 무식하고 후안무치한 자들의 지도를 달게 받아 그 전철(前轍)을 밟아서 제2의 뽕나무 벌레(아류)가 되어야 하겠는가.

만해는 이렇게 잘못된 사범학을 바로잡으려면 먼저 사범학교를 설립하여, 포괄적이고도 적절한 교육을 시킴으로써 새롭게 나아가야 함을 역설한다.

셋째는 외국 유학인데, 인도나 중국에 유학하여 학문의 폭과 전고를 넓히고, 또는 구미의 여러 문명국에 유학하여 타종교의 연혁이나 현황도 배워 지식을 교류해야 함을 말하고, 그러한 일은 이루 헤아릴 수 없는 이익이 뜻밖에 많을 것임을 지적한다. 그리고 마지막으로 교육의 혁신을 서둘러야 함을 다시 한 번 역설한다. 이러한 만해의 교육관은 구호에만 그치지 않고 대중강연과 『유심』지의 발간, 문학을 통한 계몽 등의 교육활동으로 실천되었다.

제6장 「참선」에서는 타락한 선풍(禪風)을 바로잡을 것을 촉구한다. 마음의 본체를 고요히 길러 스스로 마음을 밝히는 도가 참선이라고 전제하고, 적적성성(寂寂惺惺)하여 흔들림이 없고 어두움이 없는 부동의 환한 마음이 그 목표라고 하며 당시의 잘못된 선풍을 지적한다.

요즘 참선하는 사람들은 이상하기도 하다. 옛 사람들은 그 마음을 고요히 가졌는데 오늘날의 사람들은 그 처소를 고요하게 가지고 있다. 옛 사람들은 그 마음을 움직이지 않았는데 오늘날의 사람들은 그 몸을 움직이지 않고 있다. 그 처소를 고요하게 가지는 것은 염세(厭世)일 뿐이요, 그 몸을 움직이지 않는 것은 독선(獨善)일 뿐이다. 불교는 구세(救

世)의 종교요 중생을 제도하는 종교인데, 부처님의 제자가 되어서 염세와 독선에 빠져 있을 뿐이라면 크게 잘못된 것이 아니겠는가.

이것은 선의 본질을 꿰뚫고 있는 만해의 현실참여적 행동철학을 보여주는 부분이다. 진정한 선객은 드물고 사찰마다 선실(禪室)을 마련하여 명예나 이익을 추구하는 도구로 전락한 현실을 개탄하고, '조선의 참선은 겨우 이름만 있는 참선'이라고 진단한다. 그리고 이와 같이 추락한 선풍을 새롭게 할 대안을 다음과 같이 제시한다.

참선을 새롭게 하는 길은 어떤 방법이 있겠는가. 조선 각 사(寺)의 선실의 재산을 합하여 한두 개의 큰 규모의 선학관(禪學館)을 마땅한 곳에 세우고, 선의 이치에 밝은 사람 몇 명을 초빙하여 스승으로 삼고, 참선을 원하는 중이거나 일반인을 구분하지 않고 모두 받아들이되, 모집할 때에는 일정한 방법으로 시험을 치르고, 선학관에 들어가면 모두 시간을 일정하게 지켜 산만하지 않게 하고, 다달이 혹은 강론을 듣기도 하고 혹은 토론을 하게도 하며, 한편으로는 참선의 정도를 시험하기도 하고 한편으로는 그 지식을 교환하게도 한다.

만해의 이러한 생각은 '선학원'(禪學院)의 설립으로 구체적으로 실현되기도 한다.

제7장 「염불당의 폐지」에서는 조선 불교에 널리 성행하고 있는 염불당의 문제에 착안하고 염불이라는 것이 불문(佛門)에서 하나의 방편으로 행해진 것에 불과한데, 방편이 점점 많아지다 보니 말류(末流)의 폐단이 심해진 것이라는 문제의식을 갖고, 부처님의 명호(名號)만 소리 높여 부

선불교와 민족불교의 도량으로서 안국동에 위치해 있던 선학원

르는 것은 진정한 염불이 아님을 조목조목 규명하여 염불의 실체를 밝혀 나간다.

염불의 목적은 최종적으로 극락정토에 왕생하는 것이라 하나 국토에 본디 예토(穢土)·정토(淨土)가 없으며 오로지 마음으로 예토·정토가 있을 뿐이며, 지은 바 원인의 좋고 나쁨은 따지지 않고 다만 그 염불하는 정성만을 동정하여 정토에 인도하여 간다면 이는 불법에 어긋나는 것인 동시에 더없이 멀고 더없이 동떨어진 다른 곳의 부처님께 비굴하게 애걸 복걸하는 것이 된다. 또한 "어찌 그리 가까운 것을 버리고 먼 것을 취하며, 자기를 종으로 만들어서 다른 것을 주인으로 섬기는" 일이 된다고 지적한다. 예토가 곧 정토요, 예토밖에 따로 정토가 없으므로 극락왕생을 비는 그와 같은 염불은 근본적으로 부처의 본의와 어긋난다는 것이다. "자기 마음이 정토일 뿐"이므로 만해는 중생이 이러한 거짓 염불을 폐지하고 참다운 염불을 할 것을 주장한다. 그러면 만해가 주장하는 참된 염불이란 어떤 것일까.

참다운 염불이란 무엇인가. 부처님의 마음을 염(念)하여 나도 또한 그것을 마음으로 삼고, 부처님의 배움을 염하여 나도 또한 그것을 배우고, 부처님의 실천을 염하여 나도 또한 그것을 실천하여서, 비록 일어(一語)·일묵(一默)·일정(一靜)·일동(一動)이라도 염하지 않음이 없으며, 그 진실과 거짓 및 권실(權實)을 가려 내가 진실로 그것을 소유하고 실천하는 것이 참다운 염불인 것이다.

결국 참된 염불이란 부처의 마음과 가르침을 제대로 알고 실천하는 데에 있으므로, 방편에 빠져 본의를 망각하는 폐단을 불식하자는 것이다.

제8장 「포교」에서는 만해의 근대의식이 잘 나타난다. 힘의 논리를 바탕으로 한 제국주의 시대의 도래와 이종교의 침투에 의해 위기에 봉착한 불교의 현실을 직시하고, 세력(힘)이란 자유를 보호하는 신장(神將)이니 세력이 한번 꺾이면 살아 있어도 죽은 것이나 마찬가지라 하고, 조선 불교가 외부세력에 유린당하는 것이 세력의 부진에 있다고 진단한다. 또한 불교의 세력이 부진한 원인을 가르침을 제대로 펴지 않은 데에 있다고 보고, 적극적으로 선교에 나서는 이교들에 비하여 설법 하나로 포교의 명맥을 이어나가는 조선 불교의 포교는 너무나 힘이 미약하다고 분석하고 불교의 생명을 영구히 존속시키는 것은 포교에 있으므로 포교에 힘쓸 것을 역설한다. 구체적으로 들어가서는 포교하는 사람의 자격요건으로 열성과 인내, 사애(慈愛)를 제시하고, 포교의 방법도 연설이나 신문·잡지에의 기고, 경전의 번역과 유포, 자선사업 등 다양한 길이 있음을 제시한다.

제9장 「사원의 위치」에서 만해는 조선의 사원이 모두 산 속에 있어 생기는 심각한 문제점을 제기한다. 즉 사원이 산 속에 있기 때문에 무사안일에 빠져 진보사상과 모험사상, 구세사상과 경쟁사상이 없어진다고 보았다. 절간이 있는 곳이 사물과 접촉하며 문명을 진보시키는 데에 부적당하며, 견문과 열력(閱歷)이 모자라 모험사상이 없으며, 속세의 고통과 쾌락을 겪지 않으려고 하여 그 정분을 끊으려 하므로 구세사상이 없어져 염세하기에는 적당하나 구세하기에는 부적당하며, 현실을 외면하고 자기만 깨끗이 가지고자 하므로 경쟁사상이 결핍된다는 것이다.

또한 만해는 절이 그와 같이 궁벽한 곳에 있기 때문에 교육·포교·교섭·통신·단체활동·재정 등, 일을 처리하는 데에 여러 가지 불리한 점이 있다고 보았다. 절의 궁벽한 위치가 사상적인 면에서 주는 네 가지 부정적 영향과 구체적인 불교사업에 미치는 불리한 점 여섯 가지를 지적한 것이다.

그리고 이러한 문제를 해결할 수 있는 방안으로 세 가지 방책을 제시한다. 상책은 기념할 만한 절 몇 개만 남기고 나머지는 모두 철거하여 각 군(郡)이나 항구의 도회지에 새로 세우는 것이고, 중책은 크고 아름다운 절은 남겨두고 작은 절과 황폐한 절은 철거하여 큰 도회지에 옮겨 세우는 것이며, 하책은 암자만을 폐지하여 본사에 합치고 한 도(道) 또는 몇 개군의 절이 합동으로 요지에 한 출장소를 두어 포교와 교육 등의 일을 처리하는 것이다. 그러나 만해는 상책과 중책은 말할 것도 없고 하책마저도 실행하기 힘든 조선 불교의 현실을 질타하면서, 특이하게도 40세 이상의 기존의 승려들에 대한 강한 세대론적 불신을 토로한다.

내가 그것을 살펴보고 판단해 말하기를, 청년이나 소년이 자라 장차 영웅이 되며 장차 호걸이 되어 앞뒤로 끊이지 않고 이어서 거의 절을 비우지 않는다면 하책이나마 가능함을 주저없이 단언할 수 있지만, 만일 40세 이상의 인물이 저절로 보통 이상의 지위에 앉기만 한다면 나는 하책조차도 이루어지리라고 믿지는 않는다고 할 수 있다.

이러한 기존의 현실불교 세력에 대한 불신은 앞에서도 언급한 바와 같이 1912년에 제정된 본말사법과 관계가 있다고 할 수 있다.

당시 조선선교양종 종무원장인 이회광이 주지로 있던 해인사의 본말사법은 30본산을 대표하는 것으로, 이는 종칙·사격·주지·직가·회계·재산법식·승규·포교·포상·징계·섭중·잡칙 등 총 12장으로 구성된다. 그중에서 제3장 16조를 보면 주지는 ①연령이 40세 이상 ②비구계를 구족하고 갱(更)히 보살계를 수지(受持) ③법랍이 십하(十夏) 이상 ④대교과를 졸업해야 한다고 되어 있다. 그러나 사실은 총독부의 인가가 절대적인 사항이었으므로 만해는 이들과 같은 체제 타협적인 주지들에게 개혁을 요구하는 것은 연목구어일 뿐이라고 본 것이다. 만해는 이러한 조건을 갖추지 못했을 뿐만 아니라 본사 주지들과 정신사적 응전을 달리했기 때문에 한국 근대불교계에서 소외될 수밖에 없었다. 어쩌면 그는 스스로 방외적 인물이 되기를 자발적으로 선택했는지도 모른다.[7]

제10장 「불가에서 숭배하는 소회(塑繪)」에서는 "물체(현상)는 진리의 거짓 모습이며 소상(塑像)은 현상의 거짓 모습이므로 진리의 처지에서 바라보면 소상은 '거짓 모습의 거짓 모습'일 수밖에 없고, 따라서 파괴해

야 한다는 주장이 일명 수긍되지만 한 거짓 모습의 대상을 만들어서 중생들의 모범이 되기를 바라는 것이 소회가 발생한 원인이다"라고 하여, 불상(佛像)의 발생과 효능에 대해 언급하면서 만해의 예술관·문학관의 일단을 내보인다. 진리와는 거리가 먼 이러한 예술, 즉 소상의 허상성을 매도하고 배척하는 사람들도 있으나, 그 애매모호한 거짓 모습이 사람들의 도덕심에 불가사의한 공헌을 끼치는 현실적 효용성을 만해는 자신의 체험을 통하여 논증한다.

허망함이 짝이 없는 하나의 돌덩이를 봄에 미쳐서는 그 느낌이 이와 같이 절실하고 강렬했었다. 그림과 상(像)이 똑같이 거짓 모습의 대상이지만 마음을 감동시킴이 같지 않고 차이가 크게 나는 것은 무엇 때문인가. 대상에도 직접·간접의 차이가 있기 때문에 마음에도 직접적인 감동과 간접적인 감동의 차이가 나는 것이다.

문자를 통한 문학의 간접성에 비하여 보는 즉시 감성으로 전달되는 미술의 직접성을 통해 조상과 같은 공간예술의 신앙적 효능을 인정하고 있다. 그러나 조선 불교는 기복신앙적 성격이 강해서 너무 많은 조상들이 난무하고 있다고 본다. 만해는 그 원인을 "민지(民智)가 미개해서 자기가 받들 신이 아닌데도 상을 만들고 그림을 그려 함부로 아첨하여 제사 지내 화복(禍福)을 빌고 망령되이 길흉(吉凶)을 물으니 그 폐단이 또한 매우 크도다. (중략) 조선 불가에서 숭배하고 받드는 소회는 어찌 그리도 가림이 없으면서 지극히 번잡스러운가"라고 하여 신앙의 혼잡스러움을 지적하고, 따라서 소회는 가려서 어지럽지 않게 해야 하고 간단하고 번잡스럽지 않게 해야 한다고 주장한다.

금산사의 나한전. 만해는 나한의 불교예술적 효용성은 인정하였으나 자기구제만을 목표로 하는 나한독성(羅漢獨聖)은 대승적 이념에 맞지 않으므로 신앙의 대상에서 제외되어야 한다고 보았다.

나한독성(羅漢獨聖)은 부처의 중생제도와 이타의 이념을 저버리고 작은 것에서 스스로 즐겨 다른 중생을 제도하려 하지 않으므로 현대 문명세계의 사회에서도 그 존재의의를 갖지 못하므로 이를 가까이 하거나 떠받듦은 옳지 못하다.

만해는 부처의 근본이념에 바탕을 두고 그 존재의의가 미약한 나한상을 철거하고, 아울러 칠성(七星)·시왕(十王)·신장(神將) 등도 더욱 황당무계하며 웃음거리이므로 불교도가 된 사람은 여래의 참다운 상을 받드는 것이 옳다고 전제하고, 난신(亂信)의 도구인 소상 따위를 먼저 개혁해야 한다고 주장한다. 단지 석가모니상 하나만을 지극히 공경하고 지극히 엄숙하게 모시고서 혹시라도 서로 모독하지 말고 그 얼굴을 우러러보면서 그 자취를 생각하고 그 정을 느끼면서 행동으로 옮겨 실천하는 것이 참된 불교도의 길임을 밝힌다.

제11장 「불가의 각종 의식」에서는 전통적인 사찰의 의식들이 너무 번잡하고 혼란스럽다고 지적하고, 이는 대개 그 습관에 젖어서 그 근본을 캐지 않고 다만 그 지엽적인 면만을 따지기 때문이라고 파악한다. 도깨비의 연극 같은 이러한 의식들이 지나치게 외면적으로 치우친 데 따른 번잡을 줄이고, 좀더 내면적인 면에 치중하여 경건하면서도 진실한 마음으로 간단한 예식을 행하면 된다고 주장한다.

다른 것은 그대로 좇아도 좋겠지만 예불을 하루 한 번씩 하되 다만 삼정례(三頂禮)만 행하고 또 사시공불(巳時供佛)을 없앤다면 지나치게 간소화하는 것이 아니냐고 할 것이다. 그러나 나는 그렇지 않다고 말할 수 있다. 왜냐하면 예(禮)는 번거로우면 어지러워지게 되고 어지러워지면 공경하지 않게 되고 공경하지 않게 되면 예의 본뜻이 없어지고 마는 것이다.(중략) 번거로우면서도 공경하지 않는 것과 간소하면서도 공경하는 것은 어느 것이 좋으며, 친숙하여 엄숙함이 없는 것과 소원하면서도 공경함이 있는 것은 어느 것이 좋겠는가.

허황된 의식보다는 내용의 진실됨을, 외화보다는 내실을 중요시하는 만해의 이러한 태도는 "법공(法供)이 중요하고 반공(飯供)은 중요하지 않다"하고 매일 하는 반공의 폐지를 주장하고, 부처님은 화복의 주재자가 아니시니 "다만 복을 빌기 위하여 망령되게 제사 지내는 일을 없애자" 하여 불필요한 제사를 없애자는 주장으로 이어진다. 이러한 견해는 모두 말단의 혼잡상을 청산하여 불교의 본령에 충실하자는 그의 투철한 신념에서 온 것이다.

제12장 「승려의 인권회복은 반드시 생산에서부터 시작된다」에서는 오랜 세월 계속된 승려의 멸시와 탄압이 생산력이 결핍된 기취(欺取) 생활과 개걸(丐乞) 생활에서 유래되었다고 보고 탁발의 관습을 비판한다. 그러한 기취 생활과 개걸 생활은 어디까지나 수도와 중생제도의 지극한 뜻에서 나온 방편일 뿐이라는 것이다. 놀면서 먹고 입는 것을 분리(分利)라 정의하고, 근대 자본주의에서 이러한 분리자(分利者 : 유휴 노동력)는 생산자의 도둑이므로 천대와 멸시를 받는 것이 당연하다고 보았다. 그러므로 자본이 없다든가, 생산의 방법을 모른다는 등의 이유만 댈 것이 아니라 끊임없는 노력으로 과일나무·차나무·뽕나무·도토리나무 등의 조림사업에 착수한다든가, 주식·합자·합명 따위의 회사 운영과 같은 공동 운영 사업을 해볼 것을 권고한다.

제13장 「불교의 장래와 승려의 결혼문제」는 만해의 『조선불교유신론』 중에서 가장 큰 물의를 불러일으킨 주장이며, 이 장 때문에 만해의 유신론 자체가 비판의 대상이 되기도 한다. 만해는 계율은 어디까지나 소승(小乘)의 근본 기틀이 천박해서 욕망과 쾌락으로 흘러 돌이키기 어려운 자들을 상대해야 했기 때문에 방편으로 자세한 계율을 만들어 그들을 제한한 것일 뿐이라 전제하고, 예의 그 승려 취처 문제를 본격적으로 거론한다. 한 걸음 더 나아가 불교를 부흥하는 데에 가장 중요하고 시급한 일이 승려의 결혼 금지를 해제하는 것이라고까지 주장한다. "불교의 진리가 어찌 잗다란 계율 사이에 존재하겠는가"라고 전제하고, 인지상정인 식욕과 색욕은 억누를수록 더욱 심해지므로 결혼을 금지함으로써 오히려 풍속을 문란케 하고 뜻과 기개를 없애버리는 폐단이 있다고 지적하고, 승려의 결혼 금지가 결과적으로 해로움을 윤리·국가·포

교·교화 네 가지로 나누어 논하고 있다. 이러한 생각은 만해가 일본 불교를 시찰할 때 대부분의 일본 승려들이 아내를 두고(帶妻) 있는 데에서 자극을 받았던 것이 아닌가 싶다.

그러나 이것은 "남근(男根)을 여인의 음부(陰部)에 넣으려면 차라리 독사의 입에 넣으라"라고 한 부처의 말씀이나, 금욕에 대해서는 가장 엄격한 승가의 계율에 정면 배치되는 것이었다. 만해는 승려의 금혼이 불효를 저지르는 반인륜적 행위이며, 국력신장에 필요한 인구의 증가와 같은 국가 이익에 위배된다고 주장한다. 이미 출가한 사문에게 효·불효의 세속적 차원이 무슨 문제이며, 승려의 금혼이 오늘날 한국의 인구는 증가 일로에 있으므로 인구 증가를 위해 승가의 계율을 파기해야 한다는 주장도 모순이라 할 수 있겠으나, 만해의 주장은 어디까지나 승려금혼의 계율이 상근기(上根機)에만 해당되는 방편적인 것이므로 다수의 하근기(下根機) 중생에게까지 무리하게 적용하는 것이 부당함을 지적한 것이었다.

서경수(徐景洙)의 지적처럼 만해가 불교뿐만 아니라 타종교의 교단과 계율의 관계에 대해서 조금만 더 깊이 연구할 기회를 가졌다면 좋지 않았을까 하는 아쉬움을 남긴다. 그가 말하는 근기(根機)에 따라 승가집단을 출가한 수도승과 재가의 교화승으로 구분하여 수도승은 철저히 계율을 지키게 하고, 재가교화자(在家敎化者)들에게는 결혼에 대한 선택의 자유를 주는 정도의 온건한 유신론을 제기했더라면 불교의 장래를 위해서도 타당성이 있는 이론으로 각광받았을 것이다. 하지만 그는 성급하게도 이러한 생각을 일본인 통감의 권력을 빌려서라도 구체적으로 실현시키고자 작성한 「중추원 헌의서」와 「통감부 건백서」를 관계기관에 제출하기도 하였다. 이는 그만큼 당시 조선 불교가 안고 있는 모순과 문제점들의 심각성에 대해 깊이 인식하고 그 해결이 너무나도 시급하다는 젊은 만해의 충정에서 나온 행동이라 사료된다.

제13장 말미에는 그 두 가지 문건(文件)이 첨부되어 있다. 이후 만해가 다시 산으로 돌아가 『십현담주해』와 『님의 침묵』에 전념하고 있을 때인 1926년 불교계에서는 승려의 대처식육(帶妻食肉) 문제가 공론화된 적이 있었다. 1925년 가을에 불교신도이면서 친일파였던 이완용의 후원 아래 대처자(帶妻者)는 본산 주지에 취임할 수 없게 한 사법을 개정하려는 움직임이 일자, 만해와 함께 3·1운동에 참여했던 백용성을 중심으로 한 비구(比丘)들이 1926년 5월과 9월에 총독부에 건백서를 제출한 것이다. 개항기 이후 서서히 조선 불교에 파급되었던 승려의 대처문제는 사원의 경제적 침탈상황을 야기하고 주지쟁탈전, 부정과 파쟁 사건의 근원이 되어 당시 불교계의 모순으로 자리잡았던 것이다.

이러한 현상은 1910년 한일합병과 3·1운동을 거치면서 보편화되었다. 이는 당시 승려들의 일본 및 일본 불교에 대한 우호적인 태도와 일본 유학한 청년 승려들의 영향으로 급격히 파급된 것으로, 결과적으로 일제의 식민지 정책을 도와주는 꼴이 되고 말았다. 따라서 백용성 등의 건백서는 일제 식민지 불교에 대한 저항의 의미를 갖는다. 그러나 차선책으로 택했던 건백서조차 수용되지 않자, 백용성은 대각교(大覺敎)를 창설하여 독자적인 노선을 택하게 되었다.

제14장 「사원 주직의 선거법」에서는 주지의 직책을 윤회주직(輪回住職)·의뢰주직(依賴住職)·무단주직(武斷住職)의 셋으로 나누고 그 병폐를 논한 다음, 개선책으로 절의 크고 작음과 사무의 다소에 따라 월급을 정하고, 주지의 선거법은 투표로 하되 3분의 2를 얻어 당선토록 하는 제도를 제시하고 있다.

제15장 「승려의 단결」에서는 공동의 목표를 위해서는 서로 단결하여

상의해가면서 해결해야 하는데, 조선의 승려들은 전혀 그렇지 못함을 다음과 같이 지적하였다.

　한 절에서 집단생활을 하면서도 형식적인 단결은커녕 정신적인 단결도 일찍이 들어보지 못하였다. 만일 한 승려가 있어서 어떤 일을 하려고 하면 그 일의 옳고 그름과 사리의 좋고 나쁨은 따지지 않고 서로 시기하고 의심하며 배척하여서 일이 동쪽에서 나오면 훼방은 서쪽에서 일어나고 아침에 의논하여 합치하고도 저녁에는 취지를 달리하여 개가 이빨을 드러내고 반항하듯 하여 하나도 서로 이룸이 없게 하는 형편이니 한심할 뿐이다. 뭉치지 않으면 그만인데 무슨 까닭으로 서로 헤치며, 방관하면 될 터인데 무슨 까닭으로 도리어 서로 질투하는 것인가.

　따져보지도 않고 시기하고, 의심하고, 배척하기부터 하는 조선 불교 승려집단에 대한 반감은 "개가 이빨을 드러내듯"이라는 표현에서 보듯, 만해 자신의 체험에서 오는 분노가 스며 있어 어조가 자못 공격적이다. 이어서 그는 량치차오의 견해를 빌려 조선 승려들의 방관적 태도를 혼돈파(混沌派)·위아파(爲我派)·오호파(嗚呼派)·소매파(笑罵派)·포기파(暴棄派)·대시파(待時派)의 여섯 가지 유형으로 나누어, 그 무지와 비겁과 소심과 무능을 비판한다. 서경수의 지적처럼 거룩한 성직의 지위에서부터 도성 출입이 금지된 천민의 지위로 격하, 신분이 추락되면서도 과감히 저항하다가 순교한 기록이 미미했던 것도 조선 승려들의 심리적 무력감이 만해 시대에까지 유전되어온 것이다.

　제16장 「사원의 통할(統轄)」에서는 "불교계 내부를 살펴보건대, 한 가지 일도 제대로 정제된 것이라곤 없다"라고 하여, 그 원인이 올바른 통할

이 없기 때문이라고 진단한다. 이어서 그는 불교계 전체로 하여금 모두 한 통할권 안에 들어가게 하는 혼합통할과 두 개 이상의 부분으로 나누어 분할 통치하는 구분통할로 나누어 그 장단점을 논한다.

혼합통할의 장점

1. 사람과 재산이 한 곳으로 집중될 것이므로 일을 주관하는 데 편리하다.

2. 일을 시행할 때마다 전체가 일치하기 쉬워서 서로간에 넘치고 모자라는 차이가 없다.

3. 서로 대립이 없으므로 피차에 알력의 폐단이 없다.

구분통할의 장점

1. 민지(民智)가 미개한 사회는 분열을 좋아하고 단결을 싫어하며, 서로 돕는 마음은 적고 서로 이기려는 마음이 많아서 갑과 을이 서로 대함에 질투·경쟁으로 흐르기 쉽다. 질투·경쟁이 비록 좋은 일은 아니지만 그것이 일을 힘쓰는 데로 진보하면 크게 유효할 것이다.

2. 피차에 서로 견제하고 꺼리는 까닭에 일을 제멋대로 처리하는 악폐를 저지를 수 있다.

3. 회의·교섭 따위의 일이 반드시 간편하고 쉬워질 것이다.

그리고 원칙상으로는 혼합통할이 바람직하지만 승려 가운데 당분간 통할을 맡아 수행할 수 있는 자격을 갖춘 사람이 없고, 사찰마다의 지식수준이 낮은데다가 공덕심(公德心)이 결여되어 갑자기 혼합통할을 시행하기는 어려울 것이며, 구분통할도 분열만을 가중시킬 수 있어 만해도 뚜렷한 대안을 제시하지는 못하고 있다.

제17장 「결론」에서는 불교유신론을 개진하게 된 동기와 심경, 승려들에 대한 당부를 밝히고 있다. 만해는 사사로운 마음이 없이 조선 불교의 현실을 직시하고 반드시 말해야 할 의무를 느껴서 말하였다는 것과 조선 불교가 더욱더 새로워지기를 간절히 바라는 심경을 피력한다.

이상과 같은 만해의 주장은 부패할 대로 부패했으며, 총독을 구세주로 또는 관세음보살로 보았던 당시의 무지몽매한 불교계의 현실에서는 어쩌면 이론을 위한 이론으로서 탁자 위의 폭풍으로 그칠 위험을 처음부터 지닌 지극히 이상주의적인 것이었는지도 모른다. 그만큼 당시 조선 불교의 발전을 가로막고 있는 폐습의 벽은 견고한 것이었다. 하지만 그것은 또한 조선 불교가 당면한 가장 시급한 과제이기도 했다. 만해의 이 처절한 충고는 진정으로 조선 불교가 거듭 나기를 열망하고 새벽을 알리려는 '닭의 울음'소리와도 같은 것이었다. 불교학자 서경수는 이렇게 평한다.

만해의 눈에 비친 1910년 전후의 불교계는 하나부터 열까지 온통 파괴의 대상이었다. 30대를 갓 넘은 만해의 과열된 다혈질적 흔적을 읽을 수 있다. 1,600년을 묵은 불교계의 완고한 성벽을 공격하려면 만해의 과열된 다혈질로도 너무나 미약하다. 그래서 만해는 당시의 승려 군중을 여섯 가지로 분류하며 날카롭게 공격해보았다. 그러나 이미 마비된 승단은 어지간한 공격에도 요지부동이다. '우이독경'(牛耳讀經)이란 고사가 연상된다.[8]

이후에도 만해는 1920~30년대에 많은 불교 관련 논설들을 발표하여 지속적으로 조선 불교의 당면과제들을 제시함으로써 당시의 식민지적

만해는 1920, 30년대에 많은 불교 관련논문들을 발표하였을 뿐만 아니라 사라져가는 우리의 문화유산 발굴에도 신경을 썼던 현실개혁적 전통계승론자였다. 사진은 전주 안심사에서 만해가 발견한 한글 대역 불경판에 대한 『동아일보』 1931년 7월 9일자 기사이다.

현실 속에서 불교의 타락을 경계하는 소금의 역할을 수행하였다. 이 시기 만해의 논설들은 더욱 심화된 사회의식과 불교적 이상 실현의 구체적 방법론들을 전개한 것으로서, 만해 불교사상의 한층 성숙한 지평을 보여주고 있다.

특히 1931년 『불교』(佛敎)지 제88호에 발표한 「조선 불교의 개혁안」 같은 논설에서는, 1910년 『조선불교유신론』을 집필한 후 20년이 흐르는 동안에도 유신은커녕 더욱 침체되어만 가는 불교를 개혁하지 않으면 안 된다는 간절한 염원 아래 ①교·정의 통일기관을 설치하고, ②사찰을 폐합하여 그 재산을 불교 전체를 위하여 유용히 사용하고, ③교도의 생활 보장을 하여 불교 홍포(弘布)의 기틀을 마련하고, ④경·론을 번역하여 중생을 제도하는 방편을 삼고, ⑤대중불교를 건설하여 모든 중생의 행복을 증진하고 선·교를 아울러 진흥시켜야 할 것을 역설하는 등 그 구체적인 개혁방법론을 제시하였다. 이 시기에 발표한 논설들에서 만해는 좀더 본질적으로 조선 불교가 타락·위축하게 된 원인을 역사적으로 분석하여 혁신의 당위성과 나아갈 방향을 제시하고 있다. 다음의 인용문은 좀더 핵심에 다가간 만해의 현실진단과 방향설정의 좌표를 보여준다.

재래의 불교는 권력자와 합하여 망하였으며, 부호(富豪)와 합하여 망하였다. 원래 불교는 계급에 반항하여 평등의 진리를 선양한 것이 아닌가. 이것이 권력과 합하여 그 생명의 대부분을 잃었으며, 원래 불교는 소유욕을 부인하고 우주적 생명을 취함으로써 골자(骨子)를 삼지 아니하였는가. 부호와 합하여 안일에, 탐욕에 그 생명의 태반을 잃었도다. 이제 불교가 진실로 진흥하고자 할진대 권력계급과의 관계를 단절하고 민중의 신앙에 세워야 할지며, 진실로 그 본래의 생명을 회복하고자 할진대 재산을 탐하지 말고 이 재산으로써 민중을 위하여 법을 넓히고 도(道)를 전하는 실수단으로 삼아야 할 것이다.

  • 「불교유신회」, 『한용운』(한길사, 1979), 213~214쪽.

3·1운동의 여파로 민족의식이 범국민적으로 확산·심화되면서 1920
년대에 접어들면 노동운동과 농민운동의 고조와 병행하여 불교계도 젊
은층을 중심으로 한 불교운동이 활발하게 전개된다. 불교청년회(1920)·
불교유신회(1922)·불교청년회맹(1931년 개칭)·만당(1931) 등의 조직
이 결성되고, 민족불교·대중불교·청년불교로서의 새로운 길을 모색하
기 시작한 것이다. 만해는 언제나 이 운동들의 배후에서 운동의 노선을
제시하고 활동의 지침을 마련하는 데에 지도적인 역할을 하였다. 특히
1930년대에 인수하여 1940년경까지 발행한 『불교』지(1921년 창간)에
발표한 그의 많은 논설들은 불교현대화 및 민중불교운동이라는 견지에
서 거의 반세기의 세월이 흐른 오늘에도 시효를 잃지 않은 지침적 의의를
지닌다고 생각한다.[9] 전통사상인 불교가 이와 같이 만해에 의해 재해석
됨으로써, 한국 전통 내부에서 자라온 새로운 시민의식과 접맥되고 있음
은 다음의 지적에서도 확인할 수 있다.

당시의 종교 가운데에서 유교의 한계는 이미 뚜렷해졌고, 기독교는
한국적 전통과 너무나 이질적인데다가 계몽적 요소 못지않게 우민주
의적(愚民主義的) 요소를 지니고 있었으며, 동학은 고급 종교로서 충
분히 발전되기 전에 탄압당했고, 그 법통을 제 나름대로 나눈 천도교와
시천교(侍天敎)는 그나마 동학의 혁명적 의지를 처음부터 포기한 것이
었다. 그렇다고 당시의 비종교적 계몽주의가 종교적 깊이와 무게를
갖고 정착할 수 없었음은 육당과 춘원의 기구한 정신적 방황의 생애가
웅변해준다.[10]

따라서 만해의 불교 선택은 조동일의 지적처럼 '매우 현명한 것'이었

다고 할 수 있다. 그러므로 그의 불교는 19세기 후반과 20세기 전반을 누구보다도 열렬히 살았고, 그 삶으로부터 탁월하게 심화된 사상의 빛을 이끌어내었던 인간 만해의 불가피한 표현인 것이지, 종교를 위한 종교, 형식화에 머무르는 배타적 종교가 아니었다. 염불당을 폐지하고 절의 위치를 시중으로 옮기며, 승려의 결혼이 허용되어야 한다는, 당시로써뿐 아니라 지금으로서도 대담한 주장을 함으로써, 즉 틀에 얽매인 종래의 불교를 거부함으로써 그는 진정한 불교인이 되었던 것이다.

만해의 승려취처론과 대승불교사상은 당시의 한국 불교가 처한 역사적 현실의 타개와 중생제도에 대한 열망에서 나온 것으로, 중국의 계몽주의 사상가 량치차오의 진보적 합리주의사상에 크게 영향을 받은 바 있지만, 오늘에 와서도 여전히 문제를 던지고 있는 미해결의 과제라 하겠다. 염무웅의 지적처럼 만해는 종교를 통해서 현실을 잊고 현실을 초월한 것이 아니라, 종교를 통해서 현실을 더 깊이 있게 알았고, 깊이 있게 앎으로써 비로소 현실을 넘어설 수 있었다. 그러므로 종교는 만해에게 적극적인 정신적 격투의 공간이지, 결코 구원과 안식의 자리가 아니었던 것이다.[11]

『불교대전』과 『채근담』의 간행

불교 관련 논설을 통하여 침체된 불교의 개혁을 주장하는 한편으로 만해는 오래 전부터 관심을 가져왔던 불교교리와 경전의 대중화, 불교제도와 재산의 민중화에 대해 그 실천적 행위로서 『불교대전』의 편찬에 착수한다. 임제종 현판을 철거당한 직후인 1912년 여름에 통도사(通度寺)로 내려간 만해는 그 무더운 여름날, 장경각에서 고요히 고려대장경을 열독한다. 이미 오세암의 대장경에서 큰 줄기를 잡아 머릿속에 구상이 완료

된 목차에 따라 낮에는 구체적으로 열람하고, 밤에는 깨알같이 정리하여 마침내 1914년 4월 30일 범어사에서 축소판 대장경인 『불교대전』을 간행하였다.

대장경 1511부 6802권을 낱낱이 열람하고, 그 한 권 한 권에서 한두 구씩 초록하여(초록본만 444부이다), 서품(序品)·교리강령품(敎理綱領品)·불타품(佛陀品)·신앙품(信仰品)·업연품(業緣品)·자치품(自治品)·대치품(大治品)·포교품(布敎品)·구경품(究竟品)으로 편성한 초인적인 작업이었다. 『조선불교유신론』을 간행한 지 약 11개월 만의 일이다. '만해가 1914년 6월에 조선불교강구회를 결성하여 고등불교강숙의 학생들에게 비판적인 안목을 길러줄 수 있었던 이면에는 이러한 자기확인의 자부가 있었던 것'[12]인지도 모른다. 깊은 잠에서 깨어나지 못하는 승려들에게 『조선불교유신론』을 통하여 불교계의 유신을 호소한 바 있는 만해는 이번에는 대중을 위하여 불교교리를 체계적으로 집대성한 『불교대전』을 편찬한 것이다. 그러니까 『조선불교유신론』이 승려들을 대상으로 한 이념적인 저작이라면, 『불교대전』은 불교교리를 현대화하여 대중에게 제시한 실천적인 저작[13]이라고 할 수 있다. 『불교대전』을 현대어로 역주한 이원섭(李元燮)의 다음과 같은 찬탄처럼 인간적인 한계를 넘어서서 자유자재로 노니는 듯한 관자재보살의 능력이 아니고서는 행하기 어려운 일들을 만해는 거뜬히 해치우고 있다.

방대한 불교의 경전을 섭렵, 주제별로 재구성하여 불교의 기본적 교리와 수도 방법과 처신의 문제를 체계 있게 분류하여, 위로는 깨달음의 내용으로부터 아래로는 국가·가정의 문제에까지 이르도록 망라하지 않음이 없었고, 거기에 해당하는 말씀들을 경(經)·률(律)·론(論)에서

방대한 불경을 주제별로 재구성한 『불교대전』

초록하였으니, 인용 경전은 한역 대장경과 남전(藍由) 대장경을 합해 444부에 이른다. (중략) 바다 속에 있는 것 같아 방향조차 잡기 어려운 대장경을 이같이 재정리해 놓음으로써 불교를 일목요연하게 만든 것은, 깨달음의 눈이 투철하신 선생이 아니신들 어찌 꿈꾸기나 할 수 있는 일이었겠는가?[14]

그러나 고재석의 지적처럼 『조선불교유신론』이나 『불교대전』 같은 문자적 업적을 이룬 만해의 눈물겨운 노력 이면에는 '소외된 현실을 인정하지 않으려는 한용운이 자기를 확인하고 실험하면서 이루어낸 창조적 심리보상'의 메커니즘이 작용했는지도 모른다.

그토록 끈질기게 개혁을 주장했으나 부패하고 낙후한 불교계의 현실은 그의 외침에 그다지 귀를 기울이지 않았다. 오히려 만해는 '파괴를 먼저 한 후 건설할 것'을 주장한 급진적 인물인 동시에 '뜻을 주로 하며 표범처럼 숨고 안개처럼 변하는' 인물로 비춰졌을 뿐인지도 모른다. 그리고 '불교 전래 이후 처음으로 승려 가취'의 건백서를 중추원과 총독부에 청원한, '마음은 괴롭고 뜻은 급한' 과격한 개혁승으로 인식되었던 것인지도 모른다. 그는 보수적인 한국 근대불교계로서는 뇌관이 제거된 폭약과도 같은 존재였을 것이다.

만해는 '조선불교강구회'를 만들어 자신의 유신론을 젊은 학생들에게 강변한다. 그러나 조선선교양종 종무원의 기관지 『해동불보』(海東佛報)의 '잡화보'코너에 석 줄짜리 기사로 취급될 수밖에 없었다. 한국 근대불교계는 그가 없어도 나름대로 새로운 국면의 1915년을 맞이하고 있었다. 그 변화의 하나는 승속(僧俗)이 연합하여 불교진흥회를 출범시킨 일이며, 다른 하나는 지지부진했던 불교 교육기관을 준대학으로 승격시킨 중앙학림(中央學林)을 설립한 것이었다. 만해는 영호남의 사찰을 순례하며 강연을 할 수밖에 없었다.[15]

민족의 각성을 위해 지칠 줄 모르고 강연 활동을 하던 만해는 1915년 6월 20일 포켓판 276쪽으로 된 『정선강의 채근담』 번역을 탈고하고, 1917년 동양서원에서 발행한다. 만해는 이 책을 순창(淳昌) 구암사(龜巖寺)에 있으면서 독해 · 강의한 듯하다.[16] 일제 강점기에서 '분수에 맞지 않는 권력을 위하여 남의 턱짓하는 밑에서 한 허리를 만 번이나 구부리면서 부끄러움이 없는' 삶을 살고 있는 자나, 불의한 복리(福利)를 위하여 비굴하게 살면서도 태연한 자들을 일깨워 민족독립의 정신을 심어주겠다는 목적으로 '조선 정신계 수양의 거울로서' 강의한다는 서문에서처럼 이제 만해는 불교도뿐만 아니라 온 민족을 대상으로 하여, 현실 참여의 바탕 위에서 자기의 주체성을 확립하는 수양의 필요성을 역설하고 있는 것이다. '펄펄 끓는 정열로 생긴 삶의 생채기를 떼어내면서 살던' 만해가 이 책을 번역했을 때 당대의 걸출한 불교 지성인 석전(石顚) 박한영은 기꺼이 다음과 같은 서문을 써주었다.

만해의 수양주의의 결실인 『정선강의
채근담』

　만해 상인이 참선을 하는 여가에 환초공이 저술한 『채근담』(菜根譚)
을 뽑아서 강의하고 편록하여 나의 낮잠이 처음 깨는 깊숙한 암자에 와
서 보여준다. (중략) 다시 이 세계에 분주히 바쁘게 왔다갔다 하여 더운
데로 달리고 끓는 것을 밟는 사람들로 하여금 능히 녹수청산의 사이로
걸음을 돌려서 바람 앞에서 한번 읽고 소나무를 어루만지며 한번 읽고
돌을 쓸고 앉아서 한번 읽게 한다면 전일에 부귀영화의 호화로움을 구
하던 생각이 깨끗이 소멸될 것이며 육미(肉味)를 잊고 허근(虛根)으로
돌아감이 여기에 있을 뿐이다.

　『채근담』의 저자는 명나라 만력 때 사람 홍응명(洪應明)으로 자는 자성
(自誠)이고, 호는 환초도인(還初道人)이다. 이 책은 체계적인 철학 서적이
아니라 그저 생각나는 대로 적어 나간 수상록으로, 명구와 '청언'(淸言)

들을 모아놓은 수양서의 하나이다. 이 『채근담』이 오랫동안 우리 나라에서 애독된 것은 이 책에 담겨 있는 사상이 어딘가 한국인의 정서에 깊이 호소하는 바가 있기 때문이다. 즉 점잖기만 한 수양서가 아니라 적나라한 인간의 기쁨과 고뇌가 잘 어우러져 있는 고전이기 때문이다. 자아에 눈뜬 지식인이 세상을 살아감에 있어 한편으로는 자신을 충분히 발전·개화시키려고 하는 측면이 있는가 하면, 또 한편으로는 인간관계의 번거로움에 식상하여 아무것에도 구애되지 않는 경지를 동경하기도 한다.

명나라 말기 만력시대에는 체제 내부의 부패가 진행됨에 따라 파벌싸움이 격화되고, 사방에서 음모와 당쟁이 계속되었다. 『채근담』의 도처에 나타나는 권력항쟁에 대해 혐오하는 말들은 어쩌면 홍응명 자신의 인생경험에 기초한 것이다. 그는 스스로의 싸움에 뛰어드는 자를 개미가 고기 주위에 모이고 파리가 피를 찾아 날아드는 것에 비유하고 있다. 그러나 "인생은 무리지어 살지 않는 경우가 적다"라는 순자(筍子)의 말처럼 인간은 사회를 떠나서는 존재할 수 없다. 아무리 현실의 인간관계에 실망했더라도 인간은 역시 인간 속에서 살 수밖에 없는 것이다. 만해 역시 이러한 갈등이 없지 않았을 것이다. 그러나 만해는 적극적인 현실참여의 길을 택하였다.

오늘날 우리가 『채근담』을 읽고 감명하는 것은 폐쇄된 사회에서 살수밖에 없었던 한 지식인의 깨끗한 윤리관이다. 그는 무지에서 오는 과오에 대해서는 되도록 관용적인 태도로 임하려 하였다. 그러나 거짓된 군자의 독선·편견·위선·변절 등의 악덕에 대해서는 단호하게 붓을 들었다. 『채근담』의 매력은 어떤 때는 가슴을 펴고 현실에 부딪치는가 하면, 또 어떤 때는 현실로부터 도피하면서 어떻게 해서든지 사신에 충실하려고 한 인간 홍응명의 매력 바로 그것이다.[17]

만해의 지조 높은 행동강령도 어쩌면 이러한 동양적인 선비의 교양서인 『채근담』의 인생관이 육화된 결과가 아닐까 생각한다. 만해가 때로는 저자로 나아가서 치열한 현실참여를 행하고, 때로는 산으로 돌아와 내성과 관조의 시간을 가졌던 것도 세간과 출세간의 변증법적 자기지양을 꾀한 유연한 인생경영의 지혜에 말미암은 것이다. 홍응명의 친구인 삼봉산인(三峰山人) 우공겸(于孔謙)이 쓴 「채근담해사」(採根譚題詞)에서도 "속세의 명성 따위를 티끌과 같이 보는 태도에 그 견식의 높음을 알수 있다"고 말했듯이, 이 책은 청빈한 인격의 소중함을 일깨우는 '돈세의 미(味)와 자적(自適)의 멋'[18]을 지닌 동양의 정신수양서였다.

이 책을 번역 · 강의하면서 정신적으로 더욱 성숙해질 수 있었던 만해는 조선선종중앙포교당 강사가 된다. 그러나 1916년은 그에게 38세의 나이에 걸맞은 삶의 넓이와 깊이를 주었고, 동시에 정신적 반려자였던 월화 스님과 장금봉을 영원히 앞세운 한 해이기도 하였다.[19] 만해가 1917년 4월 6일 신문관에서 『정선강의 채근담』을 출간했을 때 다음과 같은 서평이 실렸다.

수양의 요체와 문장의 묘미를 겸존구비하야 수처에 양진양원(養眞養圓)의 경계를 발견하고 무시로 쾌심쾌의의 사설을 완미할 자는 명인 홍자성의 『채근담』이시라. 그 상은 삼교를 정렬하야 편편이 양금이요 그 문은 백가를 효찬하여 자자이 채금이라. 금에 불교계의 대지식 한용운사 추열도탕차세계도에 일복 청량제를 투여할 의로 특히 차서를 취하야 정도한 식견과 오묘한 변론으로 정화를 채철하고 자의를 강명하니 원서의 기와 보술의 정이 양양상제하야 과연 금화쌍미의 관이 유한지라.[20]

구국의 화신: 만해의 민족독립운동

「오도송」과 『유심』지의 간행

만해의 현실불교로부터의 소외와 고독은 『조선불교유신론』, 『불교대전』, 『정선강의 채근담』이라는 문자적 결실로 맺어졌다. '참담했던 교단적 소외와 고독을 세 권의 문자적 업적으로 창조적으로 보상한' 셈이다. 그러나 그는 이제 불교계의 모순된 구조에 대해 비생산적인 도전을 지속하는 것보다 자신을 다시 한 번 투철하게 직시할 필요를 느낀다. 만해는 다시 세간을 떠나 설악산 오세암으로 들어가 설악의 대자연 속에 파묻혀 자신을 되돌아본다. 그는 '구름이 흐르거니 누군 나그네 아니며, 국화 이미 피었는데 나는 어떤 사람인가'라는 화두를 들기도 한다.[1] 그리고 그해 마지막 겨울 밤, 바람에 물건이 떨어지는 소리를 듣고 '자기를 어둠 속에서 분명히 바라보는 체험'을 한다. 돈오견성(頓悟見性)이었다.

> 남아의 발 닿는 곳, 그곳이 고향인 것을
> 그 몇이나 객수 속에 오래 머무나.
> 한 소리 크게 질러 삼천세계 깨닫거니

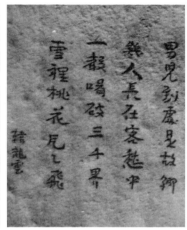

내설악 백담사의 만해 시비에 새겨져 있는 「오도송」

눈 속에 복사꽃이 송이마다 붉구나.

男兒到處是故鄕　幾人長在客愁中

一聲喝破三千界　雪裏桃花片片紅

•「오도송」, 『한용운시전집』(장승, 1998), 247쪽(필자 번역).

이 시를 읊조리고 나서 만해는 그 동안의 의심하던 마음이 씻은 듯이 사라졌다고 한다. 이 시는 1907년 강원도 건봉사에서 수선안거를 성취한 이래 10년 만에 마침내 오도(悟道)한 선사(禪師) 만해가 자기면목을 눈 속의 복사꽃으로 표현한 것이다. 도를 깨달으면 대중의 증명을 받아야 한다. 이에 대해 만해의 제자 중 한 사람인 설산(雪山) 스님은 다음과 같이 증언하고 있다.

도를 깨달으면 개당설교(開幢說敎)로써 대중의 친증(親證)을 받아야

합니다. 삼백의 규중 대중이 운집하였습니다. 법상(法床)에 오른 선사께서는 「오도송」을 대중과 화음(和音)으로 읊은 다음에 "해탈은 생사거래(生死去來)로 끊어졌고 진공묘유(眞空妙有)의 그림자도 없어지니 소소영영(昭昭靈靈)한 내 마음자리만 만리에 구름이 없으니 만리가 그대로 하늘일 뿐이올시다. 대성존(大聖尊)께서는 박탈무이(縛脫無二)의 도리를 구원겁래(久遠劫來)로 설하고 계십니다. 합원대중(合院大衆)은 들으시오! 속박은 누가 얽매었으며 해탈을 스스로 털어버리는 도리를 아느냐! 모르느냐! 삼천대천세계가 쾌활쾌활(快活快活)입니다." 이때 상좌(上座)에 정좌하신 만화(萬化) 스님이 일어서서 주장자로 만해선사를 가리키며 "일구급진만해수(一口汲盡萬海水, 한 입으로 온 바닷물을 다 마셔버렸구나). 이제부터 만해수좌(萬海首座)로 하라. 오유정법안장(吾有正法眼藏, 나의 정법안장)을 부촉만해전자(付囑萬海禪子, 만해선자에게 부촉해 주노라)하노라." 만해선사가 법좌에서 내려와서 삼두(三枓) 드시고 가사(袈裟)와 발우를 수지(受持)하니 석가모니불의 78대(代)요, 태고선사의 자자세손(子子世孫)으로서 (후략).[2]

1917년의 이 견성의 체험으로 만해는 새롭게 태어났으며, 자신이 가야할 길을 명확히 인식하는 계기가 되었다. 만해는 깨달음에서 오는 법열(法悅)에만 잠기지 않고 '설리도화'(雪裏桃花)의 실현을 위해 이듬해 산중을 벗어나 서울로 간다. 그리고 『유심』지의 창간에 몰두한다. 윤재근(尹在根)의 지적처럼 『유심』지를 통하여 일제의 군국주의를 벗어나기 위한 한민족의 독립운동 정신을 현실적으로 심기 시작한 것이다. 선사 만해가 지사(志士) 만해로 전환되는 순간이다. 이후 한치의 양보도 없었던 일제에 대한 투쟁과 저항은 만해가 깨달은 참된 자성(自性)을 구체적으로

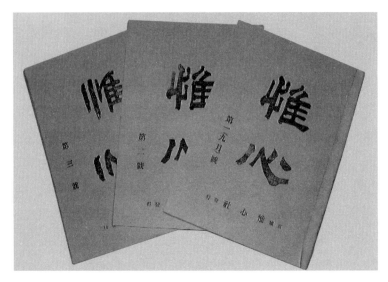

불교 교양지이자 민족 계몽지의 성격을 띤 『유심』지 1·2·3호

실천해 나간 과정으로 보면 된다. 따라서 1917년은 만해 생애의 분수령
이 된다고 할 수 있다.

　그해 겨울 만해는 오세암에서 정진하고 이듬해 봄인 1918년 4월 서울
로 향한다. 일제의 온갖 검열과 무단정치의 박해 속에서 민족의 눈과 귀
를 열어야 하는 비원을 품었던 만해는 경성부 계동 43번지에 '유심사'(惟
心社)를 차리고, 편집인 겸 발행인이 되어 그해 9월 1일 『유심』지를 창간
하였다. 인쇄소는 당시 을지로 2가 21번지 신문관이었다. 『유심』지의 성
격을 전보삼(全寶三)은 민족 전통 문화의 계승·발전 운동의 일환이자
3·1운동 전위지의 수단, 그리고 현상문예를 통한 대중불교의 이상 실현
등으로 규정한다. 그 논거로서 민족의 유구한 역사와 전통이 소멸해가는
현장에서 민족이 전통문화를 일으켜 세움은 새 역사 창조의 원동력이 되
며, 이 잡지의 언론 활동을 통하여 세계 정세의 흐름을 파악하고 이 민족

의 나아갈 바 지표를 확인하며 『유심』지의 필자들인 최린·권동진(權東鎭)·오세창(吳世昌)·최남선·임규(林圭)·현상윤(玄相允) 등과 세계 사정에 대해 상당한 교감이 이루어지고 있었다는 점을 들고 있다. 따라서 만해는 이 잡지를 통해 애국정신을 고취하고자 불교적인 글 외에 「청년의 수양 문제」, 「동정받을 자 되지 말라」, 「가정교육이 교육의 근본이다」, 「자기의 생활력」, 「수양총화」, 「항공기 발달소사」, 「과학의 연원」 등의 글들을 과감히 채택함으로써, 승려가 만든 잡지이면서도 일반 종합잡지의 성격을 띠는 쪽으로 이끌어 나갔다. 민족적 단위의 깨달음을 지향하는 계몽주의적 입장과 기존의 잡지에 반드시 등장하던 총독부 관리의 글을 배제함으로써 정교분립의 태도를 가시화한 것도 이 잡지의 특별한 성격이라 할 수 있다.[3] 특히 이 잡지에서 타고르의 소개와 함께 만해의 자유시가 시도되고 있다는 점은 특기할 만한 사실이다. 박한영이 「타고올의 시관」을 발표하고, 타고르의 「생의 실현」과 「우담발화재현어세」가 만해의 번역으로 실렸으며, 「처음에 씀」과 「심」(心) 같은 자유시를 실험한다. 만해가 7년 뒤에 발표하여 근대시의 금자탑을 이룬 『님의 침묵』의 싹이 이미 『유심』지에 잠재되어 있었던 것이다.

그러나 새로운 발상의 형식으로 나온 이 불교 교양잡지는 3·1 운동의 준비로 동분서주했던 만해의 상황과 정교분립을 지향한 이 잡지에 대한 총독부의 간섭 등으로 3호 만으로 종간되고 만다. 『유심』지의 문학사적 의의를 고재석은 다음과 같이 지적하였다.

닫혀졌던 역사의 문을 3·1독립운동이라는 역사의 횃불로 열고자 동분서주했던 한용운은 이 잡지의 간행을 유보할 수밖에 없었다. 그리고 종단의 지원 없이 잡지를 낸다는 것은 한 개인으로서는 너무 벅찬 일이었다. 또한 총독부가 정교분립을 지향한 이 잡지를 그냥 방치해둘 리도 없었다. 3·1운동이라는 역사의 소용돌이에 휩쓸려 중단되고 말았지만, 『유심』지는 한용운의 문학을 잉태시킨 출발점이자 1910년대를 대표하는 불교 지성들과 민족진영의 지성들이 식민지 현실을 극복하는 이념적 좌표를 유심과 수양주의에서 찾았던 잡지로서 그 문학사적 의의를 평가할 수 있다.[4]

만해의 독립사상

선사, 지사, 시인 등의 다면적 무게를 지니고 있는 만해라는 근세 영웅의 진면목은 무엇일까? 그러니까 불승으로서, 문학가로서, 민족운동가로서 입체적 성격을 지니는 만해라는 한 인물의 가장 본질적인 성격에 가까운 정체성은 어떻게 규정할 수 있을까? 이에 대한 대답은 그의 문건들을 자세히 검토함으로써 규명할 수도 있겠지만, 먼저 비교적 가까이에서 그를 지켜보았던 당대인의 시각은 어떠했는가를 살펴볼 필요가 있겠다.

시인 조종현(趙宗玄)은 만해가 권상로(權相老)로부터 『불교』지를 인수해 속간하던 무렵 만해로부터 많은 영향을 받은 사람이다. 그가 쓴 「만해 한용운」이란 글의 서두에 붙어 있는 「서시」(序詩)에서 조종현은 만해를 독립지사, 항일투사로 그 본질적인 인물성격을 규정한다. 더러 다정다한(多情多恨)한 문인이나 개혁적 선승으로도 보였으나, 어디까지나 만해의 진면목은 민족지사였다고 자리매김하고 있다.

　만해(卍海)는 중이냐?
　중이 아니다.

만해는 시인이냐?

시인도 아니다.

만해는 한국사람이다. 뚜렷한 배달민족이다. 독립지사다. 항일투사다.

강철 같은 의지로, 불덩이 같은 정열로, 대쪽 같은 절조로, 고고한 자세로, 서릿발 같은 기상으로 최후의 일각까지 몸뚱이로 부딪쳤다.

마지막 숨 거둘 때까지 굳세게 결투하였다.

꿋꿋하게 걸어갈 때 성역(聖域)을 밟기도 하였다.

벅찬 숨을 터뜨릴 때 문학의 향훈을 뿜기도 하였다.

보리수의 그늘에서 바라보면 중으로도 선사로도 보였다.

예술의 산허리에서 돌아보면 시인으로도 나타나고 소설가로도 등장하였다.

만해는 어디까지나 끝까지 독립지사였다. 항일투사였다.

만해의 진면목은 생사를 뛰어넘은 사람이다. 뜨거운 배달의 얼이다.

만해는 중이다. 그러나 중이 되려고 중이 된 건 아니다.

항일투쟁하기 위해서다.

만해는 시인이다. 하지만 시인이 부러워 시인이 된 건 아니다.

님을 뜨겁게 절규했기 때문이다.

만해는 웅변가다. 그저 말을 뿜낸 건 아니고, 심장에서 끓어오르는 것을 피로 뱉았을 뿐이다.

어쩌면 그럴까? 그렇게 될까? 한 점 뜨거운 생각이 있기 때문이다. 도사렸기 때문이다.[5]

한 인간의 행동을 규준하는 요소가 많이 있지만 가장 근본적인 것은 그가 지니고 있는 근본사상이라고 할 수 있다. 만해가 지칠 줄 모르고 굳세게 일제에 저항할 수 있었던 것도 확고한 그의 사상과 신념에 기반한 것이었기 때문이다.

그렇다면 그의 항일 독립운동을 추동케 한 사상은 무엇일까. 그것은 아무래도 3·1운동을 주동하고 갇혔던 옥중에서 참고문헌 하나 없이 쓴 「조선독립에 대한 감상의 개요」라는 글에 잘 나타나 있다고 볼 수 있다. 50여 종의 독립선언서 중에서 만해의 「조선독립에 대한 감상의 개요」는 그 어느 것보다도 중요한 의미를 갖는다. 『유심』지를 발간하면서 세계 정세에 이미 정통했던 만해의 정확한 상황인식에 기반하고 있어 조선 독립을 주장하는 근거를 좀더 현실적으로 제시하고 있을 뿐만 아니라, 보편적 공감력을 강하게 지니고 있기 때문이다. 조지훈도 언급했듯이 논리 전개가 돋보이고 기개가 넘치는 명문장이다.

3·1운동 당시 선생이 기초한 '독립운동이유서'라는 장논문은 육당의 독립선언서에 비하여 시문(時文)으로써 한 걸음 나아간 것이요, 조리가 명백하고 기세가 웅건할 뿐만 아니라 정치문제에 몇 가지 예언을 해서 적중한 명문이다.[6]

흔히 「조선독립이유서」라고도 부르는 이 글은 3·1운동 후 감방에 있을 때 일본인 검사의 심문에 대한 답변으로 작성된 것이었다. 이것이 만해의 옥바라지를 하던 김상호(金尙昊)에 의해 비밀리에 바깥으로 흘러나와 1919년 11월 4일 상해 임시정부에서 발간되던 『독립신문』 제25호의 부록에 「조선독립에 대한 감상의 대요」라는 제목으로 전문이 게재됨으로써 세상에 알려진 명논설로 임시정부의 기초를 다지는 데도 큰 힘이 되었으

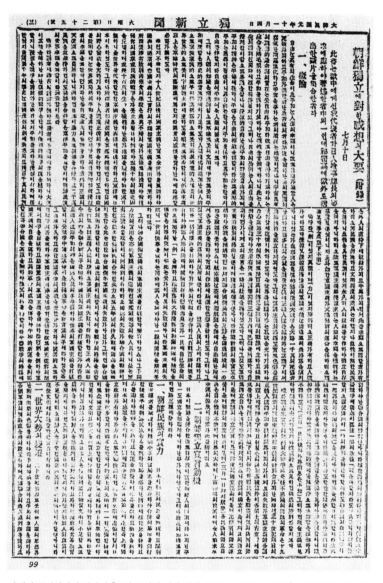

만해의 독립사상이 집약된「조선 독립에 대한 감상의 개요」. 만해는 본래「조선 독립에 대한 감상」이라 했으나 이 글이 임시정부에서 간행한 『독립신문』 제25호(1919. 11. 3)에는「조선 독립에 대한 감상의 대요」라는 제목으로 실렸다.

나, 일제 강점기에는 국내에 소개되지 못한 옥중 선언문이었다. 우선 이 글에 나타난 만해의 독립사상은 무엇인지 살펴보기로 하자. 먼저 5장으로 된 전문의 목차를 살펴보면 다음과 같다.

1. 개 론
2. 조선 독립 선언의 동기
   (1) 조선 민족의 실력
   (2) 세계 대세의 변천
   (3) 민족 자결 조건
3. 조선 독립 선언의 이유
   (1) 민족 자존성
   (2) 조국사상
   (3) 자유주의
   (4) 세계에 대한 의무
4. 조선 총독정책에 대하여
5. 조선 독립의 자신

먼저 제1장 '개론'을 보면 인구에 회자되는 유명한 구절로 시작된다. 자유와 평화의 개념을 설명하면서 도도한 장강의 흐름처럼 전개되는 논리는 명쾌하다. 우주의 행복의 근원인 이 자유는 남의 자유를 침해하지 않는 것으로 한계를 삼는 것이므로 타인의 자유를 침략하는 일은 있을 수 없는 일이라고 전제하고 있다.

자유는 만물의 생명이요, 평화는 인생의 행복이다. 그러므로 자유가 없는 사람은 시체와 같고 평화가 없는 것은 가장 고통스러운 것이다. (중략) 우주의 가장 이상적인 행복의 기본은 자유와 평화인 것이다. 그러므로 자유를 얻기 위해서는 생명을 가볍게 여기고 평화를 지키기 위해서는 희생을 달게 받는 것이다. 이것은 인생의 권리인 동시에 또한 의무이기도 하다. 그러나 자유의 원칙은 남의 자유를 침해하지 않는 것으로 한계를 삼는 것이므로 침략적 자유는 평화를 없애는 야만적 자유가 되는 것이며, 평화의 정신은 평등에 있으므로 평등은 자유와 서로 비슷하다고 할 수 있다. 그러므로 위압적인 평화는 굴욕일 뿐이니 참된 자유는 반드시 평화를 지키고, 참된 평화는 반드시 자유를 동반하는 것이어야 한다.

모든 인류가 이러한 자유와 평화를 갈구함에도 군국주의가 등장하면서 우승열패·약육강식의 밀림의 논리와 진화의 법칙이 횡행하여 전쟁이 그칠 날이 없게 되었으니, 만해는 자신이 무엇보다 타파해야 할 적은 바로 독일과 일본으로 대표되는 군국주의 세력임을 밝히고 그 야만성을 통박한다. 그는 그러한 야만적인 세력이 승리할 수 없으며, 각 민족의 독립자결은 인간의 본능인 동시에 세계의 대세이므로 결코 대세의 흐름을 막을 수 없음을 단호하게 선언하고 있다.

자유와 평화는 전 인류가 요구하고 있는 것이다. (중략) 18세기 이후의 국가주의는 실로 전세계를 풍미하여 그 들끓어 오르는 꼭대기에서 제국주의와 그 실행의 수단인 군국주의를 산출하기에 이르러 이른바 우승열패·약육강식의 학설은 불변의 진리로 인식되기에 이르렀다. 따라서 국가 또는 민족 사이에 살육·정벌·강탈을 일삼는 전쟁은 자못 그칠 날이 없어서 몇천 년의 역사를 지닌 나라를 폐허를 만들며, 몇십·몇백 만의 생명을 희생시키는 사건이 지구를 둘러보건대 없는 곳이 없다. 전세계를 대표할 만한 군국주의 국가로는 서양에는 독일이 있고, 동양에는 일본이 있다. (중략) 군국주의 곧 침략주의는 인류의 행복을 희생시키는 가장 흉악한 마술일 뿐이니 어찌 이와 같은 군국주의가 이 세상에서 무궁한 운명을 유지할 수 있겠는가. (중략) 침략만을 일삼는 극악무도한 군국주의는 독일로써 최종으로 막을 내리지 않았는가. (중략) 그것은 정의·인도의 승리요, 군국주의의 실패 때문인 것이다. (중략) 각 민족의 독립 자결은 자존성의 본능이며, 세계의 대세이며, 하늘이 찬동하는 바로서 전 인류의 앞날에 올 행복의 근원이다. 누가 이것을 억제하고 누가 이것을 막을 것인가.

제2장에서는 '조선 독립선언의 동기'를 3개 항목으로 나누어 분석하고 있다. '(1)조선 민족의 실력'에서는 하나의 국가가 반드시 모든 물질상의 문명이 완비된 후에라야 비로소 독립되는 것이 아니고, 독립할 만한 자존의 기운과 정신의 준비만 있으면 충분하다고 함으로써 이른바 개화론에 바탕을 둔 준비론의 허구성과, 강대국의 선의에 기대어 독립을 얻어보려는 외교론의 기만성을 통렬히 비판하고 규탄한다. 그리고 간악한 일본인들은 언제나 조선에는 물질문명이 부족하다고 지적하고 어떻게든 조선인을 어리석게 하고 야비케 하려는 학정(虐政)과 열등교육(劣等敎育)을 획책하는데, 이러한 저열한 술책을 포기하지 않으면 문명의 실현을 보기 어려울 것이라 단언한다.

조선인은 당당한 독립국민의 역사와 전통이 있고 현대문명에 힘께 나아갈 만한 실력이 있으므로, 독립할 만한 물질적 준비가 갖추어진 다음에 독립하겠다는 준비론자들의 단견은 일제의 고등술책에 말려든 것으로서 아예 독립을 포기하자는 것과 마찬가지이다. 여기에 준비론의 허구성이 있는 것이다.

'(2) 세계 대세의 변천'에서는 온 세계가 평화를 촉진하는 방향으로 움직이고 있으며, 현재로부터 미래의 대세는 침략적 제국주의가 멸망하고 자존적 평화주의가 반드시 승리할 것이라 단언한다. '(3) 민족 자결 조건'에서는 강대국들이 상호 규율에 따라 약소국의 민족적 자립을 위하여 힘써야 함을 실례를 들어 설명한다.

만해는 그가 활동하고 있던 20세기 전반의 역사적 성격을 누구 못지않게 잘 인식하고 있었음을 위의 글을 통해서 알 수 있다. 그는 18세기 이후부터 당시까지의 세계 정세를 약육강식·우승열패의 생물학적 이론에 바탕을 둔 제국주의 시대로서 국가간, 민족간에 침략전쟁이 끊일 날이 없었다고 인식하였다. 그리고 "강대국, 즉 침략국은 세계의 평화와 정의를 그 침략의 구실로 내세우지만, 그것은 기만적인 헛소리일 뿐, 군국주의는 인류의 행복을 희생시키는 가장 흉악한 마술"이라고 단정하였다. 특히 20세기 초두부터는 세계평화를 촉진하는 기운이 감돌기 시작하여 정의·인도적 평화주의가 개막됨에 가히 세계를 상서롭게 하려는 때라고 인식하기에 이른다.

만해가 당시의 시대적 상황을 이와 같이 인식하게 된 것은 침략과 쟁탈의 야만적 사회로부터, 정의와 인도 그리고 평화의 문명적 사회로 역사가 진보해가리라는 그의 역사인식에 기초하며, 동시에 제1차 세계대전 이후의 세계의 움직임을 예리하게 관찰한 결과였다. 그가 당시 국내외로 성숙된 기운을 들어 독립선언의 동기를 주장할 때, '현재로부터 미래세계의 대세는 침략주의의 멸망, 자존적 평화주의의 승리가 될 것'이라고 주장하였다. 그리고 일본에 대해 "세계 대세에 반하여 자손(自損)을 초래할 침략주의를 계속하는 어리석음"을 책망하고 있는 것도 이와 같은 역사인식에 기초한 것이었다. "윌슨이 주창한 민족자결주의가 메마른 땅에 봄비를 전해주는 격이 되어 침략자의 압박에서 신음하던 각 민족은 독립 자결을 위해 분투하게 되었는데, 폴란드·체코·아일랜드 그리고 조선의 독립 선언이 그것"이라고 한 것 또한 마찬가지다.

만해의 역사인식에서 특히 주목해야 할 것은, 우리 민족의 장구한 역사적 전통을 단절 없이 계승해야 한다는 인식으로부터 비롯되는 역사적 사명에 대한 뚜렷한 자각이다. 그가 천명하는 독립선언의 이유 중 하나인 조국사상도 그 표현이 약간 다를 뿐, 우리 민족의 오랜 역사 전통에 대한 신뢰를 의미하는 것이라고 볼 수 있다. 독립국으로서의 5천 년의 장구한 역사와 전통을 가진 조국이라는 근본을 잊지 못하는 것, 그것이 곧 그가 말하는 조국사상이기 때문이다. 5천 년 역사의 조국을 잊지 못할 때 그 역사의 단절이란 참을 수 없는 것이고, 이 때문에 민족의 역사적 사명은 절실해지는 것이다.[7]

반만 년의 역사를 가진 나라가 오직 군함과 총포의 수가 적은 이유 하나 때문에 남의 유린을 받아 역사가 단절됨에 이르렀으니, 누가 이를 참으며 누가 이를 잊겠는가. 나라를 잃은 뒤 때때로 근심 띄운 구름, 쏟아지는 빗발 속에서도 조국의 통곡을 보고, 한밤중 고요한 새벽에 천지신명의 질책을 듣거니와(후략).

조상의 통곡이나 천지신명의 질책은 민족의 가슴속에서 우러나는 역사적 사명감에 대한 좀더 절실한 표현이다. 이러한 역사적 사명은 "합방

후로부터 조선 민족은 부끄러움을 안고 수치를 참는 동시에 분노를 터뜨리며 뜻을 길러 정신을 쇄신하고 기운을 함양하는 한편 어제의 잘못을 고쳐 새로운 길을 찾아왔다"라고 표현하기도 하였다. 또한 그는 "합방 후 10년 동안 조선 민족은 5천 년 역사의 조국을 생각하며 2천만 민중의 자유를 기원하면서 몰래 피눈물을 흘리는 생활을 해왔다"라고 말하기도 하였다.

제3장 '조선 독립 선언의 이유'에서는 먼저 "슬프다. 나라를 잃은 지 10년이 지나고 독립을 선언한 민족이 독립 선언의 이유를 설명하게 되니 참으로 침통하고 스스로 부끄러움을 금치 못하겠다"라고 망국민의 비통한 심정을 토로한 다음, 왜 조선이 독립해야만 하는지 그 이유를 네 가지로 나누어 제시하고 있다. '(1) 민족 자존성'에서는 한 민족이 다른 민족의 간섭을 받지 않으려 하는 것은 인류가 공통으로 가진 본성으로 남이 결코 꺾을 수 없는 것이므로 일본의 조선 침략이 잘못된 것이라고 주장한다.

자기네 민족이 다른 민족의 간섭을 받지 아니하려는 것은 인류 공통의 본질인 것이다. 이것에 대해서는 어떠한 사람이라도 감히 막지 못할 뿐만 아니라, 자기 민족이 자기네 민족의 자존심을 억제코자 하여도 불가능한 것이다. 이 자존성은 항상 탄력성이 있어서 팽창의 극도, 즉 독립 자존의 목적을 달성치 아니하면 정지하지 않는 것이니 우리 조선의 독립을 감히 침해하지 못할 것이다.

'(2) 조국사상'에서는 근본(본바탕)을 잊지 못하는 것은 천성인 동시에 만물의 미덕으로서 반만 년의 역사를 가진 나라가 다만 국력의 열세로 인하여 남의 나라에 유린당할 수는 없는 것임을 설파한다.

월(越)나라 새(鳥)도 옛 보금자리가 그리워 남쪽 가지에 집을 짓고, 만주의 호마(胡馬)가 저의 깃들인 곳이 그리워 북녘 바람을 향하여 우는 것은 그 근본을 잊지 아니한 것이다. 동물도 그렇거니 하물며 만물의 영장인 사람이 어찌 저의 근본을 잊겠는가. 근본을 잊지 못하는 것은 인위적이 아니라, 천성인 동시에 또한 만물의 미덕인 것이다. 그러므로 인류는 그 근본을 잊지 아니할 뿐만 아니라, 잊으려 해도 잊지 못하는 것이다. 우리 반만 년의 역사를 가진 나라가 다만 군함과 대포의 수가 적음으로써 다른 민족의 유린을 당해서 역사가 끊어지게 되었으니 누가 이것을 참으며 누가 이것을 잊겠는가. 조선 독립을 침해하지 못할 것이다.

만해가 말하고 있는 조국사상이란 당시 민족주의 사학자들이 강조한 바 있는 민족의 '정신'이나 '혼'이며 '얼'과도 통한다. 그러나 조상의 통곡 소리와 천지신명의 질책을 들으며 피눈물을 흘릴 때, 그것은 정신과 혼이 피눈물로 흐르며 발로된 시대적 사명이다. 이러한 역사적 사명의 자각에 힘입어 절대독립의 국권회복을 위한 독립사상이 고조되고, 그 결과가 3·1운동으로 전개되기에 이른 것이라는 그의 인식은 "일시 유교문명에 중독되어 극단적 개인주의·가족주의에 은함(隱陷)하였던 조선인은 번연 자각하여, 그 신경은 더욱 과민하였으며 그의 기회를 엿보는 인구는 더욱 광대하였으니, 이것이 금회 운동의 주인아(主因兒)"라고 주장할 수 있게 하였다.

'(3)자유주의'에서는 만해의 이른바 자유사상을 다시 한 번 강조하면서 목숨을 바쳐서라도 얻고자 하는 인간생활의 목적이자 즐거움인 자유의 소중함을 일깨우고, 그것을 짓밟은 일제를 준엄하게 질타한다.

　인생으로서 생활하는 목적은 참된 자유에 있는 것이니, 자유가 없는 생활이 무슨 취미가 있으며 무슨 쾌락이 있겠는가. 자유를 획득하기 위해서는 무슨 대가도 아끼지 않는 것이니, 즉 생명을 바쳐도 조금도 물러서지 아니할 것이다. 단 한 사람이 자유를 잃어도 천지의 평화로운 기운이 손상되는 것인데 어찌 2천만의 자유를 말살함이 이렇게도 극심한가. 조선의 독립을 침해치 못할 것이다.

　'(4) 세계에 대한 의무'에서는 세계평화의 근본이 되는 민족자결주의의 필요성을 강조하고, 조선이 동양평화의 관건이 됨을 지적한다. 또 대륙진출의 야욕을 버리지 못하고 세계에 대한 도의, 즉 국제적인 도의를 망각한 일제의 무분별한 야심을 꾸짖는다.

　민족자결은 세계 평화의 근본적인 해결책이다. 민족자결주의가 성립되지 못하면 아무리 국제연맹을 체결해서 평화를 보장할지라도 결국 수포로 돌아가고 말 것이다. 그러므로 조선 민족의 독립 자결은 세계평화를 위한 것이요, 또 동양에 대해서는 실로 중요한 열쇠가 되는 것이다. 일본이 조선을 합병한 것은 일본 민족을 이식하고자 할 뿐만 아니라, 만주·몽골을 삼키고 중국 대륙까지 꿈꾸는 것이다. 침략주의 일본의 야심은 길가는 행인도 다 아는 것이다. 중국을 요리하는 데에는 조선을 버리고 딴 길이 없기 때문에 침략정책상 조선을 유일한 생명선으로 아는 것이나 조선의 독립은 곧 동양의 평화가 될 것이다. 조선의 독립을 침해치 못할 것이다.

제4장 '조선 총독정책에 대하여'에서는 일제가 아무리 총독정치를 잘한다 하더라도 그것은 우리의 관심 밖이다, 왜냐하면 근본적인 문제가 잘못되어 있기 때문이다, 그 근본적인 문제는 바로 총독정치 자체이기 때문에 즉시 폐지되어야 문제가 해결되며, 일본의 침략 행위가 근본적으로 잘못된 것임을 주장하여 조선 독립의 당위성을 강조하고 있다.

일본이 조선을 합병한 후 조선에 대한 시정 방침은 '무력압박' 4자로써 넉넉히 대표할 수 있다. 조선 민족은 일본 총독의 학정 밑에서 노예가 되고 우마가 되면서까지 10년 동안이나 반동도 일으키지 아니하고 입 다물고 복종할 뿐이었다. 조선 민족은 실로 총독정치를 중요시해서 반동을 일으키지 아니한 것이 아니다. 지엽적인 총독정치쯤이야 문제시하지도 아니한다. 근본적인 한일합병을 파괴하고, 오직 독립 자존할 정신만이 우리 2천만 민족의 머릿속에 깊이 뿌리박혔을 뿐이다.

제5장 '조선 독립의 자신'에서는 조선 독립의 당위성을 밝히고 인류의 사상이 시대의 흐름에 따라 변하므로 끝내 일본이 군국주의를 고집할 경우 멸망할 것임을 지적하며 점잖게 타이르고 있다. 특히 만해는 투철한 역사의식에 바탕을 두고 세계사의 미래를 예언함으로써 그 특유의 형안을 보여주고 있다. 즉 장래 미일전쟁 또는 중일전쟁이 일어나고 세계전쟁, 즉 연합전쟁으로 확대되면 군국 일본의 말로가 어떻게 되겠는가 반문하고, 조선의 독립은 시간 문제임을 당당히 밝히고 있다.

(1)조선 독립은 새로 국가를 창설하는 것이 아니요, 원래 고유의 독립국이 일시적인 치욕을 겪고 복구하는 독립인즉 국가의 요소, 즉 토

1919년 3월 1일, 광화문 기념비각에 몰려든 시민들이 시위 행진하는 군중에 호응하고 있다.

지·인민·정치가 조선 자체에 이미 만사가 구비되어 있으니 당당한 독립국이 되고도 남음이 있다.

(2)만일 일본이 의연히 침략주의를 계속하여 조선 독립을 부인하면 이것은 동양 또는 세계적 평화를 교란하는 것이니, 미일전쟁을 위시해서 세계적 연합전쟁을 재연할는지 모를 것이다. 그렇다면 일본에 가담할 자는 혹 영국일는지. 이도 의문이다. 그렇다면 어떤 실패를 면할 것인가. 일본은 제2의 독일을 연출하고 말 것이다.

(3)일본은 넓은 소견으로 조선 독립을 솔선 승인하고, 중국과도 친선을 진정하게 발휘하면 동양평화의 앞장을 일본 아니고 누가 서겠는가. 서반구에 미국이 있고, 동반구에 일본이 있을 것이니, 동양인다운 체통을 발휘하는 것이 과연 어떠하겠는가. 일본인은 절대로 세계 대세에 반역하는 자초자화가 되는 침략주의를 계속하는 우거를 범치 말고 조선 독립을 앞장서서 승인해야 할 것이다.

(4)설사 이번에 일본이 조선 독립을 부인하고 무력으로써 현상유지가 된다 하더라도 인심은 물과 같아서 막으면 막을수록 터지는 것이다. 조선 독립은 산꼭대기에서 굴러 내려오는 바위와 같아서 목적지에 도달하지 아니하면 정지하지 않는 것이니, 조선 독립은 단지 시간 문제일 뿐이다.

(5)일본인은 기억하라. 청일전쟁 후 시모노세키 조약과 러일전쟁 후 포츠머스 조약 중에 조선 독립의 보장을 주장한 것은 어떠한 의협심이며, 그 조약의 먹물도 채 마르지 아니해서 흉계와 폭력으로써 조선 독립을 유린한 것은 어떠한 배신인가. 기왕 지사는 그만두고 장래를 경고한다. 오직 평화 일념만이 족히 서로 공존할 것이니 일본은 깊이 각성해야 할 것이다.

이 글에서 우리는 만해의 역사관이 인류의 역사가 몽매함으로부터 문명과 평화를 향해 나아간다고 보는 진보사관과, 다수 민중의 힘이 역사를 만들어간다고 보는 민중사관에 입각해 있음을 알 수 있다. 그의 이러한 역사관은 이미 『조선불교유신론』에서부터 나타난 것인데, 「조선독립에 대한 감상의 개요」에 이르러서는 더욱 구체적으로 전개된다.

인류의 지식은 점차 진보하는 것이므로 미개로부터 문명에, 쟁탈로부터 평화에 이르름은 역사적 사실로 증명할 수 있다. 인류 진화의 범위는 개인주의적으로부터 가족주의, 가족주의적으로부터 부락주의, 부락주의적으로부터 국가주의, 국가주의적인 것에서 세계주의, 세계주의적인 것에서 우주주의로 순차(順次)로 진보하는 것인데(후략).

인류역사가 미개 상태로부터 문명사회로 점진적으로 발전한다고 보는 만해의 이 같은 진보사관은, 인류역사의 방향을 '자유와 평등'이 실현되는 '평화로운 문명사회'로 향하게 한다고 믿는 만해의 역사에 대한 신념에 근거하고 있어 타당성이 있다고 할 만하다. 이러한 사관에 입각하여 만해는 세계사의 현 단계를 분석하고 제국주의가 기만하고 있는 양두구육(羊頭狗肉)의 음험한 흉계를 다음과 같이 폭로하기도 한다.

이른바 강대국, 즉 침략국은 군함과 총포만 많으면 스스로의 야심과 욕망을 충족시키기 위하여 도의를 무시하고 정의를 짓밟는 쟁탈을 자행한다. 그러면서도 그 이유를 설명할 때는 어떤 지역의 평화를 위한다거나 쟁탈의 목적물, 즉 침략을 받는 자의 행복을 위한다거나 하는 기만적인 헛소리로써 정의 천사국(天使國)을 자처한다. 예를 들면 일본이 폭력으로 조선을 합병하고 2천만 민중을 노예로 취급하면서도, 겉으로는 조선을 병합함이 동양평화를 위함이요, 조선 민족의 안녕과 행복을 위한다고 하는 것이 그것이다.

만해는 이와 같이 가증스런 제국주의의 기만술과 침략적 본질을 갈파함과 아울러 이들의 세력이 결국은 몰락할 수밖에 없음을 지적하고 있다. 따라서 이러한 세계사의 필연적 진행에 비추어볼 때 조선의 독립은 불가피하다고 결론을 짓고 있다. 그는 제1차 세계대전에서 독일이 패망한 사실을 그 증거로 들어, 야만적 군국주의가 결국은 인류역사에서 사라지고야 말리라는 것을 확신을 가지고 단언하고 있다.

만해가 어떤 상황에도 쉽게 포기하거나 절망하지 않으면서 침략자 일본의 어리석음을 질타하고, 윌슨의 민족자결주의를 희망적으로 수용할 수 있었던 사상적인 바탕은 그의 진보사관에 있었다. 그리고 독립의 쟁취를 통한 역사의 단절 없는 계승을 그 시대적 사명으로 강조할 수 있었던 정신적인 터전은, '타고 남은 재가 다시 기름이 되어 타는' 꺼질 줄 모르는 조국에 대한 사랑에 있었다. 이 같은 조국에 대한 사랑은 5천 년 역사를 긍정적으로 파악함으로써만 가능한 것이었다.

만해의 진보사관은 그의 자유·평등 사상에 그 맥락이 이어지고, 여기에 이르러 더욱 심화된다. 자유와 평등이 실현되는 평화, 그것이야말로 인간생활의 목적이며, 인류의 역사는 이 목적을 향해 진행한다고 믿기 때문이다. 자유와 평등 사상은 만해 사상의 핵심으로 파악되고, 특히 그의 독립사상의 중심으로 이해되고 있는 까닭은 그가 자유와 평등을 인간의 가장 본질적인 것으로 인식하였고, 이것이 확대되어 독립사상의 논리적 근거로 삼고 있기 때문이다.

만해의 자유와 평등 사상이 서양 근대사상의 영향을 받았다는 점은 다 아는 사실이다. 특히 1900년 이후 한국의 지식인들에게 많은 영향을 끼쳤던 량치차오의 『음빙실문집』으로부터 만해 또한 많은 영향을 받았다. 그러나 만해의 자유·평등 사상은 역시 불교사상에 그 깊은 뿌리가 있다. 인간의 본질적인 자유의 문제가 한 민족이나 국가간에 있어야 하는 자주독립의 문제로까지 확대 인식될 수 있었던 것은, 개인과 사회 그리고 국가와 세계를 파악하는 그의 입장이 상대주의적 존재론인 연기론적 관점에 서 있기 때문이라 할 수 있다. 불교의 자재(自在)·무애(無碍)·해탈(解脫) 등의 용어야말로 가장 본질적인 인간의 자유에 대해 말한 것이 아니겠는가.

연기(緣起)의 이법(理法)에서 생기(生起)한 만유(萬有)는 평등하며 자유를 누릴 저마다의 권리가 있다고 하는 것, 이것이 불교의 자유와 평등 사상이다. 만해가 불교의 주의나 사상이 평등으로 그 특징을 삼는다고 본 것은 인간은 본질적으로 평등한 존재임을 선언했던 붓다 출현의 사상사적 의의를 명확히 인식한 것이었다. 따라서 인간은 평등하기 때문에 각자의 진정한 자유를 누릴 권리를 갖게 되는데, 이 점에 대해 만해는 "자유는 남의 자유를 침해하지 않는 것으로 그 한계를 갖는다"라고 한 량치차오의 말을 즐겨 인용하였다. 그는 '하나(一)가 만(萬)이며 만이 하나인 것'이라고 하여 '일즉다 다즉일'(一卽多 多卽一)이라는 화엄철학의 바탕 위에서 하나와 전체의 조화로운 관계를 파악한 것이다. 그의 이 같은 인식이 개인과 사회에 적용될 때,

사회도 한 인격이요, 국가도 한 인격이다. (중략) 그러므로 사회·국가의 운명은 곧 개인의 운명이다. (중략) 사회도 아(我)이며 국가도 아

인 까닭이다.

· 「공익」(公益), 『한용운산문선집』, 289~290쪽.

라고 파악하게 되었던 것이다. 이리하여 만해는 「조선독립에 대한 감상의 개요」의 개론에서 "자유와 평화는 전 인류의 요구"라고 하고, 다시 일본은 조선을 합방한 후 압박에 압박을 가하여 말 한마디 발걸음 하나에까지 압박을 가하여 자유의 생기는 터럭만큼도 없게 되었으니, 피가 없는 무생물이 아닌 이상에야 어찌 이것을 참고 견디겠는가, 라고 하여 자유주의를 조선 독립의 이유 중 하나로 주장하였다.

만해는 인류의 진정한 평화란 만인이 저마다 누려야 할 진정한 자유와 평등을 누리는 것이라고 보았다. "한 사람이 자유를 빼앗겨도 천지간에 화기(和氣)가 상처를 입는다"라고 한 것이 그것이다. 그는 또 "자유를 얻기 위해서는 생명을 티끌과 같이 여기고 평화를 보전하기 위해서는 희생을 달게 받는다"라고 하여, 각자는 자기에게 주어진 자유와 평화를 지킬 의무가 있다고 보았다. 만약 세력을 잃어 자유를 포기한다면 "그것은 천지간에 상처를 입힘"으로써 실로 인도(人道)의 책임을 다하지 못한 죄마저 짓게 되는 것이라고까지 하였다. 그러나 자유를 지키기 위한 투쟁이란 정의와 인도에 입각한 비폭력의 방법, 남으로부터 자유를 유린당하지 않을 수 있는 자강적(自强的) 세력을 함양하여 대처하는 것이지, 남의 자유를 침입할 정도의 침략이나 폭력을 의미하지는 않는다. "남의 자유를 침입하지 않는 것이 자유의 한계이고", "침략적 자유는 야만적인 자유"이기 때문이다. 그리하여 그는 "사람들이 각자 자유를 보유하여 남의 자유를 침범치 않는다면, 나의 자유와 다른 사람의 자유가 동일하고, 저 사람의 자유가 이 사람의 자유와 동일해서 각자의 자유가 모두 수평선처럼 가지

런하게 될 것"이라고 하였다.[8]

이러한 만해의 비폭력정신은 철저하게 정의와 인도를 주축으로 하는 그의 평화관에 기초하고 있다. 그가 "칼이 어찌 만능이며 힘을 어찌 승리라고 하겠는가, 정의가 있고 도리가 있지 않는가"라면서 "정의와 인도는 곧 평화의 신(神)"이라고 한 것은 이 사실을 뒷받침한다. 그가 철저하게 정의와 인도의 편에 서서 비폭력의 무저항주의를 내세울 수 있었던 것은 구도자로서 도달할 수 있었던 '인간 본연의 대도'에서 비롯되는 것이며, 삿된 욕심이나 분노 또는 일의 성패에 급급하지 않았기 때문이다.

만해의 이 같은 비폭력정신은 현실을 무시한 이상이며, 관념론에 지나지 않다고 평가할 사람이 있을 수도 있다. 특히 당시의 현실적 상황을 "조선 민중이 한편이 되고 일본 강도가 한편이 되어 네가 망하지 않으면 내가 망하게 된 외나무다리 위에 선 것"으로 파악하면서, 민중이 직접 혁명수단으로 우리 생존의 적인 일본 강도를 암살 · 파괴 · 폭동 등의 폭력에 의하여 살벌(殺伐)함이 곧 우리의 정당한 수단임을 선언했던 신채호의 「조선혁명선언」과 만해의 비폭력정신을 비교한다면 만해의 그것은 무력하기 짝이 없다.

그러나 단재의 민족주의 사관(史觀)이 그 당시 민족정신을 고무시키는 데에 큰 영향을 끼친 것은 사실이지만, 역사를 아(我)와 비아(非我)의 투쟁으로 파악한 단재의 사관은 약육강식 · 우승열패의 학설로부터 대두된 군국주의 침략주의를 인정할 위험성마저 있다는 점에 주목하지 않으면 안 된다. 만해의 비폭력정신은 "침략주의는 인류의 행복을 희생시키는 가장 흉악한 마술"이라고 규정하면서 일본의 침략 그 자체를 처음부터 인정하지 않음으로써 조선 독립의 정당성을 강조하고 있다.[9]

만해는 망국의 원인을 자멸로 파악하였다. 그는 망국의 원인을 "수백

년 동안 유교문명에 중독되어 극단의 개인주의·가족주의에 빠져 있었고", "수백 년 동안 부패한 정치와 조선 민중이 현대 문명에 뒤떨어진 때문"이라고 인식하였다. 이리하여 그는 반성과 자책, 그리고 끊임없는 노력을 통해 스스로의 힘을 쌓음으로써만 망국의 원인이 제거되고 완전한 독립을 이룩할 수 있다고 보았다.

망국의 원인이 제거되지 않고, 자기불행의 원인을 제거하지 않는 이상, 제2·제3의 정복국이 다시 나게 되는 것이요, 자기는 의연히 불행의 경애(境涯)를 벗어나지 못할 것이라고 했던 만해의 주장은 연합국의 승리로 해서 얻은 해방 이후의 역사 진행(남북 분단의 불행)과 관련지어 이해해보면 많은 느낌이 있다.[10]

만해는 독립은 누가 시켜주는 것이 아니라 스스로 독립국가라 선언함으로써 족하다고 주장하여 종교인다운 이상주의적 측면을 보이기도 하지만, 역사를 꿰뚫어보는 형안을 지닌 그는 일제 식민주의에 대한 일체의 타협주의를 거부함으로써 민족의 자주독립에 대한 확고한 신념과 자존을 보여주고 있다. 제국주의와 민족독립의 이러한 근본적 모순을 제대로 인식하지 못한 역사의식의 결핍으로 인하여 다수의 인사들은 일본의 도움에 기대어 내정독립이니 자치 따위를 얻어보려 했고, 3·1 독립선언에 참가했던 이른바 민족대표들 중에도 '독립선언' 대신에 '독립청원'으로 하자는 미지근한 주장이 나오기도 하였다.

만해는 이런 일체의 타협주의와 투항주의에 반대하여 식민지체제의 즉각적이고 전면적인 철폐만이 유일한 해결책이라 생각하였고, 민중의 힘에 대한 신뢰가 있었기에 "조선의 독립은 산 위에서 굴러 내리는 둥근 돌과 같이 목적지에 이르지 않으면 그 기세가 멈추지 않을 것"이라는 확고한 낙관론을 가질 수 있었다.[11]

3·1운동의 진정한 주도자

그러면 이제 이러한 상황인식과 사상형성에 의해 촉발되고 실천된 만해의 구체적인 독립운동 과정을 검토해보자. 1918년 『유심』지를 발행하면서 세계 정세의 흐름을 비교적 정확하게 읽을 수 있었던 만해는 최린·현상윤 등과 독립에 관해 숙의하다가 마침내 3·1운동을 기획하게 된다. 실제로 만해는 독립운동의 기획과 조직 그리고 그 정신의 계승과 실천에서 핵심적 역할을 담당하였다고 많은 학자들은 평가하고 있다.

1918년 12월 초에 『대한매일신보』(大韓每日申報)에 발표된, 약소민족은 모두 일어나서 독립운동을 하라는 윌슨의 민족자결주의 제창 기사는 혁명가 만해에게 강렬한 자극으로 다가왔다. 그해 12월 26일 만해는 동지인 최린을 만나 그간의 결심을 밝히면서 거사에 동참할 것을 요구하여 최린의 동의를 얻은 후, 권동진과 오세창도 적극 참여하겠다는 뜻을 확인한다. 애초에 그는 옛 황실의 귀족들과 종교계 인사는 물론 재력가들까지 끌어들여 2백 명 정도의 동지들을 규합하여 거국적인 행사로서 민족의 자존심을 세계만방에 선포하려고 마음먹었으나 당시의 상황으로는 쉽지가 않았던 듯하다.

만해는 이 독립운동을 조직화하기 위해서는 민중의 호응을 가장 널리 불러일으킬 수 있는 종교단체와 손을 잡는 것이 가장 효과적일 것이라고 생각하였다. 그래서 기독교 대표인 월남(月南) 이상재(李商在)를 만나 대사를 논의하였다. 만해의 설득에도 불구하고 월남이 끝내 3·1운동에 동참할 것을 거부하자 월남을 지지하는 많은 기독교계 인사들이 만해의 의견에 호응하지 않았다. 그래서 독립선언서에 서명할 인사

가 1백 명 이상은 되리라던 예측은 무너지게 된 것이다.[12]

월남 이상재는 잘못되면 폭동이 일어나 많은 사람이 다칠 것이니 독립운동을 할 것이 아니라 일본 총독부에 독립청원서를 내자고 하였다. 그때 만해는 "조선 독립이라고 하는 것은 제국주의에 대한 민족운동이요, 침략주의에 대한 약소민족의 해방투쟁인데 청원에 의한 타의의 독립운동이 웬말이냐, 민족 스스로의 결사적인 힘으로 나아가지 않으면 독립운동은 불가능한 것이다"라고 반박하며 그 자리를 박차고 나왔으며, 이후 만해는 월남과 영원히 결별하였다고 한다.[13]

또한 만해는 박영효 · 한규설(韓圭卨) · 윤용구(尹用求) 등 귀족들을 접촉했으나 이들 가진 자들은 한결같이 꽁무니를 뺐다. 결국 남강(南岡) 이승훈(李昇薰)이 평양사람들을 중심으로 기독교인 15명을 모으고 천도교에서 16명, 불교계에서 2명으로 33인이 구성된다. 그리하여 손병희(孫秉熙) 선생의 승낙을 얻고, 당시의 거부 민영휘(閔泳徽)를 찾아가서 거사자금을 마련하여 거사를 추진한다.

사회 지도급 인사의 무관심 속에서 3·1운동을 조직하기 위해 노력하던 만해는 천도교 교주 의암(義菴) 손병희를 동참시키는 성과를 얻게 되었다. 의암이 동참하자 그를 따르던 여러 인사들도 의암을 그대로 따르게 되었다. 이처럼 3·1운동의 조직에 만해는 가장 주도적 역할을 하였던 것이다. 독립선언서는 최남선이 작성하였으며, 만해는 이 선언서의 자구 수정을 맡게 되었다. 그런데 최남선의 선언문은 지나치게 현학적이고 만연체로 되어 있어 일반 민중을 선동하기에는 적합하지 않았다. 서민의 독립선언서 문장으로는 적합하지 않다고 생각한 만해는 선

3·1운동 당시 민족대표가 모여 독립선언식을 거행한 태화관 전경

언서 뒤에 공약 삼장(公約三章)을 써넣게 되었다.[14]

공판 기록을 중심으로 만해의 3·1운동에서의 활약상과 옥중 투쟁 과정을 살펴보기로 하자. 이갑성(李甲成) 옹은 거사 당일의 급박했던 상황을 다음과 같이 회고한 바 있다.

기미년 3월 1일 오후 2시 태화관에 민족대표 29인 참석하여 기념식을 거행하게 되었다. 이때 태화관 주인 안순환(安淳煥)이 깜짝 놀라 안절부절못하니 좌중에서 일경에 전화로 알리도록 일러주고 이어 달려온 종로경찰서 70여 명의 사복 차림 순사들이 두 겹 세 겹으로 명월관을 포위하는 가운데 (후략).[15]

1919년 태화관에서 3·1운동 독립선언식을 거행하는 29인의 민족대표들. 한용운은 3·1운동의 실질적인 조직자로서 민중의 호응을 가장 널리 불러일으킬 수 있는 종교단체 인사들과 교섭하여 33인의 민족대표를 구성했다(이 가운데 4인은 이날 불참함).

일제의 감시로 인해 시간에 쫓기며 기념식을 성대히 치를 수 없는 상황에서 최린의 사회로 선언식을 가졌다. 이때 만해는 축사와 함께 만세 삼창을 선창하니 기념식은 간단히 치러졌다.

"여러분, 지금 우리는 민족을 대표해서 한 자리에 모여 독립을 선언했습니다. 기쁘기 한이 없습니다. 이제는 죽어도 한이 없습니다. 그러면 다 함께 독립 만세를 부릅시다!"

• 김관호, 「만해가 남긴 일화」, 『한용운』, 266쪽.

그리고 이들 민족지도자들은 일본경찰에 체포되어 경시청 총감부로 잡혀가게 된다. 이때 파고다 공원(지금의 탑골공원)에 모여 있던 많은 학

민족독립운동의 실질적 지도자였던 만해는 3·1운동 당시 경찰에 연행되어 가던 중 차창 밖으로 경찰의 제지에 굴하지 않고 끊임없이 '대한독립 만세'를 외치는 두 소년을 목격한다. 『조선일보』 1932년 1월 8일자에 실린 당시의 회고담.

생들과 민중들은 민족대표가 오지 않자 자진하여 시위대를 형성하여 종로 거리로 밀고 나와 장렬한 시위 행렬을 이루었다. 만해는 경시청 총감부로 향하는 자동차 안에서 시위대의 뒤를 따르던 어느 소학생 두 명이 총독부 순사한테 쫓기면서도 '대한독립 만세'를 목이 터져라 외치는 광경을 바라보았다. 만해는 그때의 상황을 이렇게 회고하였다.

지금은 벌써 옛날 이야기로 돌아갔습니다마는 기미운동이 폭발될 때에 온 장안은 ×××××× 소리로 요란하고 인심은 물끓듯 할 때에 우리는 지금의 태화관 당시 명월관 지점에서 ××선언 연설을 하다가 ×××에 포위되어 한쪽에서는 연설을 계속하고 한쪽에서는 ××되어 자동차로 호송되어 가게 되었습니다. 나도 신체의 자유를 잃어버리고 자동차에 실려 좁은 골목을 지나서 마포 ×××로 가게 되었습니다. 그때입니다. 열두서넛 되어 보이는 소학생 두 명이 내가 탄 자동차를 향하여 ××를 부르고 두 손을 들어 또 부르다 ××의 제지로 개천에 떨어지면서도 부르다가 마침내는 잡히게 되는데, 한 학생이 잡히는 것을 보고도 옆의 학생은 그래도 또 부르는 것을 차창으로 보았습니다. 그때 그 학생들이 누구이며, 또 왜 그같이 지극히 불렀는지는 알 수 없으나, 그것을 보고 그 소리를 듣던 나의 눈에서는 알지 못하는 사이에 눈물이 비 오듯 하였습니다. 나는 그때 그 소년들의 그림자와 소리로 맺힌 나의 눈물이 일생에 잊지 못하는 상처입니다.

　　•「평생 못 잊을 상처(傷處)」,『한용운』, 241쪽.

　　기미년 만세운동이 지난 지도 13년이 되었고 일제가 조선인을 회유하기 위하여 온갖 방법을 동원하여 조선인의 혼을 짓밟던 시절, 만해 한용운은 민족의식을 고취하고자 만난을 무릅쓰고 과감히 펜을 든 것이다. 여기에서 × 표시의 공란에 들어갈 단어를 순서대로 넣어보면 ××××××는 '대한독립 만세'요, ××는 '독립'이요, ×××는 '경찰부', ××는 '체포'다. 그리고 그 뒤의 ××는 '경찰'이다. 이처럼 누가 읽어도 능히 알 수 있는 × 표시로 말 없는 말을 하여 민족의식을 고취하여갔다. 이것을 훗날에 만해의 첫 번째 눈물이었다고 회고하는 인사들이 있고 보면 만해의 강

직하고 굳은 절조와 대쪽 같은 의지를 연상시키는 일면이다.[16]

만해 한용운은 마포형무소 안에서도 굴하지 않고 끝까지 민족의 양심과 지조를 지켰다. 그는 옥중 투쟁 3대 원칙을 정해놓고 철저하게 항거하였다. 첫째, '변호사를 대지 말 것', 내 나라를 내가 찾는데, 누구에게 변호를 부탁할 것이냐, 둘째, '사식을 취하지 말 것', 온 천지가 다 감옥인데 호의호식하려고 독립운동하지 않은 이상, 밖에서 넣어주는 사식을 먹지 말자, 셋째, '보석을 요구하지 말 것' 등을 준수하였다.

만해는 그러한 자기와의 약속을 지키기 위해 면벽 참선에만 마음을 쓸 뿐, 일제의 심문에는 대꾸조차 하지 않았다. 그는 "조선인이 조선 민족을 위하여 스스로 독립운동 하는 것이 백 번 마땅한데 일본인이 어찌 감히 재판하려 하느냐!"라고 오히려 호령하였다. 또한 일제의 잔혹한 취조가 시작되면서 압박에 견디지 못하고 징징거리며 참회의 자술서를 쓰는 동지들을 향하여 "나라 잃고 죽는 것이 서럽거든 당장에 취소하라!"라고 불호령을 내리면서 분뇨통을 둘러엎은 사건은 유명하다.

만해 한용운은 옥중에서 여러 편의 한시와 시조 한 수를 남겼는데, 이 가운데 유명한 시 두 편을 읽어보기로 하자.

> 달아 달아 밝은 달아 옛 나라에 비춘 달아
> 쇠창을 넘어와서 나의 마음 비춘 달아
> 계수나무 베어내고 무궁화를 심으고저.
> •「무궁화(無窮花) 심으고저」 중에서, 『님의 침묵』(서울대학교출판부, 1996), 223쪽.

구국의 일념으로 뭉쳐진 만해의 마음에는 쇠창살을 넘어와 자신을 비

항일 애국지사로 가득 찼던 마포형무소 전경

추는 달에조차 계수나무 대신 무궁화를 심어놓고 매일 바라보고 싶어한
다. 애끓는 일편단심의 호곡의 소리다. 무궁화 한 그루 심을 땅이 없는 조
국의 현실을 슬퍼하는 심정이 여실히 전해지는 시다.

아래의 시에서 만해는 언론의 자유마저 봉쇄당한 서글픈 현실을 부끄러
워하며, 그 어두운 침묵 속에서도 끊임없는 투쟁을 통하여 찬란한 금빛의
자유의 꽃을 사고 싶다고 말한다.

농산의 앵무새는 말도 잘하는데

그 새만도 못한 이 몸 부끄러워라.

웅변은 은이요 침묵은 금이라면

이 금으로 자유의 꽃을 몽땅 사고파라

• 「앵무새만도 못한 몸」, 『한용운시전집』, 244쪽.

민족과 역사 앞에 추호도 흐트러짐이 없는 이러한 만해이기에 법정에서도 당당히 자신의 견해와 포부를 밝히면서 조선 민족의 자존을 지켰으며 '독립의 당위성'을 천명해 나갈 수 있었다.

문: 피고는 왜 말이 없는가?

답: 조선인이 조선 민족을 위하여 스스로 독립운동을 하는 것은 백 번 말해 마땅한 노릇, 그런데 감히 일본인이 무슨 재판인가? 나는 할 말이 많다. 종이와 펜을 달라.

• 김관호, 「만해가 남긴 일화」, 『한용운』, 265~266쪽.

그리고 만해는 예의 「조선독립이유서」라는 명쾌한 논리의 글을 써서 침묵의 소리로써 독립 선언의 이유와 동기, 신념을 피력하였다. 이와 같은 당당한 민족지사가 있었기에 우리는 그나마 민족의 자존을 지킬 수가 있었던 것이다.

문: 피고는 금후에도 조선의 독립운동을 할 것인가?

답: 그렇다. 계속하여 어디까지든지 할 것이다. 반드시 독립은 성취될 것이며, 일본에는 중에 월조(月照)가 있고, 조선에는 중에 한용운이 있을 것이다.

• 「한용운 취조서 및 공판기」, 정해렴 편, 『한용운산문선집』, 220쪽.

'타고 남은 재가 다시 기름이' 되듯이 그칠 줄 모르고 타오르던 만해의 민족 구원의 일념은 무엇보다도 자신에 대한 확고한 신념과 자존을 자각했기 때문에 가능한 것이었다. 1919년 3월 11일 경무총감부에서 행한 위의 취조문에서 보듯 만해는 투철한 역사의식을 지녔기에 가능했던 독립에 대한 확신과, 민중을 계도하는 종교인으로서의 사명의식을 가졌기에 가능했던 불승으로서의 자부심을 바탕으로 일본인 형사들을 논리적으로 압도해 나갔던 것이다. 만약 논리의 싸움에서 진다면 결국은 저들의 계략에 말려드는 것이 되고 만다. 만해는 끝까지 오류를 범하지 않고 명쾌한 논리를 견지했기 때문에 행동 또한 일관되고 굳건했던 것이다. 저들은 저들의 논리에 따라 묻고 만해는 만해의 논리에 따라 답변하는 1919년 5월 8일 경성지방법원 예심에서의 다음 문답을 보더라도 그것을 확인할 수 있다.

　문: 이 선언에서는 최후의 1인(一人), 최후의 1각(一刻)까지라는 것이 있는데, 그것은 폭동을 선동한 것이 아닌가?
　답: 그런 것이 아니다. 그것은 조선 사람은 한 사람이 남더라도 독립운동을 하라는 것이다. (중략)
　문: 피고는 금번 계획으로 처벌될 줄 알았는가?
　답: 나는 내 나라를 세우는 데 힘을 다한 것이니 벌을 받을 리 없을 줄 안다.
　문: 피고는 금후에도 조선 독립운동을 할 것인가?
　답: 그렇다. 언제든지 그 마음을 고치지 않을 것이다. 만일 몸이 없어

3·1운동의 주도자인 만해의 취조문이 실린 『동아일보』 1920년 9월 25일자. 만해의 국가관·민족관이 명쾌하게 피력되어 있다.

진다면 정신만이라도 영세토록 가지고 있을 것이다.

•「한용운 취조서 및 공판기」, 『한용운산문선집』, 228쪽.

사실 최남선의 선언문이 지나치게 현학적이고 만연체로 되어 있어 서민들에게까지 전달되는 데는 장애요인이 많았다. 따라서 민중을 선동하는 데 부적절하다고 판단한 만해가 선언서 뒤에 공약 삼장을 첨가하였던 것이다. 그러나 유도 심문에 맞장구칠 필요는 없다. 모든 사물이나 사태는 바라보는 관점에 따라 전혀 다른 논리가 구성된다. 내가 내 나라를 바로 세우겠다는 데 힘을 다한 것이니 벌을 받을 리 없다는 것은 결국 상대의 질문 자체가 오류라는 것을 여실히 드러내고 있다. 이처럼 확고한 논리를 지닌 만해이기에 그 신념은 흔들릴 리가 없다. 몸이 없어지면 정신

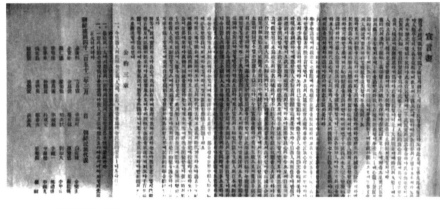

기미독립선언서 원문

만이라도 영세토록 가지고 있겠다는 만해의 다짐처럼 비록 광복을 보지
못하고 그의 육신은 떠났지만, 지금도 만해는 역사의 법신으로 남아 영생
을 누리고 있는 것이다.

여기서 잠시 만해가 추가한 공약 삼장의 취지와 의미, 거기에 담겨 있는
정신에 대해 알아보기로 하자. 일본인 형사들이 신경을 곤두세우고 집요
하게 취조했던 것도 바로 공약 삼장의 '최후의 일인까지 최후의 일각까
지'란 표현이 무엇을 의미하는가 하는 문제였다. 물론 그것은 3·1운동의
선동성을 부각시켜 내란죄로 옭아매려는 저들의 술책이었다. 최후의 일인
까지 민족의 정당한 의사를 발표하라는 공약 삼장은 '광명·정대·화합
이라는 바로 불·법·승 삼보정신을 말한 것'[17]이기도 했다. 이처럼 만해
사상의 근저에는 실체로 파악되어 끊임없이 변용되는 불교사상이 있었다.
하여튼 독립선언서에서 공약 삼장이 차지하는 비중은 매우 중요한 것이었
다. 한 역사학자는 이에 대해 다음과 같이 지적하였다.

선언서가 눈이라면 이 공약 삼장은 눈동자다. 눈동자가 있어 눈을 눈답게 하듯, 공약 삼장이 있어서 독립선언서가 선언서다운 구실을 하게 하였다.[18]

『동아일보』 1920년 9월 25일자 사회면에는 '한용운의 맹렬한 독립론'이라는 제목의 공소 공판기가 실렸는데, 여기서 만해는 우리 나라 망국의 원인이 부패한 정치와 현대문명의 낙후성 등 내부 모순에 있다고 지적하였다. 출옥 후의 어느 강연회에서 만해는 '우리의 원수는 바로 우리들 자신의 게으름, 이것이 바로 우리의 가장 큰 원수'라고도 하였다. 「조선독립에 대한 감상의 개요」의 논리와 같은 맥락이지만, 여전히 상호 불간섭주의에 입각한 민족자존성과 독립성을 다시 한 번 강조하고 있다. 이러한 보도 기사는 만해로 하여금 확고한 민족지도자로 부각되게 하여 대중적 명성도 얻게 한다.

　문: 조선 독립에 대한 감상은 어떠한가?
　답: 고금동서를 막론하고 국가의 흥망은 일조일석에 되는 것이 아니다. 어떠한 나라든지 제가 스스로 망하는 것이지 남의 나라가 남의 나라를 망하게 할 수는 없는 것이다. 우리 나라가 수백 년 동안 부패한 정치와 조선 민중이 현대문명에 뒤떨어진 것이 합하여 망국의 원인이 된 것이다. 원래 이 세상의 개인과 국가를 막론하고 개인은 개인의 자존심이 있고 국가는 국가로서의 자존심이 있으니 자존심이 있는 민족은 남의 나라의 간섭을 절대로 받지 아니하니, 금번의 독립운동이 총독정치의 압박으로 생긴 것인 줄 알지 말라. 자존심이 있는 민족은 남의 압박만 받지 아니할 뿐 아니라 행복의 증진도 받지 않고자 하느니 이는 역

사가 증명하는 바이라. 4천 년이나 장구한 역사를 가진 민족이 언제까지든지 남의 노예가 될 것은 아니다. 그 말을 다하자면 심히 장황하므로 이곳에서 다 말할 수 없으나 그것을 자세히 알려면 내가 지방법원 검사장의 부탁으로 「조선 독립에 대한 감상의 개요」라는 글을 감옥에서 지은 것이 있으니 그것을 갖다가 보면 다 알 듯하오.

출옥 후의 항일저항운동

만해는 당시 최고형이던 3년 징역형을 선고받고 복역하다가 1921년 가을 만기 감형으로 출옥하게 된다. 출옥 후 만해는 불교 청년회, 기독교 청년회 등으로 불려다니며 많은 강연회를 통하여 민족계몽과 저항운동을 계속해 나간다. 만해의 철두철미한 민족주의 사상은 '민족의 자존성을 바탕으로 한 비타협주의'로서, 그가 옥고를 치르고 출옥했을 때는 이미 일제에 대한 타협론이 대두되어 최린 등 3·1운동의 지도급 인사 일부가 이른바 '연정회' 등의 조직을 준비하기도 했으나 만해는 이러한 타협론에 완강히 반대하였다.[19] 이러한 만해였기에 1927년 비타협 노선의 민족 협동 전선인 '신간회'(新幹會)가 발족되자 솔선해서 이에 가담하여 중앙집행위원 겸 경성지회장의 소임을 자청했던 것이다.

1920년대에 들어서면서 항일운동이 농민·근로자·학생 등 민중적 차원으로 발전되고 있을 때, 상당수의 3·1운동 지도급 인사들은 이러한 역사적 발전을 이해하지 못하고 또는 적대시하는 경향조차 있었으나, 만해는 역사의 흐름을 정확히 읽고 있었으므로 이러한 상황에 유연하게 저응하며 전통저 항일운동과 새로운 단계이 민중저 항일운동은 연결되어야 한다는 주장을 피력할 수 있었다. 만해는 이미 비타협 민족주의자

신간회 서울 지부 총회에서 강연을 하고 있는 만해

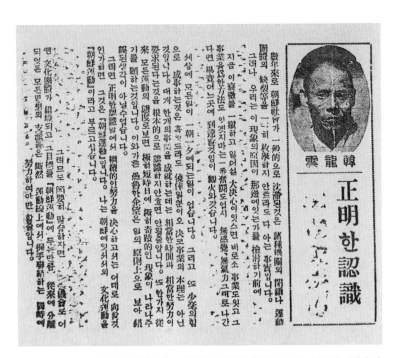

침체된 조선운동, 즉 '조선에 있어서의 문화운동'의 현실을 반성하고 보다 명철하게 인식할 것을 주문하는 신년사. 『동아일보』 1933년 1월 1일자로 마지막 부분에 묵자(墨字)가 많다.

들과 사회주의자들의 합작노선인 신간회에 가담하기 2년 전에 다음의 글을 발표한 적이 있었다.

민족운동과 사회운동, 이것이 우리 조선 사상계를 관류하는 2대 주조입니다. 이것이 서로 반발하고 대치하여 모든 혼돈이 생기고 그에 따라 어느 운동이고 다 뜻같이 진행되지 않는가 봅니다. 나는 두 운동이 다 이론을 버리고 실지에 착안하는 날에 이 모든 혼돈이 자연히 없어지리라 믿습니다. (중략) 우리는 동주과우(同舟過雨)한 격이니 갑이고 을이고 다 지향하는 방향이 있으나 우선 폭풍우를 피하는 것이 급선무로써 공통되는 점을 해결하는 것이 상책입니다. 물론 일조일석에 해결할 문제도 아니나 근래에 이르러 사회운동가들이 민족운동을 많이 이해하여 가는 경향이 있는 것은 매우 축하할 만한 일입니다. 우리는 오늘 우리의 특수한 형편으로 보아 이 두 주조가 반드시 합치리라고 믿으며 또 합쳐야 할 것인 줄 믿습니다.

• 「혼돈한 사상계의 선후책」, 『동아일보』 1925년 1월 1일.

결국 만해가 신간회에 적극적으로 가담한 것은 이 운동의 비타협적 성격 때문이며, 또한 좌파와 합작함으로써 위의 항일 노선의 분열을 방지하고 민족대통합의 항일저항노선을 일관되게 실천할 수 있다고 본 때문이다. 만해는 1920년대의 새로운 시대 상황에 따라 그의 민족사상도 점차 민중적 차원으로 발전하여 농민이나 근로자의 생활 또는 그들의 사회운동에까지 적극적인 관심을 돌리기 시작했던 것이다.[20]

이후에도 만해는 광주항일학생운동 때에는 조병옥(趙炳玉) · 김병로(金炳魯) · 송진우(宋鎭禹) 등과 함께 '광주학생사건 사태규명 민중대회'를 발기하여 전국적으로 확대시키고자 노력하였다. 만해는 조선불교총동맹과 '만당'의 실질적인 지도자가 되었으며, 월간 『불교』지를 인수 간행하여 불교청년운동 및 불교대중화운동을 영도하는 등 꾸준히 활동하였다. 이 무렵 만해의 서릿발 같은 절개와 칼날 같은 의기를 말해주는 여러 가지 일화들이 전해져온다.[21]

염무웅의 지적처럼 이 시기에 이르러 이미 역사의 핵심적인 추진력은 3·1운동 세대인 만해의 손에서 떠나 3·1운동에 의해 계발된 세대에게로 넘어갔다고 보아야 할는지도 모른다.

『동아일보』 1936년 1월 1일자에 실린 만해의 신년사. 사치와 낭비의 습관을 버리고, 근검 절약하는 생활의 식을 가지고 힘을 쌓아가야 한다는 현실의식을 보여준다.

　　1920년대 이후 광범하고 급격하게 발전된 노동운동과 농민운동 및 이 운동 속에서 성장한 지도자들이 이제는 식민지체제에 대한 반대투쟁에서 가장 중요하고 중추적인 역량으로 되었던 것이다. 이 점 『님의 침묵』은 역시 『조선불교유신론』이나 「조선독립이유서」의 구체적 현실대결이 비전이나 예언의 형태로서밖에 자기를 드러낼 수 없는 시대의 특징적인 산물이라 해야 할 것이다. 비전이나 예언을 사회적 실천과 통일시키기에는 그의 나이가 이미 너무도 늙었던 것일까.[22]

그러나 만해가 예언한 대로 일제 군국주의가 만주를 집어삼키고 중국으로 기어들고 태평양전쟁을 일으키는 가운데 식민지 무단통치가 강화되자, 3·1독립선언의 동지였던 최린을 비롯하여 육당과 춘원이 변절하고 그밖에 수많은 사회 지도급 인사들이 하나둘씩 변절해가던 그 암담하던 시기에도 만해는 끝내 굴하지 않고 잘 견디었다.

만해의 숙원이던 대학 설립, 신문사 경영 등, 귀가 솔깃한 여러 가지 제의를 들고 와서 끊임없이 회유하는 일제의 그 어떤 술책에도 그는 굴하지 않았다. 그는 절대로 일제와 타협해본 일이 없는 '결백하고 무서운 사람'이었다. "나는 조선 사람이다. 왜놈이 통치하는 호적에는 이름을 올릴 수가 없어"라며 온갖 현실적 삶의 어려움을 감수했던 만해는 하루 종일 흐트러짐이 없는 너무나 꼿꼿한 그 자세 때문에 '저울추'라는 별명까지 얻었다 하니, 만해의 곧은 지조와 무서운 절개를 단적으로 나타낸 말이 아닐 수 없다.[23]

만해가 일제 말의 절망적 상황 속에서도 굴하지 않고 민족적 양심을 지킬 수 있었던 원동력은 무엇이었을까 곰곰이 한번 생각해 보지 않을 수 없다. 그것은 아마도 만해의 육화된 불교사상에서 나온 것은 아닐까 생각된다. 송건호(宋建鎬)는 이 점에 대해 '법인'(法忍)이라는 말로 설명한다.

법인이라고 하는 것은 반야(般若)의 제3원리로서 '불경'(不驚), '불공'(不恐), '불굴'(不屈), '불퇴'(不退) 등을 뜻한다. 즉 놀라지 않고 두려워하지 않으며, 굴하지 않고 물러서지 않는다는 뜻으로, 이것이 불도의 가장

만해의 도저한 선(禪)사상을 보여준 『십현담주해』

고귀한 정신이다. 만해는 불교사상의 심오한 철리를 터득한 인물로 일제 말의 총검에 의한 발악 속에서도 두려움 없이 자기의 생각하는 바를 직언한 것은 아마도 몸에 밴 법인이란 불교 철리의 힘 때문인지 모른다.[24]

한 인간의 행동을 근원적으로 규준하는 것으로 이데올로기나 사상 또는 종교를 들 수 있다. 이중에서도 특히 종교는 인간의 '궁극적 관심사'로서 기능한다고 볼 때, 만해의 불교 혁신운동이나 독립운동과 문학행위의 바탕에는 불교사상의 깊이 있는 이해와 실제 수행에서 얻은 깨달음의 체험이 깊이 스며 있다고 볼 수 있다. 특히 1917년의 견성 체험은 그의 '운명의 지침을 돌려놓고' 말았는지도 모른다.

만해는 철저한 자아탐구와 자기수행에 의해 자아정립을 이룩한 인물이었기 때문에 두려움 없이 과감하게 불교개혁을 부르짖거나, 독립 만세운동을 주도하거나, 불세출의 문학을 창조할 수 있었다. 도저한 선사상

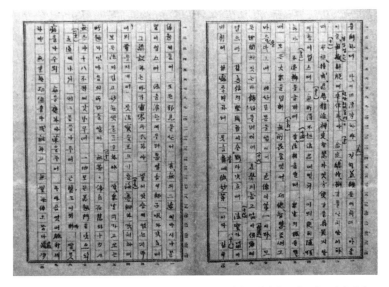

만해의 『유마힐소설경강의』 친필 원고. 보살행을 실천궁행한 유마거사를 평소 흠모하여 만해는 그의 행적을 다룬 이 책을 집필하였으나 완성하지는 못하였다.

의 깊이를 보여주었던 『십현담주해』나 불교 교리에 대한 폭넓은 이해를 보여주었던 『불교대전』, 그리고 그가 흠모해마지 않았던 육바라밀(六波羅密)의 보살행을 실천궁행한 대승불교의 중요 인물 유마거사의 행적을 다룬 『유마힐소설경강의』 등에서 보여주는 만해의 불교 이해는 선과 교를 아우르는, 즉 선교원융(禪敎圓融)의 폭넓은 범위에 이르는 것이었다.

이러한 깨달음의 내용을 문학적으로 형상화한 시집 『님의 침묵』에서 우리는 그 깨달음의 실체를 만날 수가 있었다. 따라서 우리는 만해가 국가와 민족을 위해 행하는 그 어떤 행동에서도 조금의 흔들림이 없이 곧은 지조를 유지할 수 있었던 것이 불교사상의 체득과 그 육화에 기인한 것이었음을 알 수 있다. 만해야말로 깨달음을 민족적 차원으로 현실화할 줄 알았던 진정한 종교인이었던 것이다. 그리고 그는 승속불이(僧俗不二)

자유자재의 삶을 살았던 관자재보살이었다. 다음의 지적을 보자.

그는 입산과 하산을 되풀이하면서 수행하는 구도자, 행동하는 지사의 모습을 보였다. 그러나 그가 산 속에 있다고 해서 이 세상을 등진 것은 아니었고, 시중에 두루막자락을 휘날리며 다녔다고 해서 세속에 물든 사람은 아니었다. 우리는 이 같은 만해의 인간상을 통해 그가 실천적 구도자, 즉 보살의 길을 지향하고 있었음을 알아야 한다.[25]

만해는 결국 '국가와 사회를 위하여 일신을 바치는 의인이 되고자 했던' 어린 시절의 꿈을 불교사상의 바탕 위에서 구현한 셈이다. 이제 나라를 강탈당한 암울했던 시대에 우리 민족의 자랑스러운 자존이었던 만해에 대한 한 인물사가의 조사에 가까운 다음의 말을 음미하면서 이 장을 마감하고자 한다.

일제 강점의 식민지하에서 적 일본에 철저하게 비타협으로 일관하다가 비극적인 그러나 자랑스러운 생을 마친 항일 애국지사의 가장 대표적인 인물은 국외에서 단재 신채호를, 국내에선 만해 한용운을 들 수 있을 것이다. 특히 적 치하에서 일제의 모진 학정을 받아가면서, 더욱이 이제까지 서로 속마음을 허하고 친근히 사귀던 동지가 하나 둘 일제의 품안을 향해 떠나가는 한없이 외로운 상황 속에서 홀로 민족의 양심을 지키다 한을 품은 채 세상을 떠난 만해를 생각할 때 실로 눈물 없이는 그의 생애를 더듬을 수 없는 것이다. 그러나 우리 민족이 만해와 같은 지사를 암담한 적 치하에서 단 한 사람이라도 가질 수 있었다는 것은 한없는 자랑이요 영광이 아닐 수 없다.[26]

보살행 실천으로서의 문학

만해에게 문학은 구도의 방편이었으며 보살행의 한 과정이었다. 만해는 신앙과 문학과 삶이 하나에 이른 사람이었으므로 그의 독립운동이나 불교개혁운동은 물론이려니와 그의 문학을 논할 때도 우리는 그의 '사람과 글' 또는 '문학과 신념'을 따로 논할 수는 없을 것이다.

흔히 만해를 '문단외적 시인'이라고 부르는데, 이 사실은 오히려 만해에게나 한국문학에 커다란 하나의 행운이었다. 나라의 주권을 빼앗기고 남의 나라 식민지로 전락한 민족적 현실을 '진실로 뼈아프게 느끼고, 그 아픔을 처음으로 시 속에 구체화했다는' 점에서 만해는 한국 최초의 근대 시인이라 할 수 있다.

3·1운동의 여파로 인한 일제 총독부 당국자들의 정책 변화, 이른바 '문화정치'라는 것의 혜택에 힘입어 이루어진 고립적이고 폐쇄적이기까지 한 문단적 테두리에 갇히지 않음으로써 상대적으로 만해는 진정한 민족적 현실에 눈뜰 수 있었고, 그 고통의 현장에 뛰어들어 평생 일관되게 투쟁할 수 있었다. 따라서 그가 1920년대 문단으로부터 소외된 것은 역설적 행운이라고 할 수 있다. 이에 대해서 염무웅은 다음과 같이 지적하고 있다.

그것은 만해가 문학에만 국한된 인물이 아니어서 오히려 식민지 시절에 식민지적 현상의 일부로서 형성되어 아직도 완강하게 남아 있는 소위 문단이라고 하는 것의 고립성과 폐쇄성으로부터 멀리 떨어짐으로써 문단적 테두리 속에서는 결코 가능하지 못했던 문학적 깊이와 폭을 달성하고 있다. (중략) 만해는 문단적 제한이 바로 식민주의적 제한임을 느끼고 이를 처음부터 거절함으로써 한국의 신문학이 매여 있는 왜소성과 지방주의에서 멀리 벗어날 수 있었다.[1]

오늘날까지도 탈피하지 못한 우리 문단의 병폐들, 독자 대중을 안중에 두지 않는 유아독존적 자세라든가 민족의 현실에는 맹목(盲目)인 자기배설적 공허함, 문학으로 승부하는 것이 아니라 패권 싸움으로 점철되는 한국 문단의 생리 따위는 염무웅의 지적처럼 '신문학 초창기에 이미 싹을 지니고 있었던 것'으로, 그것은 본질적으로 '문단 형성과정의 식민지적 성격에서 유래한다'고 볼 때, 만해가 이러한 문단권 밖에서 문학행위를 영위했다는 것은 '역설적으로 행운이었던 것'이라 할 수 있다.

이러한 점을 염두에 두면서 만해 문학의 진정한 의미를 검토해 보기로 하자. 먼저 만해는 문학을 어떻게 바라보았는지, 즉 만해의 문학관부터 살펴보자.

만해의 문학관

만해는 어릴 적부터 한문 서적들을 통하여 유교의 경서들과 불경들을 공부한 동양적 바탕에다, 뒤늦게 중국의 근대 지식인인 량치차오의 책이나 국내 문인들의 해외문학 번역서들을 통하여 구미의 문예를 접하고

『님의 침묵』을 비롯한 1백여 편의 자유시, 36수의 시조, 164수에 이르는 한시 등 3백여 편의 시 작품과 『흑풍』을 비롯한 5편의 소설, 20여 편의 수필, 16편의 논문과 11편의 논설, 그외에도 15편의 잡문들을 남긴 전통적인 지식인·문사이다. 이 점에서 만해는 육당이나 춘원, 주요한(朱耀翰), 김동인(金東仁) 등과는 사뭇 대조적인 지적 형성과정을 밟는다.

일찍이 홍안소년(紅顏少年)의 나이로 문명개화(文明開化)한 일본에 유학하여 정규적인 신식교육을 받고는 신문학을 습득하여 이내 문예운동을 펴나온 육당이나 춘원 또는 김동인 내지 주요한 등의 경우와는 판이하여 퍽 대조적이다. 만해는 이른바 신문학의 개척자라는 육당이나 춘원보다 10여 년, 금동(琴童)이나 송아(頌兒)보다는 20여 년이나 연상이면서도 그의 나이 25세 무렵에야 백담사 선방에서 량치차오의 『음빙실문집』을 통해서 겨우 서양철학이나 민주정치제도 내지는 구미의 시화와 서너 편의 소설류를 접해본 것이 고작이었다. 이렇게 서책에서 새로운 구미의 신문학을 어렴풋이나마 처음 읽고 이에 대한 식견을 쌓기는 그의 나이 30세가 되던, 예의 육당에 의해 『소년』(少年)지가 창간되고 거기에 「해(海)에게서 소년에게」라는 신시가 발표된 바로 그해(1908) 봄에 일본의 동경·경도(京都) 지방을 순유하면서 조동종대학에서 불교와 서양철학을 청강한 것이 첫 기회이다시피 뒤늦고 특수한 것이었다. 그러므로 그는 역시 30세 때까지는 아무래도 재래의 전통적인 한문의 분위기 속에서만 도학(道學) 내지 종교적인 동양적 학문에만 전념하다가 구미의 신학문이나 문예를 뒤늦게 받아들인 셈이다.[2]

그러나 스스로 많은 글들을 발표했지만 만해 자신이 의도적으로 문학

만해가 어려서부터 익혀온 한시를 모은 시집

에 뜻을 두어 전문적인 작가가 되기를 꾀하지는 않았으며, 묵묵히 문단권 밖에서 문필활동을 해오면서도 막상 스스로 시인·작가로 대접받기를 원하지도 않았던 것 같다. 일찍이 총체적인 시도로써 만해 한용운을 연구한 바 있는 박노준(朴魯埻)·인권환(印權煥)의 주장처럼 '무엇보다도 그는 문학이라는 것을 어떤 자기대로의 필요불가결의 생명적 요소로는 보았으되 본업적인 대상으로는 다루지 않았'던 것이다. 이러한 사실은 시집 『님의 침묵』의 말미에서 밝힌 글(「독자에게」)이나 신문 연재 장편소설 『흑풍』을 통해서도 확인할 수 있다.

　독자여, 나는 시인으로 여러분의 앞에 보이는 것을 부끄러워합니다.
　여러분이 나의 시를 읽을 때에, 나를 슬퍼하고 스스로 슬퍼할 줄을 압니다.
　나는 나의 시를 독자의 자손에게까지 읽히고 싶은 마음은 없습니다.

그때에는 나의 시를 읽는 것이 늦은 봄의 꽃수풀에 앉아서, 마른 국화를 비벼서 코에 대는 것과 같을는지 모르겠습니다.

  • 「독자에게」 중에서

  민족의 어두운 시대를 밝히기 위한 등불로서, 당대의 목적에 따라 시를 썼을 따름이지, 어떤 문사로서의 자의식을 가지고 쓴 것은 아니므로 그는 자신의 시를 독자의 자손에게까지 읽힐 생각이 없다고 말한 것이다. 이것은 그러한 어두운 시대가 빨리 끝나기를 바라면서 하나의 지향점을 가지고 시를 썼다는 얘기가 된다. 따라서 만해에게 문학이란 민족독립운동의 실천의 일환이거나 더 나아가서 중생제도의 보살행의 한 과정이라고 볼 수 있다. 그가 『님의 침묵』을 쓴 것은 수많은 논설을 쓴 것과 동일한 선상에서 논할 수가 있다. 그러니까 글을 통한 민족계몽이나 민중계도의 수단으로서 그의 시와 소설 창작행위를 논할 수 있는 것이다. 다음의 말은 이러한 점을 더욱 분명하게 밝혀준다.

  나는 소설을 쓸 소질이 있는 사람도 아니요, 또 나는 소설가가 되고 싶어 애쓰는 사람도 아니올시다. 왜 그러면 소설을 쓰느냐 반박하실지도 모르나 지금 이 자리에서 그 동기까지를 설명하려고는 않습니다. 하여튼 나의 이 소설에는 문장이 유창한 것도 아니요, 묘사가 훌륭한 것도 아니요, 또는 그 이외라도 다른 무슨 특장이 있을 것도 아닙니다. 오직 나로서 평소부터 여러분께 대하여 한번 알리었으면 하던 그것을 알게 된 데 지나지 않습니다. (중략) 많은 결점과 단처를 모두 다 눌러보시고 글 속에 숨은 나의 마음까지를 읽어주신다면 그 이상의 다행이 없겠습니다.

  • 『조선일보』 1935년 4월 8일

적어도 소설가라면 문장이 유창하거나, 묘사가 훌륭하거나, 이야기 솜씨가 뛰어나거나 하는 이야기꾼으로서의 장기가 있어야 할 텐데 자기에게는 그러한 특장은 따로 없으며, 다만 평소에 한국 민중에게 한번 알리고 싶었던 것들을 알리고자 하는 목적의식에서 소설에 손대게 되었다는 것이다. 그렇다면 만해에게 문학이란 결국 육당, 춘원 등의 경우와 유사한 계몽주의적 의도를 상당 부분 지니고 있었다는 얘기가 된다. 그러나 이 시대의 문인 거의가 전통단절론적 입장에서 외래의 문예사조를 답습·추종하는 데에 급급했던 몰주체적인 행태를 기억한다면 만해의 입장은 이들과 사뭇 다른 것이라 할 수 있다.

만해는 전통의 기반 위에서 일시적인 시류(時流)라든가 박래품(舶來品)에 흔들림 없이 그것들을 받아들이되, 주체적인 입장에서 비판적으로 수용하였으며 건전하고 독자적인 문학사상을 견지하여 시종일관하였다. 이러한 그의 문학적 태도는 당대의 신채호·박은식·주시경(周時經)·정인보(鄭寅普)처럼 전통적인 국학 내지 동양학의 바탕에서 살아오며 끝내 그 거센 친일의 함정에 빠지지 않고 절조를 지킨 민족적 지사들과 기맥(氣脈)을 같이한다.

사실 궁핍과 험난만을 거듭하게 마련이던 당시를 살펴보면 '일제 말기에 변절한 무수한 지식인들이 대부분 전통적인 유학자 출신이 아니라, 해외 유학자 출신이거나 신교육 출신의 지식인이었다는 사실' 등을 감안하여 볼 때, 만해가 파란 많은 생애를 통하여 끊임없이 계속된 친일의 회유책에 굽히지 않고 민족정신의 의지로 문학의 기틀을 이루어왔다는 점은 이와 같은 전통적 문예의 바탕이 크게 뒷받침된 것으로 생각할 수 있다.[3]

그렇다면 만해는 예술행위 또는 예술의 존재의의를 어떻게 보았을까? 『삼천리』(三千里)에 실린 춘추학인(春秋學人)의 탐방기에 보면 다음과 같은 내용이 나온다.

　예술이란 인생의 한 사치품이지요. 오락물이라고밖에 안 보지요. 요
사이에 와서는 예술을 이지(理智) 방면으로 끌어가며 그렇게 해석하려
는 사람들도 있지만, 감정을 토대로 한 예술이 이지에 사로잡히는 날이
면 그것은 벌써 예술성을 잃었다고 하겠지요. 그리고 또 근자에 이르러
너무나 감정이 극단으로 흐르는 예술은 오히려 우리 인간 전체에 비겁
과 유약을 가져오는 것이나 아닌가 하고 우려까지 하지요. 예를 들면,
우리의 생활에 있어서 기름이나 고추나 깨는 없어도 생활할 수 있어도
쌀과 불과 나무가 없으면 도저히 생활할 수 없는 것과 마찬가지로, 예
술이 없어도 최저한의 인간생활은 이룰 수가 있겠지요. 그러나 좀더 맛
있게 먹자면 고추와 깨와 기름이 필요없다고는 할 수 없겠지요. 어떤
사람은 항의하리다마는 나는 이렇게 예술을 보니까요.

　만해에게 예술이란 곧 '고추와 기름과 깨'처럼 인생을 더 윤택하게 하
는 양념과 같은 존재의 위상에 놓인다. 이로 보아 만해에게는 전문적인
문학의식이 없었다는 사실을 다시 한 번 확인할 수 있다. 그리고 '지나치
게 이지 쪽으로 치우치는 모더니즘 문학은 물론 너무나 감정이 극단으로
흐르는 낭만주의 예술'을 모두 경계하는 발언으로 보아, 당시에 풍미했던
서구 문예사조와는 일정한 거리를 두는 전통적인 문사의 통념 위에 만해
의 문학이 존재함을 우리는 위의 언급을 통해서 알 수 있다.
　습작기에 있는 어느 문학 청년으로부터 문학과 문예의 관계, 문예에 대
한 주의 등에 관한 질문을 받고, '나의 사견(私見)'이라는 전제를 달고 밝
힌 「문예소언」(文藝小言)이란 글에서 만해는 광범한 문자적 표현을 총괄

하는 '문학'과 시·희곡·소설 등의 예술적 문예작품을 가리키는 '문예'라는 개념을 전제로, 동서양의 문학에 대한 개념을 살피고 있다. 먼저 한문학을 중심으로 한 동양학설에서는 "문학이라는 것은 학문이라는 뜻도 되고 경학(經學)이라는 뜻도 된다"라고 파악하고, 『논어』의 「선진편」(先進篇)과 『사기』(史記)의 예를 들어 "동양의 문학이라는 것은 문자로 된 것은 다 가리킨 중에 경학·윤리학 및 성리학·역사·제자백가어(諸子百家語)의 순서로 된 것이어서 문예만을 지칭한 것이 아닐 뿐 아니라 유교로서 천시하던 소설·희곡 따위는 변변히 문학 축에 들지도 못하였을 것"이라고 함으로써 동양에서는 재도주의적(載道主義的) 문학관으로 인하여 전통적으로 시를 제외한 허구적인 창작문학을 홀대해 왔음을 밝히고 있다.

서양학설의 경우는 "문학은 일종의 위대한 언어이다. 그것은 문자로 쓰고 또 서적으로 인쇄한 모든 것을 의미하는 것이다"는 매슈 아널드의 광의의 문학 개념으로부터 "문학은 사람이 그 자신을 종합적으로 타인에게 표현하는 모든 것을 포함한다"는 A. R. 비네의 정의, 그리고 "문학이라는 것은 총명한 남녀의 사상·감정의 기록으로, 독자에게 쾌감을 주도록 안배된 것을 이른다"는 S. A. 브루크의 협의의 정의 등을 살핀 다음, 『대일본국어사전』(大日本國語辭典)이나 『신식사전』(新式辭典) 따위의 일본 사전류의 정의까지 참조하여 비교적 다양하게 문학의 개념을 파악하고 있다. 그리고 당시 우리 나라에서는 "문학의 정의에 대하여 체계적으로 저술된 서적이 별로 없는 듯하고" 신문·잡지 등에 단편적으로 나타나는 문예평론 또는 문예강좌 같은 데에 실리는 것을 보면, 협의의 문학 개념인 "문예로 보는 관념이 심화 또는 보편화되고 있는 듯하다"고 함으로써 전통적인 문학관으로부터 근대적인 문학관으로 이행되고 있음을 비교적 정확하게 파악하고 있다. 그러나 만해 자신의 경우는 문학을 광의의 개념으로 파악하고 있음을 다음의 인용에서 확인할 수 있다.

> 문학이라고 하는 것은 문자로 기록된 모든 것을 이름이다. (중략) 모든 사물을 언어로 할 수 있는 과정을 거쳐서 문자로 표현되는 것, 곧 자기의 무엇이든지를 문자로 나타내어서 독자가 이해할 수 있게 하는 것은 다 문학이다. 다시 말하면 문리(文理)가 있는 문자로의 구성은 다 문학이다. 그러므로 종교 · 철학 · 과학 · 경사(經史) · 자전(子傳) · 시 · 소설 · 백가어(百家語) 등 내지 심상각훤(尋常覺喧)의 서한문(書翰文)까지라도 장단 · 우열은 물론하고 모두가 다 문학에 속하는 것이다. (중략) 그리하여 문예는 문학이지마는 문학은 문예만이 아니다.
> • 「문예소언」, 『만해시론』(민족문화사, 1982), 17~18쪽.

이러한 만해의 문학관은 물론 전통적인 동양의 문학관일 뿐이다. 모든 문자행위는 기본적으로 문학으로 보는 만해의 문학관은 전통적인 문사의 문장에 대한 인식과 궤를 같이한다고 볼 수 있다. 그렇기에 만해는 장르에 구애받지 않고 자기 나름의 독자적이고도 다양한 문필활동을 지속하였던 것이다.

이와 같이 만해는 본래부터 좁은 의미의 문학개념인 '문예'에 집착하지 않았다. 또한 그 자신 기량(技倆)면에서 그다지 자신감을 갖고 있지는 않았으면서도 일제 강점기의 역사적 현실을 좌시하지 않고 어떻게 하든 기울어만 가는 민족적 현실을 직시하고 국민들에게 자주 독립 정신을 고취하고자 했던 그의 문학적 입장은 사실주의적 태도와 아울러 계몽주의적 자세를 견지한 것으로 보인다. 이것은 비록 자연발생적으로 이루어진 것이긴 해도 만해의 문학에 대한 자세와 문예인식의 태도가 비교적 건실하고 다양하면서도 매우 구체적이었음을 반증한다.

비록 육당이나 춘원 등 어린 나이에 일본 유학을 거쳤던 유학파 지식인들에 비해 현대적인 문예에 대한 습득이 늦었다 하더라도 만해의 문학관은 결코 낙후되지도 않았으며 편협하지 않고 매우 건전하였다. 그리고 그가 소설에 임하는 자세는 시류의 흐름에 영합하지 않고 대단히 유연한 '픽션 의식'을 지니고 있었던 것으로 보인다. 1930년대 중반에 만해가 『조선중앙일보』에 『후회』(後悔)를 연재할 즈음 삼천리사(三千里社)에서 주최한 장편작가회의에서 밝힌 다음의 말을 보자.

예술이라 하는 것은 반드시 어떤 시대와 세상만을 그려야만 하는 것이 아니라, 시대와 세상을 떠나서 천상(天上)을 그릴 수도 있는 것이요, 지하(地下)를 그릴 수도 있다고 생각한다. 문제는 그러면 그것이 과연 훌륭한 예술이냐 아냐냐에 있을 것이다. 예술이 오늘날 일부의 문학자들이 말하는 거와 같이 반드시 어느 한 계급이나 몇몇 개인을 위하는 것이 아니고, 예를 들어 꽃과 비교해서, 누구나 감상할 수 있는 것, 즐길 수 있는 것이라면 예술성 그것은 어느 한 사회나 계급은 물론이요, 어느 한 시대나 현실을 그려야 한다고 할 수는 없을 것이다.

•「장편작가회의(초)」, 『만해시론』, 47~98쪽.

위에서 보듯이 만해는 문학이 어느 특정한 계급이나 몇몇 개인을 위하거나 한정된 시대에 치우쳐서는 안 된다는 자세를 보여 준다. 그러한 짐에서 만해가 의식적으로 민족주의 진영에 가담하여 활동한 것은 아니지만, 당시에 10년 가까이 유행하던 신경향파적인 문학에 대해서 반대하는 친민족주의적 입장에 섰던 것은 분명한 것 같다. 이러한 태도는 그가 신경향파 문학이 본격적으로 전개되던 무렵인 1926년에 간행한 『님의 침묵』을 비롯해 여러 글들이 지닌 문학적 경향을 보아도 분명히 알 수 있다.

그렇다고 해서 만해가 1930년대 문단에 성행하던 순수문학의 태도를 그렇게 바람직하게 보지는 않은 것 같다. 조선 프롤레타리아 예술가동맹(KAPF)이 해체된 후, 내면탐구로 칩거해 들어간 문학풍토에 대해서는 반대 입장을 분명히 하였다. 물론 이것은 만해의 기질이나 작품경향, 그리고 그의 불교개혁운동이나 민족독립운동 같은 대사회적인 태도에서도 드러나지만 다음의 시를 보아도 그의 문학적 입장을 알 수 있다.

나는 서투른 화가여요. (중략)
나는 파겁(破怯) 못한 성악가여요. (중략)
나는 서정시인이 되기에는 너무도 소질이 없나봐요.
'즐거움'이니 '슬픔'이니 '사랑'이니 그런 것은 쓰기 싫어요.
당신의 얼굴과 소리와 걸음걸이와를 그대로 쓰고 싶습니다.
그리고 당신의 집과 침대와 꽃밭에 있는 작은 돌도 쓰겠습니다.
• 「예술가」(藝術家) 중에서, 『님의 침묵』

'즐거움'이니 '슬픔'이니 '사랑'이니, 그런 유약한 감정의 표현으로 자기 만족에 그치는 그런 소승적인 문학은 하지 않겠다, 부재하는 '당신의 얼굴과 소리와 걸음걸이'를 쓰겠다, 이 점에서도 만해의 문학은 민족적 차원에서 이루어지고 있음을 알 수 있다. 이러한 만해의 문학적 입장은 1930년대 중반부터 시작했던 신문 연재 소설의 집필의도에서 알 수 있듯이 민족과 국가의식을 일깨우고 독립의지를 고취시키며, 어두운 세계에서 고통받는 한국 민중을 위해 붓을 든다는 대승적 자세에서 발원한 것이다. 따라서 그의 문학은 몇몇 독자들만을 위한 귀족주의적 순수문학보다는 오히려 다수의 민중을 위한, 어느 정도 통속취향을 마지않는 대중문학을 지향한다.

풍자문학이나 사화(史話)·사담(史談)의 형식은 훌륭한 예술적 표현으로는 생각지 않는다. 그런데 신문소설(다른 소설보다도)에 있어서는 합리적으로는 예술성과 통속성, 순수성과 대중성을 겸해야 하겠지마는 그렇지 못할 경우에는 예술성보다는 통속성에, 순수적인 것보다는 대중적인 편이 도리어 좋지 않을까 나는 생각한다. 본래 예술이란 대중적이어야 하는 것은 근본원리인데, 아무리 예술성을 지키고 순수문학적이라 하더라도 독자 대중이 없다면, (전연 없지는 않겠지만 극소수인 경우) 좀더 통속성과 대중적인 편이 낫다고 보지 않을 수 없다.
• 「장편작가회의(초)」, 『만해시론』, 48쪽.

만해 문학관의 또 다른 특성 중 하나로 불교사상에서 비롯된 문학을 자연현상과 연결시켜 파악하는 경향을 들 수 있다. 이러한 만해 문학의 자연 표상은 선시나 불교적 게송과도 관련이 있다. 불교에서는 자연현상과 우주 전체를 비로자나불(毘盧遮那佛)의 법신(法身)으로 인식하여 자연에서 진여를 보는 것을 가장 높은 경지로 여긴다.

만해 문학의 이러한 특징적 경향은 그의 시집 『님의 침묵』과 소설에 등장하는 인물의 말을 통해서도 나타난다. 먼저 『님의 침묵』의 시들에 나타난 자연 표상의 양상은 단순한 배경으로서 자연현상을 제시하거나 자연의 이치를 통해 진실을 드러내는 경우, 자연의 정경이나 분위기를 묘사함으로써 함축적 의미를 표현하는 경우, 자연현상을 왜곡시킴으로써 논리의 비약을 통해 숨겨진 이치를 드러내는 경우 등으로 분류할 수 있다.[4] 예술을 자연현상과 결부시켜 파악하는 만해의 문학관은 물론 동양 최고(最古)의 문학이론서인 양나라 때 유협(劉勰)의 『문심조룡』(文心雕龍) 같은 동양의 전통적인 문학관과도 상통한다. 그의 소설 『후회』에서 여주인공 한경이 하는 말에서도 이러한 문학관을 확인할 수 있다.

(전략) 큰 예술은 자연에서 배우는 것입니다. 만일 선생이 가르치는 대로만 배우고 만다면 누구라도 제자가 선생보다 나을 수는 없겠지요. 그러나 처음에는 선생에게서 규칙적으로 배운다 할지라도 예술의 묘경(妙境)에 이르러서는 스스로 얻어야 하는 것인데, 스스로 얻는다는 것은 곧 자연에서 배워서 마음으로 얻는 것이겠지요.
• 『후회』, 『한용운전집』(신구문화사, 1973)

위의 말은 '도는 자연을 본받는다'(道法自然)라는 『도덕경』(道德經)의 사상을 연상케 한다. 이처럼 만해의 문학관이나 창작방법론에서 가장 두드러지는 특성은 그가 성장기에 읽은 한학에 바탕을 둔 풍요로운 동양적 정서와 사상의 뿌리이다. 이는 그가 독서와 경험, 시대상황에 힘입어 자연발생적으로 형성된 문학관을 지닌 전통적 지식인임을 입증하는 것이기도 하다.

만해의 시

「님의 침묵」의 형성 과정

만해가 시 · 소설 · 수필 · 시조 · 한시 등의 여러 장르에 걸쳐 작품활동을 했지만 일반적으로 시인으로 가장 널리 알려져 있듯이, 만해의 문학활동은 역시 시 분야에서 가장 두드러진 성과를 거둔 것으로 평가할 수있다.

만해의 시인으로서의 형성과정은 앞에서 살펴본 대로 동양의 전통적지식인이 대개 그러했던 것처럼 어릴 때부터 한문에 대한 소양을 쌓았으며, 특히 소년기에서 노년기에 이르기까지 한시짓기를 생활화했던 데서출발한다고 보아야 할 것이다. 따라서 그의 한시는 그의 시적 감수성의근원이 된다.

만해에게 한시는 다양한 소재를 포괄하는 생활시의 개념에 가깝다. 이점은 시조의 경우에도 마찬가지다. 그의 한시에는 생활 주변의 온갖 체험들이 등장한다. 운수(雲水) 행각과 근대불교 지성인들과의 교우, 시베리아 유랑이나 일본 체재는 물론 3·1운동 이후의 옥중 회포와 노 · 장년기의 인생 및 자연 관조에 이르기까지 다양한 영역을 포괄하고 있다. 따라서 그의 한시에 표출되는 정서는 다양하다. 식민지 지식인의 울분이 서려있기도 하고, 대자연의 섭리 앞에서 세속사와 인생을 걱정하며 병고와 향수에 젖어드는 범부의 애환이 우려 비치기도 한다.

반면에 만해의 시집 「님의 침묵」의 시편들이 표상하는 정서는 극적 구조와 통일성이 돋보인다. 만해에게 한시와 시조가 삶의 주변을 드러내는생활시라면, 자유시는 지향적 욕구를 표상하는 이념의 시, 형이상학의시다. 그가 한시에만 만족하지 않고 한 걸음 나아가서 한국 신문학을 의

만석의 뜨거운 피
열말의 담
한 칼을 벼려내니
서리가 날려
고운 한밤 갑자기
벼락이 치며
불꽃 튀는 그곳에
가을 하늘 높아라.

만해가 안중근 의사를 기리며 지은 한시 「안해주」를 석주 스님이 옮겨 적었다(만해기념관 소장). 만해는 어쩌면 안 의사의 이러한 높은 뜻을 흠모했는지도 모른다.

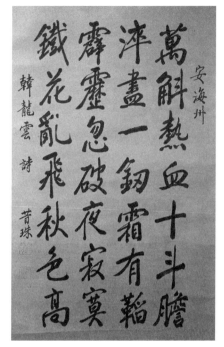

식하고 서구적 의미의 근대문학에 관심을 갖기 시작한 것은 40대에 접어들면서부터인 듯싶다.[5]

　만해가 『유심』지를 중단하고 3·1운동에 뛰어들어 수감된 뒤 3년 가까이 옥중에서 보낸 시간은 그에게 그때까지의 자신의 투쟁을 돌아보고 전열을 재정비하는 기간이었다. 어쩌면 이때의 생활은 만해 문학의 대성을 위한 준비 기간이라고 할 수 있다.

　적어도 3년에 걸친 옥중생활을 통해서 그의 오랜 시골과 산에서의 칩거와는 달리 뼈에 사무친 호국애족의 정신을 가다듬고, 비교적 안정된 마음으로 그의 동지나 후배들이 차입해주는 서물(書物)에서 한시와

만해의 시집 『님의 침묵』의 신간 소개가 실린 동아일보 1926년 5월 27일자. "고운 솜씨와 경건한 사상으로 쓴 산문시집. 양장 정가 1원 50전. 발행소 회동서관."

불서(佛書) 이외의 근대문학 이론이나 작품은 물론, 구미의 신학문을 불규칙한 접근방법으로 대해 오던 미흡성을 보완할 수 있었을 것으로 여겨진다. 아마 여기에서 그는 어렴풋이나마 『님의 침묵』의 테마와 그 감정적 주조가 틀이 잡혔을지도 모를 만큼 3년 동안의 영어생활(囹圄生活)은 실로 그의 밀도 짙은 문학형성에 적지 않은 영향을 미쳤을 가능성이 많다.[6]

1921년 만기 감형으로 출옥한 이후 1922년 5월에 조선불교청년회 주최로 「철창철학」(鐵窓哲學)이라는 연제로 강연을 하고, 같은 해 10월에는 조선학생회 주최로 천도교 회관에서 「육바라밀」이라는 연제로 독립사상에 대한 강연을 하는 등 각종 종교집회에 불려다니며 애국심을 고취하는 민중계몽 강연을 하거나 물산(物産)장려운동, 민립대학(民立大學) 설립운동, 불교청년회운동 등 활발한 사회운동을 펴던 만해가 47세 되던 1925년 초여름에 갑자기 활동을 중지하고 설악산 오세암으로 들어간 이유는 무엇일까? 이것은 매우 궁금증을 자아내는 부분이다. 여기서 그는 그의 시적 상상력에 큰 영향을 주는 『십현담주해』를 탈고하고, 곧 이어서

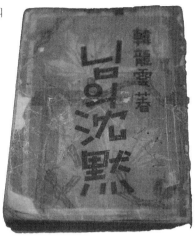

1926년 5월 20일 회동서관에서 간행된 『님의 침묵』 초판본

같은 해 가을에는 백담사에서 『님의 침묵』을 탈고한다. 그리고 이듬해 봄 5월 15일 『십현담주해』는 법보회에서, 5월 20일 『님의 침묵』은 회동서관에서 출간한다.

그런데 여기서 하나의 쟁점에 대해 살펴보자. 김장호(金長好)·고은(高銀)의 주장처럼 과연 만해는 90편에 달하는 그의 기념비적인 시편들을 단시간 내에 탈고했을까? 아니면 평소에 틈틈이 써둔 초고들을 가필해서 정리했던 것일까? 먼저 시집 『님의 침묵』을 단기간에 쓴 속성원고로 보는 김장호의 주장을 보면 다음과 같다.

　한용운이 『님의 침묵』을 장기간 끌어서 집필한 것은 아니라고 생각한다. 여기저기 발표했던 시고들을 함께 수록하지 않았던 것은 아니라할지라도, 적어도 그것은 대부분이 을축년 여름 설악산 오세암에서 이루어낸 것이라 보고 싶다. 그것은 『님의 침묵』에 수록된 태반의 작품이 그 기교며 수사가 거의 비슷하다는 사실을 두고 말함이 아니라, 그 모

백담사 화엄실. 만해는 이곳에서 『님의 침묵』을 탈고했다.

든 시편이 단일 주제로 귀결되고, 또 무엇보다 그 발상이 여일(如一)하다는 사실에 근거를 두고 이렇게 보는 것이다.[7]

사실 오랜 시간을 두고 씌어진 시집은 소재와 주제 및 기법의 변화를 거쳐 다양한 양상을 보인다. 그런데 기교나 수사, 주제가 단일하다는 것은 단기간에 집중적으로 창작되었음을 반증한다. 이러한 견해로 고은의 주장은 김장호의 견해보다도 조금 더 과격하다. 그는 만해가 그의 시고들을 하룻밤 사이에 써낸 것이라고까지 추정한다.

그는 시집 『님의 침묵』을 거의 하룻밤에 쓴 것이다. 이 사실을 믿는다면 놀라지 않을 사람이 없을 것이다. 그러나 그는 『님의 침묵』이 여러 시들을 당장 그날 밤으로 쓴 것은 아니다. 그의 시작철은 그 시의 초고들을 잔뜩 싣고 있다가 그것에 갑작스러운 감흥(感興)의 영감이 불을 질러서 하룻밤의 깊은 내설악의 어둠에 쌓인 그의 산중밀실(山中密室)의 창조작업은 완성되었다.[8]

이러한 관점에 대해 이의를 제기하는 측에서는 위의 두 견해가 일견 그럴듯한 이유를 제시하지만, 아무래도 정교한 언어예술일 뿐만 아니라 빼어난 민족시의 보감(寶鑑)인 90편의 주옥을 이렇게 단시일에 완성한다는 조건으로는 미흡하여 수긍이 되지 않는다고 주장한다.

필자의 소견을 밝힌다면 방금 말한 두 논자의 주장과는 아주 반대되는 편에 서는 격이 된다. 비록 수년에 걸친 장기간에 쓰여진 그런 시들은 아니라 추측되지만, 적어도 탈고 1년 전부터 쯤은 초(草)하기 시작했던 초고나 메모가 되어 있던 작품이 시편의 태반 정도는 점해 있던 것을 한 가을철 산사에 머물러 지내면서 창작보다는 가필 정리, 완성한 것이라 여겨진다. 물론 그는 훌륭한 선사이므로 청담(靑潭) 스님이 갈파한 것처럼, 오랜 선을 통한 영험으로써, '입만 열면 게송이 튀어나오고, 이태백(李太白)도 당할 수 없는 글을 자꾸 지어내고……' 하는 경지에 달할 수 있다 하더라도 정련(精鍊)된 언어기교를 요하는 시작에는 한계가 있게 마련인 것이다. 실상 아무리 천재라 할지라도 무려 90편에 달하는, 그리고 한껏 유장한 해조(諧調)로 다듬어진 명상의 가편(佳篇)들을 한두 달 사이에 한꺼번에 완성하는 기적은 있을 수 없다고 판단된다. 그러므로 그는 아마 을축년(1925) 초여름 서울로부터 시작을 위해 오세암에 들어와 묵으면서 예의 『십현담』을 주해하고 본래 오래 전부터 구상하고 초해 오던 시 작품들을 『님의 침묵』의 취향에 알맞은

내용이나 형식으로 퇴고하고 일부만을 창작해서 첨가했을 것으로 보인다.[9]

다분히 상식적인 입장에서 펼치는 위의 논자의 주장도 일리는 있다. 아마도 오래 전부터, 아니면 옥중에서 이미 『님의 침묵』을 구상했던 것인지도 모른다. 수많은 논설을 통하여 불교의 혁신과 그것을 통한 민족의식의 개혁을 주장했으나 큰 성과를 거두지 못한 만해는 일정한 한계를 느끼고, 이번에는 문학이라는 하나의 예술적 형식을 빌려 자신의 사상을 표출함으로써 좀더 효과적인 수단으로 민중을 계몽하려 했던 것인지도 모른다. 그러니까 오랫동안 고민한 끝에 택한 하나의 방법이지 단기간에 이루어진 것은 아니다. 그러나 현재로서는 『님의 침묵』을 쓴 기간에 대해서 어느 쪽이 사실인지 딱 잘라 말하기는 어렵다.

다음은 좀더 중요한 시집의 발상이나 집필동기를 알아보자. 만해는 왜 시집을 낼 생각을 했던 것일까? 여기에 대해서는 인도 시인 타고르의 영향설과 당시 국내 시단의 영향설, 이를테면 김소월(金素月)의 『진달래꽃』 출간이라든지 육당과의 경쟁심리 등이 발심의 계기가 되었다는 설이 있다. 먼저 타고르의 영향설을 검토해보자.

『님의 침묵』에 관한 최초의 언급이라 할 수 있는 시인 주요한의 독후감에서도 이미 만해의 작품을 '타고르의 산문적 영시와 같은 것'이라고 지적한 바 있었고, 시인 조지훈도 다음과 같이 언급하고 있다.

『님의 침묵』 한 권으로도 선생의 시는 현대시의 고전이 되었다. 그 사설체 문장, 신비한 트릭은 거기에 내포된 사상으로 더불어 인도 시인 타고르로 더불어 길항한 것이다. 타고르의 영향을 받으면서도 더 뛰어난 점이 있다. 그 세대, 그 연령의 시인으로 후세에 남을 작품을 끼친 이는 오직 선생이 있을 뿐이다.[10)]

'타고르의 영향을 받으면서도 더 뛰어난 점이 있다'는 주장을 좀더 자세히 치밀하게 밝힌 것은 시인이자 영문학자인 송욱(宋稶)이 그의 저서인 『시학평전』(詩學評傳)에서 만해와 타고르를 비교 설명하는 자리에서이다.

아마 만해가 『님의 침묵』을 쓰게 된 동기조차도 그가 타고르의 시집을 읽고 엄청난 공명과 불만을 함께 느꼈던 까닭이라고 추측할 수도 있는 것이다.[11)]

시인 신석정(辛夕汀)도 "만해는 시의 기량(형식)을 타고르에게서 얻고 사상적 바탕은 차라리 간디에 두고 있다고 보아 무방할 것이다"[12)]라고 하여, 타고르에게서 형식적 측면의 영향을 받았음을 지적하고 있다. 이러한 주장들이 나오게 된 것은 만해 시의 발상법이나 어조, 내용면에서까지 시집 『님의 침묵』이 타고르와의 영향관계를 짙게 드러내기 때문이다. 이에 대한 연구는 꽤 활발했던 편인데, 가장 종합적으로 고찰한 김용직(金容稷)의 논문을 중심으로 좀더 자세히 살펴보기로 하자.

먼저 김용직은 우리 현대시에 끼친 타고르의 영향이 그 이외의 어떤 해외 시인에 비해도 손색이 없는 질량을 가지고 있다고 말하면서, 특히 이 가운데서도 가장 짙은 투영도를 지니고 있는 시인이 바로 만해라고 주장한다.[13)] 김용직은 「한용운의 시에 끼친 R.타고르의 영향」이란 글에서 다음과 같이 언급하고 있다.

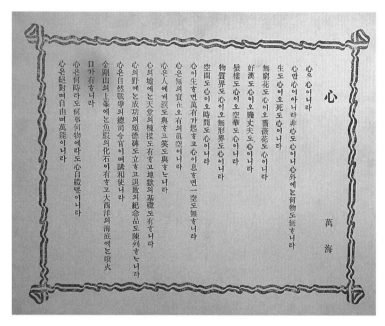

1918년 『유심』지 창간호에 실린 만해의 처녀시 「심」(心)

　　1918년 만해가 주재한 『유심』의 허두에는 만해의 처녀시라 할 수 있는 자유시 「심」이 실려 있다. 이 작품은 그 구조나 형태에 있어서 많이 미숙하다. 그런데 이 『유심』 창간호에는 또 하나 간과할 수 없는 글을 게재하고 있다. 그것은 타고르의 산문 「생(生)의 실현(實現)」을 우리말로 옮겨놓고 있는 것이다. 잘 알려진 바와 같이 「생의 실현」은 그 원명이 '사다나'(Sādhana)로 거기에는 타고르의 중심사상으로 일컬어지는 자아의 초극과 대아에의 귀의, 절대적 세계를 향한 지향의 필요가 역설되어 있다. 그것을 만해는 그가 주재한 잡지에 그것도 자신의 처녀작과 같은 호에 수록시켜놓았다. 이런 사실을 통해 우리는 얼마간의 추측을 가져볼 수 있다. 아마도 타고르에 대한 만해의 관심은 그 뿌리가 상당히 일찍부터 박혀 있었으리란 점이 예상되는 게 그것이다. 또한 만해가 타고르의 시를 직접적으로 읽은 자취가 그의 작품을 통해서 검출된다. 『님의 침묵』에는 「타골의 시(GARDENISTO)를 읽고」라고 제목을 붙인 시가 한 편 수록되어 있다.[14]

타고르의 영향

만해가 『유심』 창간호에 타고르의 중심사상을 잘 드러내는 「생의 실현」이라는 글을 옮겨 싣고 있다는 점은 만해의 타고르에 대한 관심의 깊이를 보여준다. 또한 그의 시집 『님의 침묵』에 수록된 「타골의 시(GARDENISTO)를 읽고」라는 제목의 시는 만해와 타고르의 관계를 여실히 드러내준다.

> 벗이여, 나의 벗이여, 애인의 무덤 위에 피어 있는 꽃처럼 나를 울리는 벗이여.
> 작은 새의 자취도 없는 사막의 밤에 문득 만난 님처럼 나를 기쁘게 하는 벗이여.
> 그대는 옛 무덤을 깨치고 하늘까지 사무치는 백골의 향기입니다.
> 그대는 화환을 만들려고 떨어진 꽃을 줍다가 다른 가지에 걸려서 주운 꽃을 헤치고 부르는 절망인 희망의 노래입니다.
> • 「타골의 시(GARDENISTO)를 읽고」 중에서

타고르의 시 「GARDENISTO」란 1924년 김억(金憶)이 번역·출간한 시집 『원정』(園丁, The Gardener)를 말한다. 김억은 1923~24년에 걸쳐 타고르의 노벨 문학상 수상작 『기탄잘리』(이우당, 1923), 『신월』(新月, 문우

당, 1924)·『원정』(회동서관, 1924) 등을 번역·출간하였다. 만해도 이 시집들을 읽었을 터이고, 그중에서 특히 『원정』이 공감을 자아낸 듯하다. '정원사' 또는 '정원지기'를 뜻하는 '원정'이란 제목은 이 시집의 시적 화자를 가리킨다. 시집을 출간할 때 에스페란토에 조예가 깊었던 김억은 '원정'이라는 제목 옆에다 'GARDENISTO'라는 에스페란토어 명칭을 함께 적어놓았다. 만해가 본 것은 바로 김억의 손에 의해 옮겨진 타고르의 『원정』이었던 것이다.

『원정』에서 시인은 절대적 존재인 신의 정원을 지키는 정원지기의 위치에 화자를 설정해놓고, 시인을 대신하여 신에 대해 경건하게 찬미하는 자세로 노래하게 하여 신에게 가까이 다가가 그와 하나가 되고 싶은 소망을 절절하게 고백한다. 여기서 신은 인도인 특유의 범신론적인 자연으로 나타난다. 타고르는 눈에 보이지 않는 초월적 세계에 대한 갈망과 염원을 시로 표현한 것이다. 따라서 이 시집은 신의 사원을 지키는 정원지기의 간절한 사랑의 헌사라고 할 수 있다. 만해가 타고르의 시집 『원정』을 읽고 그것에 대한 자신의 생각을 시의 형식으로 나타낸 것이 바로 「타골의 시(GARDENISTO)를 읽고」였다.

만해에게 타고르는 '애인의 무덤 위에 피어 있는 꽃처럼' 사랑하는 대상을 잃고 상실의 슬픔에 빠져 있는 나를 울리게 하고, '새의 자취도 없는', 즉 희망이라고는 보이지 않는 절망적인 '사막의 밤에 문득 만난 님처럼' 나를 기쁘게도 하는 존재다. 사랑하는 대상의 상실이 주는 슬픔에 사로잡혀 있던 만해에게 '꽃'으로 상징된 신비로운 영원의 세계, 즉 님의 실체가 아닌 님의 환영을 보여준다는 점에서 타고르의 시는 화자인 나를 울린다. 그리고 희망의 흔적조차 없는 황량한 '사막의 밤'이라고 하는 시대상황에 놓인 화자에게 타고르는 '님'의 환영으로나마 님의 존재를 확인시켜줌으로써 화자를 기쁘게 한다. 이처럼 타고르는 만해의 기쁨과 슬픔을 지배하는 존재였다.

또한 만해는 타고르의 시는 옛 무덤을 깨치고 솟아나 하늘에까지 사무치는 '백골의 향기'라고 하였다. 이는 타고르의 시가 죽음의 세계를 뛰어넘어 영원의 세계로 우리를 이끄는 신비로운 힘을 지니고는 있지만 그것은 어디까지나 '백골의 향기'에 지나지 않다고 하는 비판적 입장을 내포한다. 절망 속에서 희망을 찾고자 떨어진 꽃을 주워 화환을 만들려고 하다가 다른 가지에 걸려 주운 꽃마저 헤뜨리고 마는 절망 속의 희망의 노래가 타고르의 시라는 것이다. 이로써 우리는 만해가 타고르에게 보인 정신적 경도를 충분히 짐작할 수 있다. 송욱은 만해가 『님의 침묵』을 쓰게 된 동기가 타고르의 절대적인 영향에 따른 것임을 다음과 같이 확언하고 있다.

우선 타고르와 만해는 꼭 같이 산문시라는 형식을 사용하였다. 그리고 두 시인은 모두 종교적 세계를 서정적 사랑의 시라는 표현을 빌려서 노래하였다. 이 두 가지 사실을 고려하면서 만해가 『님의 침묵』을 내놓은 당시(1926) 우리 나라의 신시가 아직 출발점에 서 있었다는 것을 회상하면 『님의 침묵』이 타고르의 자극과 영향을 받지 않고 나올 수 있었다고 생각하는 것은 오히려 허황한 노릇이리라.[15]

그러나 우리가 주목해야 할 것은 만해가 이 시에서 타고르에 대하여 어느 정도 공명하고 찬사를 아끼지 않는 동시에 타고르에게 결핍되어 있다고 생각되는 부분에 대해 날카로운 비판을 가하고 있다는 점이다. 만해는 벵골 지방을 토대로 한 인도의 전통적 종교사상과 불교에 공통된 절대자 또는 절대아(絶對我), 그리고 만유와 자아의 일체화의 경지를 의미하는

'아공'(我空)의 경지에 이미 도달한 바 있기에 쉽게 공감을 느꼈으며, 동시에 그러한 세계를 효과적으로 표출하는 타고르의 문학적 표현형식에서 영감을 받고 자신의 내면세계를 드러낼 방편을 찾았던 것이다. 그렇다면 만해는 타고르의 시집 『원정』을 읽고 타고르의 시 세계에 어떤 불만을 가졌으며, 어떻게 비판하였을까? 이는 시의 뒷부분에 이어지는 다음 두 연에 잘 드러나 있다.

벗이여, 깨어진 사랑에 우는 벗이여.
눈물이 능히 떨어진 꽃을 옛 가지에 도로 피게 할 수는 없습니다.
눈물을 떨어진 꽃에 뿌리지 말고, 꽃나무 밑의 티끌에 뿌리셔요.
벗이여, 나의 벗이여.
죽음의 향기가 아무리 좋다 하여도, 백골의 입술에 입맞출 수는 없습니다.
그의 무덤을 황금의 노래로 그물치지 마셔요. 무덤 위에 피 묻은 깃대를 세우셔요.
그러나 죽은 대지가 시인의 노래를 거쳐서 움직이는 것을 봄바람은 말합니다.
　•「타골의 시(GARDENISTO)를 읽고」 중에서

잃어버린 사랑에 우는 가련한 화자의 모습이 『원정』에 담겨 있다고 본 만해는 '벗'에게 그러한 나약한 감상은 거두어버리라고 말한다. 아무리 헛된 눈물을 떨어진 꽃, 떠나버린 사랑에 뿌린다 한들 그것을 되살릴 수는 없으므로, 차라리 눈물을 꽃나무 밑의 티끌에 뿌려야만 잃어버린 사랑, 떨어진 꽃을 다시 피게 할 수 있다고 만해는 주장한다. 즉 떠나버린 사랑에 미련을 가지고 눈물만 흘릴 것이 아니라, 사랑하는 대상을 위해 무엇인가를 해야 한다는 것이다.

그리고 다음 연에 가서는 비판의 강도가 높아지면서 만해 자신의 사상을 드러낸다. 그것은 초월의 세계가 아무리 좋다 하여도 현실을 떠난 죽음의 세계에 안주할 수는 없다, 즉 '죽음의 향기'에 매혹되어 '백골'에 입맞출 수는 없다는 것이다. 그러한 태도는 현실을 떠난 피안의 세계를 미화하여 '무덤'을 '황금의 노래'로 장식하는 행위에 불과하다. 만해는 '무덤 위에 피 묻은 깃대를 세우'라고 말한다. 즉 무덤과도 같은 현실을 직시하고 그 현실이 주는 고통을 감내하며 탈출구를 모색해보는 것이 올바른 행동이라고 주장한다. 이러한 행위야말로 님이 침묵하고 있는 현실을 지탱해가는 올바른 윤리강령이 될 수 있다는 것이다. 시인이야말로 '죽은 대지'를 다시 움직이게 하는 봄바람이 아니겠는가. 평론가 이숭원(李崇源)의 다음 지적을 살펴보자.

무덤은 어디까지나 죽음의 공간이지 그것이 아름다움의 공간이 될 수는 없다. 차라리 무덤을 죽음의 공간으로 직시하고 현실의 고통에 정면으로 맞서서 돌파구를 찾는 것이 의연하고 올바른 행동이다. 이것을 만해는 '무덤 위에 피 묻은 깃대를' 세우는 것이라고 말하였다. 무덤 위에 피 묻은 깃대를 세우는 것은 님이 침묵하고 있는 현실의 참담함을 노래하고, 그 침묵의 들판에 언젠가는 님이 돌아오리라는 것을 염원하는 일이었다. 말하자면 그의 모든 시 쓰기가 바로 무덤 위에 피 묻은 깃대를 세우는 행위였다. 무덤을 떠나지 아니하고, 무덤 위에 떠도는 백골의 향기에 휩쓸리지 아니하고, 무덤 위에 피 묻은 깃대를 세우며 님의 침묵을 노래할 때, 비로소 죽은 대지가 살아 움직인다는 것을 그는 굳게 믿었다. 무덤이 삶의 공간이 되는 것은 초월적 갈망을 통해서가 아니라 무덤을 직시함으로써 가능하다는 것을 그는 인식하고 있었던 것이다. 훼손된 현실을 정확히 인식할 때 문제를 해결할 수 있는 길이 열린다. 그의 시는 바로 이런 모색과 추구의 결과였다. 그리고 그의 시는 죽은 대지에 봄바람을 불어넣어 살아 움직이게 하는 기적을 일으켰다. 그는 시가 그런 엄청난 위력을 지닌 것임을 알고 있었던 것이다.[16]

그런데 이 시의 마지막 연에 가면 시가 더 발전하지 못하고 갑자기 굴절된다. 정상적인 습작의 과정을 거치지 않은 시인이었기에 만해의 시에는 종종 구조의 파탄을 빚는 경우가 있는데, 이 부분 역시 이러한 구체적 예라 할 만하다. 제3연까지는 당당한 비판적 지식인의 면모를 보이던 화자가 갑자기 제4연에서는 자신의 처지와 내면적 상황을 토로하고 있다.

　벗이여, 부끄럽습니다. 나는 그대의 노래를 들을 때에 어떻게 부끄럽고 떨리는지 모르겠습니다.
　그것은 내가 나의 님을 떠나서, 홀로 그 노래를 듣는 까닭입니다.
　• 「타골의 시(GARDENISTO)를 읽고」 중에서

다음은 이 부분에 대한 이숭원의 지적이다.

　4연에 담긴 의미는 아마도 이런 것이리라. '타고르는 비록 초월적 사유를 통해서지만 절대자에게 귀의하여 그와 하나가 됨으로써 마음의 평안을 얻었으나 나는 님과 하나가 되지 못한 상태에서 괴로움을 겪고 있으니 그런 점에서 그의 시를 읽는 것이 부끄럽기도 하다.' 물론 한용운의 처지에서 이런 생각을 충분히 할 수 있고 그 생각은 또 다른 비판의 전제가 될 수도 있다. 문제는 그 생각이 3연의 선명한 비판과 자기 결의 다음에 배치되었다는 데 있다. 결과론적 해석이지만 4연은 3연보다 앞으로 이동되어야 하고, 4연의 자리에는 3연에 제시된 준엄한 비판을 마무리지을 다른 내용의 시행이 배치되어야 했을 것이다. 그러나 우리의 이런 기대는 차라리 지나친 욕심일지 모른다.[17)]

그러나 아직 신문학의 초창기에 있었고, 습작 문단의 수준에 머물러 있던 당시의 상황에서 이 정도로 당당하게, 노벨 문학상을 받은 세계적 시인 타고르의 시 세계를 비판하고, 우리 민족이 처한 현실을 직시하고 올바른 전망과 행동윤리를 제시할 수 있었던 것은 역사를 꿰뚫어보는 만해의 혜안과 뛰어난 지성의 힘 때문이었다. 그로 인하여 1920년대 한국 시단의 취약성이 어느 정도 극복될 수 있었던 것이다.

'작은 새의 자취도 없는 사막의 밤' 같은 그 시대에, 그야말로 깨어진 사랑에 우는 절망의 노래만이 울려오는 그 상황에서, 만인이 추앙하는 타고르의 시에 대해 3연에 이르기까지 비판적 자세를 견지한 것은 그만이 지닌 불굴의 정신력에 의거한 것이었다. 3연의 끝부분에서 그가 보여줄 수 있는 비판적 지성의 한 정점을 보여준 후, 비록 영국의 식민지 지배를 받는 처지에서지만 노벨 문학상을 받아 세계의 시인이 된 타고르와 식민지의 가난한 종교인으로 외롭게 시를 쓰고 있는 자신의 처지를 대비해보고 자신의 부끄러움과 떨림을 그대로 토로했는지도 모른다. 3연까지 사회적 의무감에 충실한 자아가 목소리를 냈다면 4연은 그의 내면적 자아가 모습을 드러낸 것이라고 해석할 수 있다. 어떻든 동양인 모두가 추앙했던 타고르에 맞서 그를 비판하고 우리의 처지에서 우리의 갈 길을 제시했던 한용운은 비판적 지성인으로서의 자기 위치를 충실히 지켰을 뿐만 아니라, 중생을 제도하는 대승적 승려의 모습과 민족을 지도하는 민족지도자의 모습을 하나로 결합하여 보여줌으로써 우리 지성사의 특이하고도 귀중한 존재로 남게 되었다. 그리고 자신의 생각을 시로 나타냄으로써 1920년대 우리 시를 한 단계 높이는 데도 기여한 것이다.[18]

참여 시인 만해와 명상 시인 타고르의 시 세계는 근본적으로 그 지향점을 달리하고 있다. 똑같이 일본과 영국의 식민지 상황에 놓여 있었지만, 두 시인의 정신적 풍토는 매우 달랐다. 송욱은 두 시인을 이렇게 비교한다.

타고르의 시집 『원정』과 한용운의 『님의 침묵』을 읽고 두드러지게 느끼게 되는 것은 타고르에게는 사회와 역사가 없고 더군다나 혁명은 찾아볼 수 없다는 사실이다. 그는 오로지 절대자의 화원에서 꽃을 가꾸며 생명의 영적 결합(結合)과, 개별적 생명이 절대자에게 대하여 느끼는 동경을 '아름답게' 노래하는 명상의 시인이란 인상을 강하게 준다. 그러나 일생을 수도와 민족운동에 아울러 바친 만해가 보기에는 사회와 역사적 사명을 벗어나서 절대적 원리에만 봉사하는 생활은, '깨어진 사랑'에 울고 혹은 '떨어진 꽃'을 슬퍼하는 것과 같다. 그러니까 '눈물을 떨어진 꽃에 뿌리지 말고, 꽃나무 밑의 티끌에 뿌리셔요' 이렇게 말하고 있는 것이다. 또한 절대적 원리에 영적으로 순종하는 생활이란 필경은 '죽검의 향기'를 좋아하며 '백골의 입술'에 입맞추는 것과 흡사한 노릇이 될 뿐만 아니라, 이러한 세계만을 아무리 훌륭하게 노래

해도 그것은 다만 '무덤을 황금의 노래로 그물치는' 것과 같은 것이라고 만해는 모진 비판을 한다. '무덤 위에 피 묻은 깃대를 세우셔요' 이한 줄에서 우리는 일생을 민족운동에 바친 혁명가의 우렁찬 목소리를 들을 수 있다. 만해는 무상(無上)의 불토(佛土)에 다다르는 길과 우리 민족을 일제로부터 해방하여 독립시키고 구제하는 길을 꼭 같은 것이라고 생각하였을 것이다.[19)]

그러므로 역사와 현실을 넘어서 있는 타고르와는 달리 민족의 불운한 현실에 발 딛고 서 있던 혁명가 만해는 다음과 같이 노래할 수 있었던 것이다.

오셔요, 당신은 오실 때가 되었어요, 어서 오셔요.
당신은 당신의 오실 때가 언제인지 아십니까, 당신의 오실 때는 나의 기다리는 때입니다.

당신은 나의 꽃밭으로 오셔요, 나의 꽃밭에는 꽃들이 피어 있습니다.
만일 당신을 쫓아오는 사람이 있으면, 당신은 꽃 속으로 들어가서 숨으십시오.
나는 나비가 되어서 당신 숨은 꽃 위에 가서 앉겠습니다.
그러면 쫓아오는 사람이 당신을 찾을 수는 없습니다.
오셔요, 당신은 오실 때가 되었습니다. 어서 오셔요.

당신은 나의 품으로 오셔요, 나의 품에는 보드라운 가슴이 있습니다.
만일 당신을 쫓아오는 사람이 있으면, 당신은 머리를 숙여서 나의 가슴에 대십시오.

　나의 가슴은 당신이 만질 때에는 물같이 보드라웁지마는, 당신의 위험을 위하여는 황금의 칼도 되고, 강철의 방패도 됩니다.

　나의 가슴은 말굽에 밟힌 낙화(落花)가 될지언정, 당신의 머리가 나의 가슴에서 떨어질 수는 없습니다.

　그러면 쫓아오는 사람이 당신에게 손을 댈 수는 없습니다.

　오셔요, 당신은 오실 때가 되었습니다. 어서 오셔요.

　당신은 나의 죽음 속으로 오셔요, 죽음은 당신을 위하여 준비가 언제든지 되어 있습니다.

　만일 당신을 쫓아오는 사람이 있으면, 당신은 나의 죽음의 뒤에 서십시오.

　죽음의 허무와 만능(萬能)이 하나입니다.

　죽음의 사랑은 무한인 동시에 무궁입니다.

　죽음의 앞에는 군함과 포대(砲臺)가 티끌이 됩니다.

　죽음의 앞에는 강자와 약자가 벗이 됩니다.

　그러면 쫓아오는 사람이 당신을 잡을 수는 없습니다.

　오셔요, 당신은 오실 때가 되었습니다. 어서 오셔요.

　•「오셔요」

　이 시에 나타나는 '당신'을 송욱은 '우리 민족의 정기(精氣)'로 해석한다. 그리고 만해의 민족정기가 무상의 불도와 일치하는 사실에 비추어 '나의 꽃밭', '꽃 속', '나의 품', '나의 가슴', '나의 주검' 등을 해석해야 한다고 주장한다. 만해 시에 나타나는 '님' 또는 '당신'은 매우 복합적인 의미망을 지니고 있으니까 그와 같이 해석하는 것도 타당하다. 아무

튼 이 시에서 '당신'이란 만해가 추구해 마지않는 어떤 이념태 또는 절대적인 가치관념의 표상이다. 이와 같은 만해의 사상은 특히 다음 시구에 명확하게 드러나 있는 듯하다.

　나의 가슴은 당신이 만질 때에는 물같이 보드라웁지마는, 당신의 위험을 위하여는 황금의 칼도 되고, 강철의 방패도 됩니다.

당신에 대하여 화자는 모든 것을 바칠 수 있으므로 아무런 경계가 없는 부드러운 물과 같이 될 수 있지마는 당신의 위험에 대해서는 결코 부러지지 않는 칼이 되겠으며, 강철과도 같은 불멸의 방패가 되겠다는 다짐은 간절하다 못해 단호하기까지 하다. 송욱에 따르면 타고르의 시집 『원정』에도 위의 시와 상상력의 구조나 리듬, 어조에서 유사성을 보이는 「원정·12번」이라는 시가 있다고 한다. 이 시에서도 만해의 「오셔요」와 마찬가지로 '오세요 오오 오세요'라는 감탄사가 반복되다가 마지막에는 '죽음'이 등장한다.

　서둘러 물동이를 가득 채우려면, 오세요 오오 오세요 나의 호수로.
　물은 그대 발에 감겨들며 비밀을 살랑살랑 속삭일 것입니다.
　쏟아질 비는 그림자를 모래사장 위에 드리우고, 수풀 푸른 선(線) 위에 나직이 걸려 있는 구름장은 마치 그대 눈썹 위 무거운 머리채 같습니다.
　저는 그대 걸음걸이 장단을 잘 압니다. 내 가슴이 뛰는 고동이기에.
　오세요 오오 오세요 나의 호수로, 그대 물동이를 굳이 채우려며는.

그대가 일 없고 하염없이 앉아서 물 위에 물동이를 띄우려거든, 오세요 오오 오세요 나의 호수로.

풀에 덮인 언덕은 초록빛이고 들꽃들은 수가 없습니다.

그대 생각은 마치 새들이 깃을 벗어나듯 검은 눈동자에서 헤어져 날겠지요.

그대 면사(面紗)는 발치에 떨어지고.

오세요 오오 오세요 나의 호수로. 그대가 굳이 하염없이 앉아 있으려거든.

그대가 놀이를 멈추고 물 속에 뛰어들려거든, 오세요 오오 오세요 나의 호수로.

그대 푸른 망토는 바닷가에 벗어두셔도 푸른 물이 그대를 감싸 가려줍니다.

물결은 발돋움하여 그대 목덜미에 입맞추겠고 그대 귓속에 속삭일 것입니다.

오세요 오오 오세요 나의 호수로. 그대가 물 속에 뛰어들려거든.

못 견디어 미친 듯이 죽음에 뛰어들려거든, 오세요 오오 오세요 나의 호수로.

물은 시원하고 몇 길인지 모릅니다.

물은 꿈 없는 잠처럼 어둡습니다.

그곳 깊은 물 속에서는 밤과 낮이 하나가 되며 노래가 침묵입니다.

오세요 오오 오세요 나의 호수로. 죽음으로 뛰어들려거든.

만해의 시 「오셔요」에는 당신이 무엇엔가 쫓기고 있는 상황으로 전개 되지만, 타고르의 시에는 그런 불안한 심리상황은 나타나지 않는다. 아주 평화로운 정경 속에서 절대적인 세계로 몰입되는 것을 노래하고 있다. 송욱의 지적처럼 만해가 '쫓아오는 사람'이라고 표현한 것은 우리 민족을 억압하는 세력들, '일제와 그의 앞잡이들'일 수도 있고, 그외에도 무엇엔가 쫓기는 심리적 정황을 의미할 것이다. 따라서 타고르의 시에서 '죽음'의 세계는 '시원하고' 악몽에 시달리지 않는 평온한 세계이며, '밤과 낮이 하나가 되는' 영원의 세계이므로 그곳은 너무도 고요하여 '노래가 침묵'인 그런 세계이다. 그곳은 서둘러 '물동이'를 가득 채워서 내면의 충만을 추구하고자 하거나, 모든 허영의 의상('면사')을 떨쳐버리고 그저 무심하게 또는 '일 없이' 무료하게 앉아서 명상의 '물동이'를 띄우고자 하거나, 온갖 허망한 '놀이'들을 멈추고 오로지 절대와 영원의 세계에 다다르려고 하는 사람이 추구하는 공간이다.

　　하지만 만해에게 '죽음'의 세계란 '허무와 만능이 하나'인 무차별의 세계이며 '무한인 동시에 무궁'한 사랑인 절대의 세계이지만, 그곳은 '군함과 포대'조차 티끌이 되고 마는 세계이며 '강자와 약자'의 대립관념을 뛰어넘는 강렬한 저항의 세계이기도 하다. 생사를 초월한 그 세계는 죽음을 넘어선 세계로서 만해는 이를 시 「슬픔의 삼매(三昧)」에서 '아공'이라 불렀다. 그래서 송욱은 만해와 타고르를 비교한 논문의 제목을 「유미적 초월과 혁명적 아공」이라 붙이고 다음과 같이 결론을 맺었다.

　　사색과 명상에 잠겨 생명의 기쁨을 노래한 타고르와는 달리, 만해는 아공과 혁명 속을 자유롭게 갈마들며 민족과 종교와 문학에 몸을 바친,

우리가 보기에는 구세의 대영웅이었다. 만해 자신이 '파겁 못한 성악가'(「예술가」)라고 한 것처럼 그는 예술가로서 시를 쓴 것이 아니라, 민족을 구제하려는 정신적 지도자로서 『님의 침묵』을 쓴 것이다. 또한 근대적 역사의식을 지니고 있었던 그는 "나는 나의 시를 독자의 자손에게까지 읽히고 싶은 마음은 없습니다. / 그때에는 나의 시를 읽는 것이 늦은 봄의 꽃수풀에 앉아서, 마른 국화를 비벼서 코에 대이는 것과 같을는지 모르겠습니다"(「독자에게」) 라고 하며 앞을 내다볼 수도 있었다.

그러나 그의 시는 '백골의 향기'와는 달리, 아직도 봄의 꽃수풀처럼 싱싱함을 어찌하랴! 장차 이 나라의 시인들이 '시학'을 배우려고 『님의 침묵』을 읽는 일은 드물지도 모른다. 그러나 어떻게 전통을 생생하게 몸에 지니고 어떻게 미래를 개척하며 '사느냐', 이 문제와 맞설 때마다 『님의 침묵』이 지닌 사자후(獅子吼)에 귀를 기울이리라. 그것은 만해의 침묵이 지닌 뇌성(雷聲)이야말로 타고르의 표현을 빌리면 우리 '핏줄에 피가 알고 있는' 목소리인 까닭이다.[20]

앞에서 살펴본 것처럼 타고르의 시를 읽고 난 뒤 만해는 큰 충격과 함께 어떤 영감을 얻었던 것 같다. 그 영감이란 만해 자신이 내면 속에 간직하고 있던 이념과 열정에 부합하는 새로운 문학형식의 가능성을 발견했기 때문일 것이다. "만해의 사상이 시적 의장을 갖추게 된 것은 타고르의 시를 접함으로써 비로소 가능했던 것으로 보아야 할 것"[21]이라는 정한모(鄭漢模)의 지적처럼, 깊은 명상과 형이상학적인 종교적 분위기에 부합하는 산문체와 경어체의 말투라든가 유장한 호흡과 시적 상상력은 물론이려니와, 세부적으로는 '황금·티끌·등불·비밀·미소·눈물·사랑·주(主)' 등의 이미지가 자주 등장하는 비유의 양식에 이르기까지 만해 시의 형성에 타고르의 영향은 매우 컸던 것으로 판명된다.

만해의 타고르 수용은 일단 앞에 열거한 바 있는 김억의 번역판을 통해서 이루어진 것으로 볼 수 있다. 그것은 만해가 일상의 언어생활에서는 민족의 자긍심을 지키려는 의도에서 일본어 사용을 매우 꺼렸지만, 새로운 정보를 받아들이는 데에는 소홀하지 않았기 때문이다.

그렇다면 타고르는 당시 동양 3국에서 어떠한 존재였는지? 다음의 인용을 살펴보자.

1916, 1924, 1929년 세 차례에 걸쳐서 일본을 방문했고 두 차례 중국을 방문한 바 있는데, 이 강연 행각에서의 두 나라의 반응은 매우 달랐다. 일본의 경우는 타고르의 제국주의 비판 강연을 한갓 망국의 시인의 소리로 받아들여 민중과는 무연했지만, 따라서 문학 쪽이나 사상 쪽에 하등의 영향력도 던지지 못한 것에 반하여, 중국에서는 민족해방운동의 전사(戰士)로서, 나아가 아시아의 제국주의에서의 해방운동의 전사로서 수용되어 궈모뤄, 쉬즈모(徐志摩) 등 경향이 다른 문인들 전부가 강한 반응을 보였던 것이다. 동양에서 이토록 중요한 위치에 섰던 타고르를 한국측에서는 어떻게 바라보았을까. 타고르가 한국에 압도적으로 소개된 것은 『청춘』 제11호 순성(瞬星) 진학문(秦學文)에 의해서인 듯하다. 그는 『기탄잘리』, 『원정』, 『신월』의 일부 및 타고르 소개를 직접 타고르와 일본에서 인터뷰함으로써 책임 있게 했고, 타고르로부터 한국인에 보내는 시를 얻어내었다.

(중략) 그리고 1914년 그가 2차 방일 때 "조선인의 목전의 문제는 도의심의 발휘로 명예 있는 상호관계를 회복해야 되며, 하나의 약한 민족에 대하여 절대권력을 행사하는 악한 기회를 불행히도 짊어진 일본 국

민의 도의적 위험은 결코 작은 것이 아니다"라는 강연 속에서 확인할 수 있다. 끝내 정치적 이유에 의해 타고르의 한국 방문이 실행되지 않았다는 것은 그가 한국인의 의식 위에 군림한 위치를 드러내는 사실이기도 하다. 그럴수록 타고르를 지향하는 한국인의 민족의식은 불타올랐던 것이니, (후략).[22]

위의 글로 미루어보아 일본의 제국주의적 침략성에 대하여 날카롭게 비판한 『민족주의』(Nationalism)의 저자이기도 한 타고르는, 당시 한국과 중국의 지식인들에게 반제국주의 민족독립운동 전선에서 하나의 등불과 같은 존재였던 것으로 판명된다. 타오르는 민족의식에 불을 지른 타고르에 대한 경도의 가장 앞자리에 놓이는 시인이 만해 한용운이라 할 때, 우리는 시집의 제목부터 검토할 필요가 있다. 시집 제목 '님의 침묵'이 '님에 대한 헌사'의 뜻을 포함하고 있다면, 타고르의 대표적인 시집 『기탄잘리』 역시 '신에게 바치는 노래'라는 뜻이니 동궤에 놓인다 하겠다. 타고르에게 동양인 최초로 노벨 문학상을 안겨준 그 시집에 수록된 대부분의 시들이 한결같이 신에 대한 찬미, 경배의 노래들로 구성되어 있다는 점 역시 만해의 경우와 매우 비슷하다.

『님의 침묵』의 발상 동기

만해가 『유심』 창간호에 발표한 「심」(心)과 『님의 침묵』에 수록된 시들을 비교해보면, 심한 단절현상을 보이고 있음을 알 수 있다. 다음과 같은 시적 수사는 만해 시의 전체에서 보자면 과도기의 단면을 드러낸다고 할 수 있다.

心은 心이니라.

心만 心이 아니라 非心도 心이니 心 외에는 何物도 無하니라.

生도 心이오 死도 心이니라.

無窮花도 心이오 薔薇花도 心이니라.

好漢도 心이오 賤丈夫도 心이니라.

蜃樓도 心이오 空華도 心이니라.

• 「심」 중에서

　우리가 한시나 시조 창작 단계에서 자유시의 창작으로 넘어가는 초기의 작품인 이 시에 주목하는 것은, 매우 생경한 이 시의 형태가 시집 『님의 침묵』에 실린 작품들을 쓰기 전의 과도기적 단계를 보여주기 때문이다. 만해의 일심법계관(一心法界觀)을 피력하고 있는 이 시는 마치 불경의 일부에 우리말로 토를 단 느낌을 주는 단계에 머물러 있다. 김용직의 견해를 들어보자.

　　한 작품이 어느 정도 예술적인 게 되기 위해서는 거기에 율조 내지 흥취가 느껴져야 한다. 그런데 이 작품에는 전혀 그런 게 느껴지지 않는다. 이 작품은 심하게 불교 경전의 아류라는 느낌을 줄 뿐이다. 특히 상상력은 심하게 제한되어 있다. 엄격한 의미에서 시로서 존재 의의가 인정될 것인가도 의문시된다. (중략) 그러나 『님의 침묵』에 이르면 사정은 일변된다.[23]

　그러니까 『님의 침묵』의 많은 시에는 좋은 시에서 느껴지는 정서의 자장(磁場)이 있다는 것이다. 만해의 시에 나타나는 이러한 단절현상은 타고르와의 연계가능성을 짐작케 하는 주요한 단서가 되고 있다. 그렇다고 만해가 타고르 등을 무비판적으로 수용한 것은 아니다. 오히려 앞에서 보았듯이 타고르의 본질을 충분히 수용하기도 전에 다소 성급하게 비판으로 나아간 점은 어느 정도 인정된다 하더라도, 창조적 비판을 가함으로써 주체적 수용이 이루어지고 있다고 볼 수 있다. 만해의 이러한 자세는 그가 소설 『후회』에서 주인공 한경을 통해서 밝힌 바에서도 확인된다.

저는 예술가가 되는 날이 있다면 구구하게 남의 발자취를 따라가고 싶은 생각은 없습니다.
• 「후회」, 『한용운전집』 제5권, 361쪽.

어쩌면 이것은 무슨 일에서든지 독창적이고 혁명적이었던 만해 자신의 야심이었는지도 모른다. 어쨌든 만해가 한 사람의 예술가로서도 철저하고 성실하게 임했음을 알 수 있다. 그가 시작에 임하는 태도는 앞에 예를 든 바 있는 시 「예술가」나 다음의 「나의 노래」에서도 거듭 확인된다.

나의 노랫가락의 고저 장단은 대중이 없습니다.
그래서 세속의 노래 곡조와는 조금도 맞지 않습니다.
그러나 나는 나의 노래가 세속 곡조에 맞지 않는 것을 조금도 애달파하지 않습니다.
나의 노래는 세속의 노래와 다르지 아니하면 아니 되는 까닭입니다.
곡조는 노래의 결함을 억지로 조절하려는 것입니다.
곡조는 부자연한 노래를 사람의 망상으로 도막쳐놓는 것입니다.

참된 노래에 곡조를 붙이는 것은 노래의 자연에 치욕입니다.

님의 얼굴에 단장을 하는 것이 도리어 흠이 되는 것과 같이, 나의 노래에 곡조를 붙이면 도리어 결점이 됩니다.

나의 노래는 사랑의 신(神)을 울립니다.

나의 노래는 처녀의 청춘을 쥐어짜서, 보기도 어려운 맑은 물을 만듭니다.

나의 노래는 님의 귀에 들어가서는 천국의 음악이 되고, 님의 꿈에 들어가서는 눈물이 됩니다.

나의 노래가 산과 들을 지나서, 멀리 계신 님에게 들리는 줄을 나는 압니다.

나의 노랫가락이 바르르 떨다가 소리를 이루지 못할 때에 나의 노래가 님의 눈물겨운 고요한 환상으로 들어가서 사라지는 것을 나는 분명히 압니다.

나는 나의 노래가 님에게 들리는 것을 생각할 때에, 광영(光榮)에 넘치는 나의 작은 가슴은 발발발 떨면서 침묵의 음보(音譜)를 그립니다.

• 「나의 노래」

매우 겸허하면서도 때로 자부심을 지니고 전통적인 동양의 예술관인 자연미를 추구하는 만해의 시적 의장은, 타고르와 같은 외래의 문학에서 받은 풍요로운 영감을 바탕으로 하여 자신의 조국으로 향하는 뜨거운 애정을 독창적으로 표출함으로써 뚜렷한 주제의식과 함께 만해 시의 개성을 확보하고 있다. 평론가 김윤식도 지적한 바 있듯이 만해는 당시의 여타 시인들이 일본을 거쳐 들어온 서구의 낭만주의나 자연주의 · 사실주의는 물론, 신경향파 문학이나 다다이즘, 초현실주의, 모더니즘 등에 민감하게 반응하고 추종하여 무비판적인 모방을 일삼던 시류 문단으로부터 일정한 거리를 유지함으로써 많은 시인들이 겪어야 했던 의식의 갈등과 세계의 표출에서 자유로울 수 있었으며, 훨씬 더 독창적이고 개성 있는 작품으로 성공할 수 있었던 것이다. 이러한 만해의 장점을 김장호도 다음과 같이 지적한 바 있다.

신시사의 그 혼미 속에서 한용운을 발견하는 기쁨은 우리 신시 곧 신체시와 근대시가 한결같이 그 시적 동기를 외발적인 동기에 두고 있는 데 반하여, 유독 그만이 내발적인 데서 출발하고 있다는 데에 있다. 곧 계몽주의에 바탕한 육당이나, 신사조에 몰입한 주요한 등이 한결같이 일본의 신체시 · 상징주의 시 내지 일본 문학을 통해서 본 서구의 근대 문학의 새로운 맛, 혹은 그 형식에 끌려들어 시작한 데 비하여 한용운은 타고르나 또는 현대 시인군에게서 자극을 받았다 할지라도, 그 발상의 동기를 자기구제라는 자아의식에 근거를 두고 시를 쓰기 시작했다는 것이다.[24]

사실 만해가 『님의 침묵』을 구상하고 집필 · 출간하던 1925~26년 무렵은 러시아 혁명 이후 전세계를 풍미하던 신경향파 프롤레타리아 문학이 일본을 거쳐 조선 땅에도 상륙하여 한창 기세를 드높일 때였다. 그러한 때에 만해는 홀로 그윽한 설악의 깊은 골짜기에서 『십현담』과 같은 유현한 세계에 잠기고, 또 민족문학의 금자탑이 될 만한 시집 『님의 침묵』을 간행했던 것이다.

한편 시집 『님의 침묵』의 발상 동기에 대해 시인 고은은 생전에 만해가 거처했던 곳을 답사하고, 평소 만해와 교분이 두터웠던 인사들과의 면담 등을 통해 집필한 『만해평전』(萬海評傳)에서 새로운 주장을 펼쳐 주목을 끌었다. 만해와 가까이 지낸 바 있는 시인 유엽(柳葉)의 증언을 들어 『님의 침묵』의 발상이 일제에 변절한 최남선에 대한 반발의식에서 출발했다는 주장이 바로 그것이다.

이와 같이 1920년대의 '님'의 사상은 최남선의 주제로서 발굴되어진 것이다. (중략) 한용운은 최남선의 이러한 '님'의 문학을 알고 있었다. 그것이 출판된 것은 한용운이 『님의 침묵』을 쓴 1925년이지만 최남선의 『백팔번뇌』(百八煩惱)가 씌어진 것은 1924년이었다. (중략) 최남선의 불교는 이러한 번뇌에 '님'을 결부시켜 그의 '님'의 문학을 완성한 것이다. 여기에서 한용운은 어떤 의미에서나 감정적으로 대립되었던 최남선을 극복하려는 의지에 불을 질렀다. 그의 설악행 역시 그 원인은 최남선의 굴레를 뛰어넘으려는 데 있었다. (중략) 또한 최남선의 정형시에 대해서는 한용운은 한 걸음 앞선 자유시로 『님의 침묵』을 썼다. (중략) 그는 최남선의 재능, 최남선의 끈질긴 불교, 최남선의 공공연한 권위에 대한 도전으로서의 『님의 침묵』을 이루었다.[25)

위의 주장처럼 만해가 갑자기 설악행을 결심한 것이 육당에 대한 반발감에서였으며, 그의 소설 『죽음』, 그리고 시집 『님의 침묵』이 신문학의 원조라는 관념에 대한 만해의 치열한 질투심의 소산이었다는 견해는 대단히 생소하면서도 흥미를 자아낸다. 도도하면서도 자존심이 강했던 만해의 성격이나 독립선언서 작성 때의 관계로 보아도 어느 정도 수긍이 될 만한 의

견이지만, 이명재(李明宰)의 지적처럼 만해의 시집 『님의 침묵』은 그가 47년 동안 꾸준히 수도해온 유교 및 불교 공부와 수삼차의 외유(外遊) 그리고 독립투쟁과 영어 체험을 거쳐 그의 종교와 생활이 완숙기에 이른 일생 최대의 결정(結晶)이다. 『님의 침묵』은 그렇게 단순한 감정적 소산일 수가 없으며, 그의 전 인격이 종합적으로 구현된 필생의 작품인 것이다.

문제의 『님의 침묵』이 집필·정리된 시기는 1925년 가을이므로 이 필생의 승부를 건 시 작업은 비단 육당의 『백팔번뇌』만에 집착하지 않고 그 무렵과 그 이전에 출간된 여러 시집과 그 주제들을 살펴서 이듬해 봄에 출판되어 나오기 전의 10개월 사이에 많은 수정가필을 했을 터이다. 이를테면, 그 전해에 타고르의 노벨상 수상작 『기탄잘리』(이우당, 1923)에 이어 『신월』(문우당, 1924)·『원정』(회동서관, 1924)의 세 시집이 김억의 번역으로 출간되었고, 또 주요한의 『아름다운 새벽』(한성도서, 1924), 변영로(卞榮魯)의 『조선의 마음』(한성도서, 1924) 등의 괄목할 처녀시집이 간행되었다는 사실을 감안할 때, 이들에게서 받은 영향을 배제할 수는 없는 것이다. 타고르 시에서의 사상과 정조의 영향은 물론이지마는 앞서 출간된 『조선의 마음』에서의 '임'의식과 함께 그 시제와 구체적인 시집의 체제를 보더라도 매우 유사성을 지니고 있음을 확인할 수 있다.[26]

만해 시의 평가와 문학사적 의의

시집 『님의 침묵』이 출간된 이후, 최초의 공식적 평이라고 할 수 있는 글은 주요한에 의해서 씌어졌다. 주요한은 '한용운 씨 근작 『님의 침묵』 독후감'이란 부제가 붙은 「애(愛)의 기도(祈禱), 기도의 애」에서 다음과 같이 평하고 있다.

　창작이 부진하여 적막하던 시단에 홀연히 출현한 『님의 침묵』 1권은 우리의 갈증을 축이기에 남음이 있다. 더욱이 그것이 지금까지 시인으로 세상이 모르던 한 불도의 손으로 된 것은 의외이니만큼 상쾌하다. 신시운동에 한 사람의 전사를 더 얻은 것을 우리는 축하 아니할 수 없다. (중략) 저자의 운율적 기교 표현은 지금까지 우리가 아는 조선어의 운율적 효과를 나타낸 최고 작품 수준을 내리지 않은 솜씨라 하겠다. 한용운 씨의 작풍은 타고르의 산문적 영시와 같은 것이다. 장래는 모르지만 아직까지 조선어로써 압운(押韻)과 음각수(音脚數)를 맞추어 운율적 효과를 나타내는 것은 성공치 못하였고 오직 산문적이면서 자연운율을 가진 한 시형(詩形)이 성립된 것은 승인할 수밖에 없다. 장래에 있어서 그 이상의 발견을 얻을지는 모르나 현재에 있어서는 저자의 조선어 소화에 대하여 탄복 아니할 수 없다.[27]

　매우 희귀하긴 하지만 위의 평은 전혀 예상치 못한 시집 출현의 감동을 잘 전달해준다. 사실 우리는 유교 경서와 불교 경전을 중심으로 한자문화권에서 살아오던 한 승려가 비록 타고르라는 외국 시인에 의해 촉발되었다고는 하지만 자유시의 분야에서 단 한 번에 그 같은 성과를 거둔 데에 놀라지 않을 수 없다. 깊은 사유와 조국에 대한 짙은 애정이 혁명적 기질의 이 시인으로 하여금 모국어 사랑에 불을 지폈고, 타고난 천재성도 어느 정도 작용하여 한국 현대시의 새로운 국면을 개척한 듯하다. 주요한이 만해 시의 뛰어난 운율적 효과를 높이 평가하고는 있지만, 한문 영역에서 살아온 만해의 모국어 인식은 하루아침에 이루어진 것은 아니다. 돌연 한 만해의 시에 대한 최초의 공식적인 평론인 주요한의 「애의 기도, 기도의 애」.
「동아일보」 1926년 6월 26일자에 게재되었다.

시투를 탈피하고 있는 만해의 모국어 의식은 어떠한지 알아보자.

    '가갸날'에 대한 인상을 구태여 말하자면 오래간만에 문득 만난 임처럼 익숙하면서도 새롭고 기쁘면서도 슬프고자 하여 그 충동은 아름답고 그 감격은 곱습니다. (중략)
    천애윤락(天涯淪落), 바다 언덕의 작은 절에서 스스로 게으름 속에 장사 지낸 나로도 '가갸날'의 힘을 입어 먹을 갈고 붓을 드는 큰 용기를 내어 아래와 같은 시를 쓰게 되었사외다. (중략)

    '가갸'로 말을 하고 글을 쓰셔요.
    혀끝에서 물결이 솟고 붓 아래에 꽃이 피어요.

    그 속엔 우리의 향기로운 목숨이 살아 움직입니다.

192

그 속엔 낯익은 사랑의 실마리가 풀리면서 감겨 있어요.
굳세게 생각하고 아름답게 노래하여요.
  • 「가갸날에 대(對)하여」, 『동아일보』 1926년 12월 7일.

　1920년대 문단은 신경향파 문학이 요동치고 있었으나 그에 대한 대항
세력들은 민족주의 문학운동의 일환으로 민요시 운동이나 시조부흥론을
전개하고 한글날을 제정하기도 하였다. 만해도 이러한 한글날 제정에 대
한 반가움으로 위의 글을 발표한 듯한데, 모국어 선양에 대해서 매우 적
극적으로 동조하고 있으며 위의 글을 통하여 특별한 관심을 나타내고 있
음을 볼 수 있다. 이러한 만해였기에 남 몰래 우리말로 된 시를 계획했을
터이고 빛나는 결실을 얻을 수 있었던 것이다.
　만해는 1925년 10월 16일(음력 8월 29일)에 오세암에서 『님의 침묵』
을 탈고하였다. 그리고 이듬해 봄에 출간하였다. 승려나 법도들에게 읽

가갸날에 對하야

韓龍雲

힐 만한 선가의 게송을 모아놓은 『십현담』을 주해하고 나서 만해는 민족의 고통을 어루만지고 그것을 이겨낼 수 있는 정신의 힘을 길러주고자 대중에게 친숙한 사랑의 어법을 빌려 노래한 『님의 침묵』을 간행하였다. 그간의 사정을 이숭원은 이렇게 논평한다.

어조와 형태는 김억의 타고르 번역시에서 본받고, 표현은 불교의 게송이나 선시의 표현법을 계승했지만, 작품의 짜임새를 완성하는 일은 그가 혼자 감당해야 했으므로 어려움이 가장 컸다. 『님의 침묵』의 각시편을 보면, 감각적 비유가 아름다움을 자아내기도 하고 역설적 어법이 새로운 깨달음을 전해 주기도 하지만, 그러한 부분적 요소가 포괄된 전체로서의 시 작품은 한 편의 작품으로서의 균형을 잃고 완결성을 보여주지 못하는 예가 많다.[28]

이제 시집 『님의 침묵』에 실려 있는 시 몇 편을 감상해보고 그토록 간절하게 사랑하고 기다리는 '님'의 의미와, 만해 시의 바탕에 깔려 있는 사상을 고찰해보기로 하자. 다음은 「사랑의 측량(測量)」이라는 시다.

즐겁고 아름다운 일은 양이 많을수록 좋은 것입니다.
그런데 당신의 사랑은 양이 적을수록 좋은가봐요.
당신의 사랑은 당신과 나와 두 사람의 사이에 있는 것입니다.
사랑의 양을 알려면, 당신과 나의 거리를 측량할 수밖에 없습니다.
그래서 당신과 나의 거리가 멀면 사랑의 양이 많고, 거리가 가까우면 사랑의 양이 적을 것입니다.
그런데 적은 사랑은 나를 웃기더니 많은 사랑은 나를 울립니다.

뉘라서 사람이 멀어지면, 사랑도 멀어진다고 하여요.
당신이 가신 뒤로 사랑이 멀어졌으면, 날마다 날마다 나를 울리는 것은 사랑이 아니고 무엇이어요.
  • 「사랑의 측량」

역설의 상상력은 만해 시의 주요한 미학적 특징의 하나다. 불교에서 훈습한 것으로 보이는 전통적인 시적 의장을 효과적으로 현대시에 계승하여 독특하고 깊이 있는 사유세계를 펼쳐가는 것이 만해 시의 매력이다. 만해의 시에 나타나는 역설의 상상력은 어디에서 유래하는가? 여기에 관해서 많은 논자들은 만해가 『님의 침묵』을 집필하기 직전에 쓴 『십현담주해』에 근원을 두고 있다고 주장한다. 이를테면 '온 산길이 막혀 진퇴유곡의 막다른 상황에서 오히려 연이은 산봉우리의 절경을 만난다'는 만해의 주해를 들어, 이별의 절망적 상황을 극복하는 역설의 논리로 삼고 있음을 해명한다. 그러므로 『님의 침묵』과 같은 해에 쓴 『십현담주해』는 사실상 같은 세계에 있다고 할 수 있다. 사물의 역설적 진리 파악은 선(禪)의 정신에서 온다. 선의 원리는 끝없는 부정의 정신에 있으므로, 일체의 관습과 언어와 고정관념을 넘어 세계의 실상에 이르고자 한다. 이러한 부정의 정신은 근대정신의 실현을 가능하게 하는 원동력이기도 하다.

만해의 시는 겉으로는 사랑의 노래, 즉 연시 형식을 취한다. 그러므로 우리는 시에 숨겨진 뜻을 이해하기 전에 먼저 '갑남을녀의 사랑 노래'로 담담하게 시를 읽어야 할 것이다. 이 시에서도 시상의 전개가 역설의 논리에 따라 전개되고 있어 읽는 재미를 더한다. 표면상으로는 비논리적이지만 곰곰이 따지고 보면 진실인 것이 역설의 특징으로, 이는 형이상학파 시인들이 선호했던 것으로 세속과 신성(종교) 세계의 갈등을 그리는 데 핵심적인 기법이기도 하다.

이 시에서 화자는 즐거운 일이나 아름다운 일은 양이 많을수록 좋다는 보편적인 명제를 앞세운다. 그러고는 곧 이어, 그런데 당신의 사랑은 양이 적을수록 좋다고 말함으로써 앞의 명제를 뒤집는다. 그 이유는 '측량의 개념을 도입하여 사랑이라는 추상적인 대상을 고찰해 볼 때, 당신과 나 사이의 공간에 사랑이 존재하므로 사랑의 양을 알려면 당신과 나 사이의 거리를 재어볼 수밖에 없다고 분석한다. 따라서 당신과 나의 거리가 멀면 그만큼 당신과 나 사이의 공간이 늘어나므로 사랑의 양은 많아지고, 거리가 가까우면 그만큼 사랑의 양은 적게 된다는 매우 수학적인 진실을 이야기한다. 그러나 이러한 진술은 곧바로 다음 행에서 다시 부정됨으로써 첫 행의 대전제가 부정되는 결과를 초래한다. 즉 사랑을 한다는 것은 일반적으로 즐겁고 아름다운 일이므로 양이 많을수록 좋은 것인데, 오히려 적은 사랑은 나를 웃기는데 많은 사랑은 나를 울린다고 함으로써 불합리한 듯한 비논리 속에 참된 진실이 숨어 있음을 밝혀낸다. 사실 관습이나 상식 속에 숨어 있는 허점을 날카롭게 집어내어 명쾌한 논리로 해명하고 있는 이와 같은 시를 읽는 재미는 만만찮다. 그러므로 이 시는 만해의 이지적 단면이 여실히 드러나는 지적인 작품이다.

보통 사람들은 대개 이러한 깊은 진실을 망각한 채 습관적으로 사랑하는 대상과 가까이 있는 것만을 좋아하며, 그것을 사랑의 실체라고 느낀다. 그런데 사랑하는 대상과 가까이 있을 때는 사실 사랑의 소중함을 잊어버리기 쉽고, 그 대상이 떠나지 않을 거라는 관성 때문에 나태하거나 방만해지기 쉽다. 그러다가 무슨 일이 생겨 갑자기 그 대상이 떠나게 되면, 그제서야 비로소 그에 대한 그리움이 생기고 새삼스럽게 사랑을 깨닫는다. 물론 인간의 뇌 속에 있는 분비물질과 관련지어 사랑의 존속기간이 대개 3년 안팎에 불과하다는 재미있는 연구 결과도 나왔지만, 멀리 떨어져 지내는 기간이 길면 사랑도 식어버릴 수 있다. 그러나 만해는 너무나도 그 '님'을 사랑했기에, 또 님이 돌아올 것을 확신했기에 그의 생애를 마칠 때까지 지조를 지키며 고결하게 살 수 있었던 것이다.

여기서 우리는 뒤에 다시 다루겠지만, 이미 만해에게 '님'은 단순히 연애의 대상만은 아니라는 사실을 짐작할 수 있다. 그러기에 만해는 님과 떨어져 있음으로써 오히려 님에 대한 사랑을 증폭시킬 수 있었던 것이다. 많은 지식인들이 참담한 역사 앞에 절망하고 변절하고 말았지만, 만해는 님이 돌아오리라는 믿음이 확고했기 때문에 견딜 수 있었던 것이다. 그리고 아마도 만해는 독자들에게도 그러한 마음의 자세를 가지고 어두운 시대를 잘 버텨주기를 기대했던 것이 아닌가 한다. 다음의 시「자유정조」(自由貞操)에서도 만해는 그러한 사랑의 방식을 노래한다.

내가 당신을 기다리고 있는 것은 기다리고자 하는 것이 아니라, 기다려지는 것입니다.

말하자면 당신을 기다리는 것은 정조보다도 사랑입니다.

남들은 나더러 시대에 뒤진 낡은 여성이라고 삐죽거립니다. 구구한 정조를 지킨다고.

그러나 나는 시대성을 이해하지 못하는 것도 아닙니다.

인생과 정조의 심각한 비판을 하여보기도 한두 번이 아닙니다.

자유연애의 신성(神聖)(?)을 덮어놓고 부정하는 것도 아닙니다.

대자연(大自然)을 따라서 초연생활(超然生活)을 할 생각도 하여 보았습니다.

그러나 구경(究竟), 만사가 다 저의 좋아하는 대로 말한 것이요, 행한 것입니다.

나는 님을 기나리면서 괴로움을 먹고 살이 찝니다. 어려움을 입고 키가 큽니다.

나의 정조는 '자유정조'입니다.
• 「자유정조」

이 시에서도 만해의 논리적 기질이 유감없이 발휘되고 있다. 우선 '자유정조'라는 제목부터가 우리에게는 좀 낯선 말이다. 대체로 이 시에서 '자유정조'와 대립되는 개념으로 '자유연애'라는 말이 등장한다. '정조'라는 말이 어느 정도 의무의 관념을 내포하고 있어 구속력이 개입되는 말이지만, '연애' 또는 '사랑'이라는 말은 다분히 자발적이며 자유로운 의지의 개념을 지닌다고 볼 수 있다. 따라서 '자유정조'란 어떤 의무나 도덕적 규범 때문에 지키는 정조가 아니라 자발적으로 자유의지에 의해서 지켜나가는 정조라는 뜻으로 이해될 수 있다. 그러므로 첫 행에 나오는 '내가 당신을 기다리고 있는 것은 기다리고자 하는 것이 아니라, 기다려지는 것'이라는 말의 의미도 당신을 기다리는 것이 타율적인 규범이나 의무감 때문이 아니라, 스스로의 사랑의 감정에서 우러나와서 기다리는 것임을 가리킨다. 그러니 당신을 기다리는 것이 정조가 아니라 사랑이라고 말하고 있는 것이다. 사실 우리가 어떤 대상을 진정으로 사랑하게 되면 어떠한 선입관이나 목적의식의 개입 없이 무조건 기다리게 되는 것이 아닌가.

앞서 읽은 「사랑의 측량」에서도 그렇지만 만해의 시는 이렇게 우리 모두가 공감할 수 있는 인간 본연의 정감에 바탕을 둔 보편성을 지니고 있다. 그런데도 이러한 화자의 깊은 속마음을 알지 못하는 남들은 화자를 '구구한 정조를 지키는', '시대에 뒤진 낡은 여성'이라고 흉본다. 이에 대해 화자는 자신은 누구보다도 이 시대가 어떠한 시대인지를 잘 알고 있으며, 어떻게 사는 것이 올바른 길인지를, 그리고 어떻게 하는 것이 진정한 정조인지를 심각히 비판적으로 생각해보았다고 항변한다.

　여기서 우리는 만해가 왜 시집 『님의 침묵』을 기획했는지 그 의도까지 짐작하게 된다. 사실 만해는 『님의 침묵』을 내기 전에도 수많은 논설을 통해서 부패한 불교현실의 개혁을 주장했었고, 3·1운동을 주도한 다음에도 분주한 강연활동을 통해서 민족사랑과 국가사랑을 외쳤다. 그러나 현실이 개선되기는커녕 오히려 이러한 만해의 순수한 열정과 행동에 대해서 구태의연한 정조에 집착한다고 흉이나 보고 외면하였다. 그래서 만해는 좀더 대중적인 호소력을 지니는 자유시라는 장르를 통해서 자신의 의사를 표명하고 대중 설득에 나섰던 것으로 보인다. 사실 생존 자체에 허덕이는 민중이야 말할 것도 없지만, 그래도 먹고 사는 일에 큰 어려움이 없었던 계층들조차도 당시 우리 민족이 처한 현실을 냉철하게 인식하고 올바른 행동윤리에 대해 심각히 고민하기보다 적당히 일제에 빌붙어서 연명할 길이나 찾았고, 방만한 '자유연애'나 일삼았던 것이다. 만해가 왜 자유연애의 신성 다음에 물음표를 달았는지 짐작이 간다. 이에 대해 이숭원은 다음과 같이 해석하였다.

　사람들은 사랑이니 정조니 하는 것도 다 팽개치고 민족이라든가 조국에 대한 생각도 지워버린 채 그날그날을 살아가고 있다. 그들은 그야말로 자유연애를 하듯이 자기들이 원하는 대로 자유롭게 살아가고 있다. 그 자유가 커다란 억압 속에 숨통만 터준 폐쇄된 자유인 것도 알지 못하고. '자유연애의 신성' 다음에 물음표를 집어넣은 것은 만해의 의도적인 배려로 보인다. 즉 사람들이 자유를 추구하는 것은 당연한 일이고 자유롭게 자기가 좋아하는 것을 따르려는 것도 충분히 이해할 수 있는 일이지만, 그것이 님에 대한 사랑을 지키는 일보다 가치 있고 신성

한 것은 절대로 아니라는 생각이 여기에 함축되어 있는 것이다.[29)]

그러니까 만해가 보기에는 시대상황의 '우리'(籠) 안에서 자유롭게 살기만 바라고, 그 '우리' 자체가 잘못된 것임을 좀더 깊이 자각하고 있지 못함을 지적하고 있는 것이다. 항상 어떻게 사는 것이 올바른 것인가를 생각했던 만해이기에 현실의 맹목과 장벽 앞에 고민도 많이 했을 것이다. 승려로서 그러한 현실을 등지고 조용히 수양이나 하면서 살아갈 수도 있었겠지만, 중생제도의 비원을 품은 대승보살 만해는 그렇게 산 속에만 안주할 수 없었다. 제1연의 마지막 행에 나오는 '대자연을 따라서 초연생활을 할 생각'도 해보았다는 것은 바로 그러한 만해의 고뇌를 고백한 것이라 할 수 있다.

제2연의 첫 행에 나오는 '그러나 구경(究竟), 만사가 다 저의 좋아하는 대로 말한 것이요, 행한 것'이라는 진술은 결국 세상 만사가 다 제 좋아서 하는 거라는 것이다. 이 부분에서는 약간 체념하는 듯한 분위기를 느끼게 된다. 대자연을 따라 초연생활을 하는 것이나 자유연애의 신성을 즐기는 사람이나 결국은 다 스스로 좋아서 그 짓을 하는 것이다, 그러니까 너희들은 너희의 길을 가고 나는 나의 길을 가겠다는 것은 이미 중년에 접어든 만해가 젊은 시절의 혈기왕성한 행동주의에서 어느 정도 후퇴한 듯하여 다소 지친 기색조차 드러내는 부분이 아닌가 한다.

이제 화자는 괴롭고 힘들더라도 오로지 님을 기다리면서 살아가겠다고 말한다. 내가 좋아서 하는 일이니 고통이나 난관조차도 자신의 내면을 살찌우는 계기가 될 것이라는 도저한 수양주의와 견인주의 정신이 우리를 압도한다. 남들이 모두 기피하는 괴롭고 험난한 길을 가는 생애가 결국은 자신을 성장시키는 힘이 되는 동시에 영원히 사는 길이 된다는 이 역설, 만해는 역사를 꿰뚫어보는 눈을 지녔기에 괴로움이나 어려움조차도 거기에 끌려가지 않고 주인이 되어 오로지 자신이 추구하는 이념태(ideal type)인 '님을 사랑하고 기꺼운 마음으로 기다리며 주체적 삶을 이어가다 보면 그것이 오히려 자기성장과 발전의 원동력이 된다'는 사실을 일깨우며 다시 한 번 예리한 역설의 진실을 창조한다.

실제로 그 어렵던 시절에 이러한 진리를 실천에 옮기며 시종일관 꼿꼿한 삶을 살다간 지조 있는 인물이 그다지 많지 않았기에 우리 민족의 자존을 끝까지 지켜준 만해와 같은 인물이 더욱 크게 다가오는 것인지도 모른다. 그는 진정 우리 민족사의 큰 거울이자 하나의 법신으로 존재하면서 끊임없이 다음과 같은 질문을 우리에게 던질 것이다. '어떻게 사는 것이 참되고 올바르게 사는 길인가?'

그러면 이제 만해가 당시의 현실을 어떻게 인식했기에 그와 같이 결단하고 행동할 수 있었는지를 알게 해주는 다음 시를 읽어보기로 하자.

당신이 가신 뒤로 나는 당신을 잊을 수가 없습니다.
까닭은 당신을 위하느니보다 나를 위함이 많습니다.

나는 갈고 심을 땅이 없으므로 추수가 없습니다.
저녁거리가 없어서 조나 감자를 꾸러 이웃집에 갔더니, 주인은 '거지는 인격이 없다. 인격이 없는 사람은 생명이 없다. 너를 도와주는 것은 죄악이다'라고 말하였습니다.
그 말을 듣고 돌아 나올 때에, 쏟아지는 눈물 속에서 당신을 보았습니다.
나는 집도 없고 다른 까닭을 겸하여 민적(民籍)이 없습니다.

'민적 없는 자는 인권이 없다. 인권이 없는 너에게 무슨 정조냐' 하고 능욕하려는 장군이 있었습니다.

그를 항거한 뒤에, 남에 대한 격분이 스스로의 슬픔으로 변하는 찰나에 당신을 보았습니다.

아아 온갖 윤리, 도덕, 법률은 칼과 황금을 제사 지내는 연기인 줄을 알았습니다.

영원의 사랑을 받을까, 인간 역사의 첫 페이지에 잉크 칠을 할까, 술을 마실까, 망설일 때에 당신을 보았습니다.

• 「당신을 보았습니다」

이 시는 비교적 투명하게 '당신'의 의미가 '잃어버린 조국'의 의미로 읽히는 작품이다. 화자는 제1연에서 당신이 떠난 뒤에도 당신을 잊지 못하는 것이 자신을 위함이라고 말한다. 당신을 잊는다는 것은 곧 자신의 존재 의미를 상실하는 일이므로 그것은 앞의 「자유정조」에서 본 것처럼 '자유정조'에 따라 스스로 선택한 길인 것이다. 제2연에는 일제 강점기의 경제적 피폐상과 그 속에서 우리 민족이 겪었던 고초와 모욕감이 잘 드러나 있다. 제3연에는 좀더 구체적으로 한국인의 인권을 짓밟고 능욕하는 장군의 비유를 통해서 일제의 무력통치의 실상이 잘 드러나 있다. 화자는 말할 수 없는 분노와 슬픔 속에서 당신을 보았다고 말한다. 그러한 굴욕과 모욕의 상황이 결국은 자주 독립을 지키지 못한 우리 민족 자신의 무능 탓이므로 남에 대한 격분이 자조와 비애의 감정으로 변할 수밖에 없다. 그 슬픔 속에서 더욱더 당신의 존재를 생각하게 된다는 것은 거기서 새로운 투쟁의 힘을 얻기 때문이다. 다시 말해서 '당신을 그리워하는 슬픔은 곧 나의 생명'(「의심하지 마셔요」)이기 때문이다.

원시에는 단락이 구분되어 있지 않지만 의미단락으로 보아 화자의 인간적인 고뇌가 드러나는 마지막 부분은 제4연으로 독립되어야 한다. 이 마지막 연에서는 제2연과 제3연에 등장한 주인과 장군의 소유물, 즉 권력과 부의 소유를 암시하는 '칼'과 '황금'의 이미지를 통해 당시의 체제 전체를 부정하고 있다. 당시의 온갖 윤리와 도덕과 법률이 한낱 권력과 재력을 가진 자들을 위한 들러리에 지나지 않다. 그러니까 그러한 것들이 원래 지니고 있는 기능인 약자를 보호하고 사회정의를 구현하는 미덕을 상실하고 부질없이 '칼'과 '황금'을 떠받들고 숭배하는 연기, 그것들의 명복을 비는 제사의 향불에 지나지 않는다는 것이다. 검열이 심했던 당시 상황에서 이러한 현실 비판적인 내용의 시집이 출간될 수 있었던 것은 시가 지닌 고유의 특장인 비유와 상징의 힘 때문이다. 그리고 아마도 사랑의 어조를 빌린 우의적 표현 수법 속에 숨어 있는 무서운 발언의 의미를 검열관들이 제대로 포착하지 못한 때문일 것이다.

이러한 비본질적인 시대상황, 온갖 소중한 가치와 덕목들이 사라진 괴로우면서도 슬픈 상황 속에서 과연 어떻게 행동하는 것이 바람직한 것일까? 다음 시구에 화자의 인간적 고뇌가 잘 나타나 있다. '영원의 사랑을 받을까, 인간 역사의 첫 페이지에 잉크 칠을 할까, 술을 마실까 망설인다'는 것이 그것이다. 즉 고통스러운 세속을 떠나 현실을 초월함으로써 영원의 세계 속에서 마음의 평화를 누리며 안주할 것인가, 아니면 고통스러운 역사의 현실에 참여하여 새로운 역사를 창조할 것인가, 또는 술을 통해 현실의 괴로움을 잊고 방기할 것인가. 그렇게 고민하며 흔들릴 때에 당신을 보았다는 것은, 결국 민족사의 첫 페이지에 뛰어들어 가치관이 전도된 현실을 주장하고 선명한 잉크 칠을 함으로써 침묵하고 있는 님을 찾아가는 길을 화자가 택하리라는 것을 암시한다. 이숭원은 다음과 같이 명쾌하게 해명한다.

현실에 참여하여 새로운 역사를 만드는 것, 그것이 한용운의 시 쓰기였고, 그의 사상이었고, 그의 행동이었다. 그의 모든 글과 행동은 인간역사의 첫 페이지에 뛰어들어 잉크 칠을 한 흔적이다. 그것이 진정으로 의미 있는 것이라고, 내가 고민에 잠겨 있을 때, 당신이 나에게 가르쳐주었다. 그러므로 나는 당신을 잊을 수 없는 것이고 당신을 생각하는 것은 결국 나를 위한 일이 되는 것이다. 이러한 한용운의 시를 통하여 우리는 그가 단순한 선승이 아니었음을 알게 된다. 그는 누구보다 현실을 정확히 인식하고 있었으며 현실의 모순을 타개할 수 있는 길이 무엇인지도 알고 있었다. 그것은 종교적 초월로도 안 되고 자기도취적 문학으로도 안 된다. 오직 현실에 참여하여 모순의 구조를 바꾸고 새로운 역사를 창조하는 것에 의해 참된 인생의 길이 열린다고 생각한 것이다.[30]

물론 위의 인용에서 '단순한 선승'은 진정한 선승으로 바뀌어야 할 것이다. 우리는 이미 만해의 「타골의 시(GARDENISTO)를 읽고」란 시에서 그가 소승에 칩거·안주하지 않고 유마적 대승으로 나아갔음을 확인한 바 있다. 대승적 보살사상에 바탕을 두고 님이 침묵하던 그 어두운 시대에 '해 저문 벌판에서 돌아가는 길을 잃고 헤매는' 우리 민족을 위해서 역사에 선명한 잉크 칠을 한 것이 그의 삶이었다. 만해가 시집 『님의 침묵』에서 그토록 찾아 헤매었던 '님'은 어떻게 그의 곁을 떠나갔으며, 그가 그 이별을 어떻게 수용하고 극복했는지를 보여주는 시가 시집의 표제시인 「님의 침묵」이다.

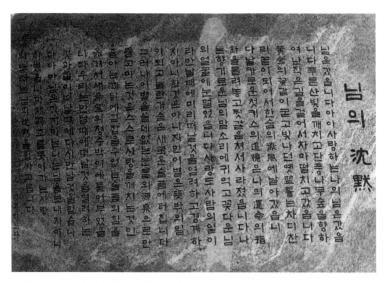

부산시 전포동 보광원 경내 「님의 침묵」을 새긴 만해 시비

님은 갔습니다. 아아 사랑하는 나의 님은 갔습니다.

푸른 산빛을 깨치고 단풍나무숲을 향하여 난 작은 길을 걸어서 차마 떨치고 갔습니다.

황금의 꽃같이 굳고 빛나던 옛 맹서는 차디찬 티끌이 되어서, 한숨의 미풍에 날아갔습니다.

날카로운 첫 '키스'의 추억은 나의, 운명의 지침을 돌려놓고, 뒷걸음 쳐서, 사라졌습니다.

나는 향기로운 님의 말소리에 귀먹고, 꽃다운 님의 얼굴에 눈멀었습니다.

사랑도 사람의 일이라, 만날 때에 미리 떠날 것을 염려하고 경계하지 아니한 것은 아니지만, 이별은 뜻밖의 일이 되고 놀란 가슴은 새로운 슬픔에 터집니다.

그러나 이별을 쓸데없는 눈물의 원천(源泉)을 만들고 마는 것은 스스로 사랑을 깨치는 것인 줄 아는 까닭에, 걷잡을 수 없는 슬픔의 힘을 옮겨서 새 희망의 정수박이에 들어부었습니다.

우리는 만날 때에 떠날 것을 염려하는 것과 같이, 떠날 때에 다시 만날 것을 믿습니다.

아아 님은 갔지마는 나는 님을 보내지 아니하였습니다.

제 곡조를 못 이기는 사랑의 노래는 님의 침묵을 휩싸고 돕니다.

• 「님의 침묵」

제1행은 이별의 충격적 현실을 직시하고 확인한다. '님은 갔습니다'를 반복함으로써 '님'이 없는 현실(어둠)을 비탄한다. 처음부터 '님'을 잃은 시적 화자의 충격과 좌절, 허무로 시작하고 있다. 제2행에서 다시 한 번 좀더 구체적으로 님이 떠나간 상황을 제시한다. '푸른 산빛'과 '단풍나무숲'의 대조 속에 사랑의 기쁨과 슬픔이 대비되고 있다. '님'이 떠나감으로써 받은 충격이 '깨치고'란 단어에 투영되어 있다. '차마 떨치고 갔습니다'와 같은 '시적 허용'은 기표(記標)를 좀더 효과적으로 드러내는 비문법적 사용으로 부정형의 서술종지법인 '차마'를 긍정형으로 바꿈으로써 시의 율동에도 역동적으로 기여한다.

제3행과 제4행에서도 이별의 충격은 반복적으로 표출된다. '황금의 꽃같이 굳고 빛나던 옛 맹서'가 '한숨의 미풍'에도 힘없이 '차디찬 티끌'이 되어 날아갔다는 것은 색즉시공(色卽是空)의 무상함을 일깨운다. 영원히 불변하는 것은 없다. 가장 단단하고 굳은 물질인 황금조차도 티끌이 되어 날아갔다는 너무나도 엄청난 변화 앞에 화자는 경악하고 있는 듯하다. 님이 떠난 뒤의 상황은 너무나 충격적인 현실이다. 대개 키스란 감미로울 터인데, 날카로운 첫 키스, 그것도 운명의 지침을 돌려놓을 정도로 결정적이었던 첫 키스는 추억만 남긴 채 사라져버리고 말았다. 대단히 감각적인 비유까지 동원되어 이별의 충격이 더욱 실감 있게 다가온다. 너무나도 향기로운 님의 말소리와 꽃다운 모습에 귀먹고 눈멀어 온통 넋을 잃을 정도로 화자에게 님은 절대적인 존재였다. 함께 있을 때나 떠난 뒤에나 그것은 변함이 없는 것이다.

이렇게 점층적으로 전개되던 님을 잃은 충격적 상황은 제6행에서 전환의 조짐을 보이기 시작한다. 인간만사는 제행무상(諸行無常), 사람의 일에는 변화가 많아 영속하는 것이라고는 없으니 더러 경계하고 조심도 했건만 막상 뜻밖의 이별을 당하고 보니 너무나도 놀란 가슴은 어찌할 바를 모르고 슬퍼한다. 제7행에서 마침내 너무나도 소중한 그 사랑을 지켜낼 논리를 발견하고 슬픔을 극복한다. '이별은 미의 창조'인데 쓸데없이 눈물의 원천만을 만들고 있을 수는 없다. 그것은 스스로 사랑을 깨뜨리는 것이다. 그러니 이 슬픔과 절망의 힘을 옮겨서 새 희망의 정수박이에 들어부음으로써 오히려 창조적 자기발전과 현실극복의 계기로 삼는 만해 특유의 역설적 논리가 빛을 발한다.

어떤 평론가는 일제하의 모든 한국시를 한마디로 줄이면, 바로 걷잡을 수 없는 슬픔의 힘을 옮겨서 새 희망의 정수박이에 들어붓는 행위의 소산이었다고 한 적이 있을 정도로 이 시구가 갖는 힘은 결정적이다. 그러기에 화자는 '님'이 떠나갔지만 다시 만날 것을 확신하며 "님은 갔지마는 님을 보내지 아니하였"다. 이 힘찬 깨달음에 전율하는 화자의 님을 향한 사랑의 노래는 님의 침묵조차 감싸안고 있다. 이 시는 이처럼 님의 부재를 부정함으로써 존재와 부재, 만남과 이별이 둘이 아니라 하나가 되는 역설의 미학과 부정의 변증법에 의해 극복해가는 창조적 드라마를 잘 보여주고 있다.

다음으로 현상과 본체의 관계를 중심으로 아름다운 시적 화음을 빚어 내며 한국시에 결핍되어 있는 사상성을 보완하고, 형이상시(形而上詩)의 경지까지 끌어올린 명시로 평가되는 「알 수 없어요」를 읽어보자.

바람도 없는 공중에 수직의 파문을 내이며, 고요히 떨어지는 오동잎 은 누구의 발자취입니까.

지리한 장마 끝에 서풍에 몰려가는 무서운 검은 구름의 터진 틈으로, 언뜻언뜻 보이는 푸른 하늘은 누구의 얼굴입니까.

꽃도 없는 깊은 나무에 푸른 이끼를 거쳐서, 옛 탑 위의 고요한 하늘 을 스치는 알 수 없는 향기는 누구의 입김입니까.

근원은 알지도 못할 곳에서 나서, 돌부리를 울리고 가늘게 흐르는 작 은 시내는 굽이굽이 누구의 노래입니까.

연꽃 같은 발꿈치로 가이 없는 바다를 밟고, 옥 같은 손으로 끝없는 하늘을 만지면서, 떨어지는 날을 곱게 단장하는 저녁놀은 누구의 시 (詩)입니까.

타고 남은 재가 다시 기름이 됩니다. 그칠 줄을 모르고 타는 나의 가 슴은 누구의 밤을 지키는 약한 등불입니까.

• 「알 수 없어요」

모두 6행으로 이루어진 이 시는 '님'을 나타내는 기표들이 흥미로운 연쇄를 이루고 있다. 제1행에서 제5행까지는 한 문장으로 한 행을 이루 고 있는데, 제6행만은 두 문장으로 구성되어 있다. 더구나 제6행 첫 번째 문장의 종결어미만이 유일하게 평서형이고 나머지는 모두 의문형이다. 그러니까 이 시는 모두 여섯 가지의 설의적 의문문으로 구성되어 있는 셈이다. '누구의 ~입니까'라는 반복되는 질문들은 그 존재가 화자 자신만이 알고 있는 존재가 아니라, 독자 모두가 알고 있는 존재임을 일깨운다. '누구의 ~입니까'라는 질문에 대한 해답은 이 시의 제목처럼 '알 수 없'다 하더라도 이 시가 『님의 침묵』이라는 시집의 세 번째 작품인 점을 감안할 때, 그 '누구'는 화자가 찾아 헤매고 있는 바로 그 '님'일 것이라는 의견에 수긍이 가리라고 본다.

이 시가 님에 대한 묘사라고 보면 그 내용은 님의 발자취와 님의 얼굴, 님의 입김, 님의 노래, 님의 시, 님의 밤에 대한 기술인 셈이다. 그러나 님의 얼굴을 제외하고는 모두 애매모호한 내용이다. 화자의 진술에 따라서 님을 파악하고자 한다면 님의 입김이나 발자취보다는 차라리 님의 노래라든가 님의 시가 더욱 분명한 내용일 것 같다. 제1행은 신비로운 자연현상을 통해 어떤 존재의 도래를 제시하고 있다. '떨어지는 오동잎'의 하강을 통해 어떤 존재가 위에서 아래로 내려오고 있다는 암시를 준다. 현상을 통해 본체인 '님'의 존재를 직관하고 있다.

제2행은 하늘로 비유된 '님'의 현존과 은폐의 양상을 보여준다. 절대적 의미를 지닌 존재인 '하늘'을 가리고 있는 '검은 구름'의 앞에 붙은 '무서운'이라는 형용사는 '님'을 부정하고 감추는 공포의 힘, 또는 무명(無明)의 가공할 파괴력을 가리킨다. 즉 '검은 구름'으로 비유된 세속적 번뇌와 고통과 무명(無明)을 벗어나 '푸른 하늘'과 같은 오묘한 진리와 청정한 님의 실체에 접하기를 기대하던 시적 화자가 어느 순간에 언뜻언뜻 모습을 보이는 님의 모습을 보게 된다. 깨달음의 순간에 본체인 님의 신비한 모습을 인지한다.

제3행에서 화사는 촉각을 통해 오묘한 님의 향기를 느낀다. 님의 입김은 너무나 향기로워 시공을 초월한다. 신동욱(申東旭)은 '깊은 나무'를 역사적 뿌리가 있는 생명현상의 은유로, '옛 탑'을 문화창조의 역사적 흐름의 암시로 보고 그곳을 스치는 '알 수 없는 향기'를 민족의 역사적·문화적 생명성을 의미하는 것으로 해석하기도 한다.[31]

제4행은 역사와 생명의 원천으로서의 '작은 시내'가 '돌부리를 울리고 가늘게 흐르는' 님의 노래임을 암시함으로써 만해의 역사관과 진리관을 암시한다. 즉 진리의 모습은 인간의 감각으로는 미치기 어려우나 그 현현은 찬란하며, 역사와 생명의 전개조차도 님의 현현 과정임을 밝힘으로써 화엄의 세계관을 보여준다.

제5행에서는 아름다운 님의 모습이 온 천지에 충만해 있다. '연꽃 같은 발꿈치'와 '옥 같은 손'을 지닌 어떤 존재가 무한대의 바다와 무한대의 하늘을 무대로 움직이고 있는 모습이 장엄하게 표출되었는데, 송욱은 이 것을 '법신'[32]의 현현으로 본다. '떨어지는 날', 즉 지는 해는 역사의 어두운 밤이 오리라는 예감과 지는 해의 아름다움을 동시에 제시한다. 저녁 놀은 곧 님의 시이며, 절대적인 아름다움과 평화, 정화된 종교적·예술적 경지를 암시한다. 그런데 그것은 머지않아 어둠에 휩싸일 것이므로 한정적이며 비극적인 아름다움일 수밖에 없다. 여기서 우리는 기울어지는 태양의 이미지를 통해서 우리 민족의 삶 전체가 위기에 놓이게 되었음을 인식하는 만해의 위기의식을 보게 된다. 그러므로 화자는 돌연 '타고 남은 재가 다시 기름이 됩니다'라는 돌발적인 시행을 앞세워 어둠의 현실에 대결하는 자신의 결의와 내면적 의지를 고백하며 마무리하고 있다. 타고 남은 재가 다시 기름이 된다는 것은 현실적으로는 불가능한 일이지만 의지적으로는 가능한 역설이며, 님의 현존은 유지될 수밖에 없다는 시인의 단호하면서도 확고한 신념의 소산이다. 따라서 '그칠 줄을 모르고 타는 나의 가슴은 누구의 밤을 지키는 약한 등불입니까'라는 진술은 결국 화자가 '님이라는 대주체가 바야흐로 어둠에 가리워지려는 때에 스스로 기름이 되어 대주체의 밝음이 계속될 수 있게' 하겠다는 희생적이고 헌신적인 봉사와 기여를 결단하게 되었음을 '약한 등불'이라는 겸손한 태도로 술회하고 있다.[33] 실제로 만해가 전 생애를 통해 팽팽한 긴장감 속에서 어떠한 현실적 어려움에도 굴하지 않았으며, 강인한 의지로써 일제에 대한 저항을 일관되게 지속했음은 익히 잘 알려진 사실이다.

마지막으로 만해와 타고르의 연관성을 연구한 글「유미적 초월과 혁명적 아공」을 쓰고『전편 해설 님의 침묵』을 펴낸 시인 송욱이 "나는 다음과 같은 시가 있는 나라에서 시인이 된 것을 행복하게 생각한다"라고 극찬한「찬송」(讚頌)이란 시를 살펴보자.

님이여, 당신은 백 번이나 단련한 금(金)결입니다.
뽕나무 뿌리가 산호가 되도록 천국의 사랑을 받읍소서.
님이여, 사랑이여, 아침볕의 첫걸음이여.

님이여, 당신은 의(義)가 무겁고, 황금이 가벼운 것을 잘 아십니다.
거지의 거친 밭에 복의 씨를 뿌리옵소서.
님이여, 사랑이여, 옛 오동의 숨은 소리여.

님이여, 당신은 봄과 광명과 평화를 좋아하십니다.
약자의 가슴에 눈물을 뿌리는 자비의 보살이 되옵소서.
님이여, 사랑이여, 얼음 바다에 봄바람이여.
• 「찬송」

각 연의 제1행에서는 님의 미덕을 제시하고 규정한다. 님은 고귀하면서도 불후성(不朽性)을 지닌 불멸의 존재이며, 정의로운 희망의 존재이며, 광명과 평화의 존재이다. 각 연의 제2행에서는 그러한 미덕을 가진 님에 대해 영원한 축복과 찬미를 받으며 자비의 보살이 되기를 기원한다. 각 연의 제3행은 희망과 신비와 화해의 존재인 님에 대한 절대적 찬미와 찬양으로 이루어져, 전체적으로 이 시에서 님은 형이상학적 가치를 지닌 종교적 존재, 초월적 존재로 승화되어 있다.

제1연은 주로 시간적 이미지가 지배적이다. 금이라는 광물질이 백 번이나 단련하는 동안의 긴 시간성과 불후성을 지니지만 '뽕나무 뿌리가 산호가 되도록'이란 표현도 상전벽해(桑田碧海)의 무궁한 시간관념에다가 그걸 더 확대시킨 비유로, 바다로 변한 뽕나무밭의 뽕나무 뿌리가 바다 밑에서 산호가 되기까지의 거의 헤아릴 수 없는 무한대의 시간을 의미한다. 그러한 시간 속에서 님은 언제까지나 찬미를 받으며 불변하는 사랑의 실체로서 늘 새롭게 탄생하는 아침 햇살처럼 신선하게 비춰주기를 기원하는 의미를 지니고 있다.

제2연은 님에게는 '황금'과 같은 세속적이고 물질적인 가치가 하찮은 것이 되며, 정의와 같은 고결한 이념적 가치가 소중한 것이 됨을 말한다. 즉 님은 화폐가치보다 고결한 정신의 가치를 높게 생각한다. '거지의 거친 밭에서 '거지'란 경제적 의미뿐 아니라 정신적 의미도 포함한다. 그런 가난한 세상에 복의 씨를 뿌려달라는 기원이다. '옛 오동의 숨은 소리여'에서 '오동나무'는 가야금 같은 악기를 비롯해 다양한 물품을 만드는 데 소재로 쓰이는 나무다. 이와 같은 오동나무가 가능성을 의미하는 소리를 내포하고 있는 것처럼 모든 존재는 불성이 잠재되어 있으므로, 사랑의 존재인 님에게 중생들의 거친 마음의 밭에 복의 씨를 뿌려

불성에 눈뜨게 해 달라는 의미로 해석될 수 있을 것이다.

　제3연에서는 희망과 광명과 평화를 이야기하게 된다. 이러한 가치들은 어느 종교에서나 이상으로 삼는 것들이고 바람직한 것이지만, 사회정의 또는 경제정의가 실현되지 못하고 약자가 약자로 남아 있는 곳에서는 얻을 수 없는 것들이다. 강자들의 이익을 위해 봉사하는 '윤리와 도덕과 법률'이 판을 치고 있는 것이 세상의 논리이므로, 그 속에서 소외되고 고통받는 약자들의 가슴에 눈물을 뿌리는 동체대비(同體大悲)의 보살이 되어 스스로 '얼음 바다'와 같은 세상을 녹이는 '봄바람' 같은 사랑의 보살이 되기를, 그리하여 광명과 평화의 세상을 구현해주기를 소망하고 있다. 님은 곧 당신이므로 세상의 수많은 당신들의 마음 속에 '아침볕의 첫걸음'과 같은 희망으로, 정의롭고 고결하게 '옛 오동의 숨은 소리' 같은 가능성으로, '얼음 바다에 봄바람처럼' 화해의 모습으로 존재하는 사랑의 가치관과 이념태들을 부활시켜 광명과 평화의 세상을 이루기를 스스로에게 다짐하고, 수많은 타인들에게도 권유하고 당부하는 것이 바로 이 시의 메시지이다.

　송욱의 지적처럼, 만해의 조국에 대한 사랑은 이처럼 깊고 넓은 종교와 사회, 사회정의 그리고 새로운 생명의 창조를 노리는 공변된 것이다. 따라서 이 「찬송」은 바로 만해 한용운 자신에게 바쳐야 마땅한 것인지도 모른다. 불교의 '적멸'(寂滅)은 만해에서 역사적 생명이 약동하는 바탕이 될 수 있었다.[34] 이 시의 표현수법은 대단히 정제되고 정형적 형태에 가까워 시적 운율미가 있다. 만해 시의 일반적 특징인 역설의 화법보다 찬미의 형식을 취함으로써 함축적 · 비유적 진술이 두드러진다. 다음의 언급이 참고가 될 만하다.

대체로 이 시에서는 만해 시의 일반적인 방법이라 할 수 있는 부정의 역설이 활용되지 않고 있다. 전편이 모두 긍정적 관점으로 표현되어 있다. 그것은 아마도 님의 의미와 님의 존재에 대한 희구와 갈망 그리고 그에 따르는 안타까움과 하소연을 표명하려는 것이 아니라, 확고한 신념을 가지고 '님'을 찬송하려는 자세 때문인 것으로 풀이된다. 님은 이미 그 모든 것이기 때문에 여기에서는 오직 님을 위대한 능력과 아름다움을 지닌 대상으로 최고의 위치에 모셔놓고 지고한 찬사로써 송축하기 위한 주관적이고도 단정적인 적절한 비유의 방법만이 필요했던 것이다.[35]

시집 말미에 붙어 있는 「독자에게」는 만해 스스로 쓴 발문이라 할 수 있는데, 만해가 시집의 독자에게 주는 당부하는 형식으로 된 이 글에서 우리는 만해의 겸허한 시적 태도와 예언자적 자세를 엿볼 수 있다.

독자여, 나는 시인으로 여러분의 앞에 보이는 것을 부끄러워합니다.
여러분이 나의 시를 읽을 때에, 나를 슬퍼하고 스스로 슬퍼할 줄을 압니다.
나는 나의 시를 독자의 자손에게까지 읽히고 싶은 마음은 없습니다.
그때에는 나의 시를 읽는 것이 늦은 봄의 꽃수풀에 앉아서 마른 국화를 비벼서 코에 대는 것과 같을는지 모르겠습니다.

밤은 얼마나 되었는지 모르겠습니다.
설악산의 무거운 그림자는 엷어갑니다.
새벽 종을 기다리면서 붓을 던집니다.

을축(乙丑) 팔월 이십구일 밤 끝

• 「독자에게」

   시인은 사는 일 자체가 어려운 암울한 시대에 시를 쓰는 것 자체가 부끄러운 일이고, 죽음과도 같은 삶의 고통을 시로 표현한다는 것이 또한 호사스런 일인 듯하여 부끄러워한다. 불행한 시대에 태어나 시를 써야만 하는 만해를 슬퍼하고, 또 그 시를 읽는 독자들 또한 스스로 슬퍼할 것이다. 그러나 시인은 그것들을 독자들의 자손에게까지 읽히고 싶은 생각은 없다. 그것은 그의 시들이 불행한 한 시대의 비극을 다룬 것이므로 어두운 시대에 길을 잃고 방황하는 사람들에게는 필요한 것이지만, 광명한 시대가 오면 버려야 할 것이다. 시한부의 존재 의미를 전제하고 만해는 시를 썼던 것이니 시대의식이 얼마나 투철한지를 알 수 있다. 독자의 자손 시대에는 마땅히 광명이 이루어져야 하고, 그때가 되면 자기의 시는 당연히 봄날의 마른 국화와 같이 되어야 한다고 하여 역사의 앞날을 뚜렷하게 내다보는 예언자적 지성을 보여준다. 조동일은 이를 다음과 같이 보았다.

> 시를 버리면서 님을 맞이하고, 시인이 죽으면서 해방을 맞이하겠다는 논리이다. 시의 가치는 버리는 데 있고, 시인의 자랑은 죽는 데 있다. '밤은 얼마나 되었는지 모르겠습니다'라고 한 밤은 한용운이 시를 쓴 날의 밤이면서 시대의 밤이다. 그리고 설악산의 그림자가 엷어지면서 느껴지는 새벽도 시대의 새벽이기도 하다. 한용운은 시대의 새벽을 예감하면서 시를 썼고, 새벽이 다가오기 때문에 붓을 던졌다. 『님의 침묵』은 어느 시대 어디서나 통용될 수 없다는 뜻을 밝히기 위해서 이렇게 말하였다. 그러나 시인은 시대에 한정되어 있으면서 또 한 시대를 넘어선다. 한용운의 시대만이 어둠의 시대였던 것은 아니다.[36]

김흥규(金興圭)의 평가처럼 만해 한용운은 『님의 침묵』으로써 1910년대 후반부터 1920년대 초기에 이르기까지 감정의 혼동과 절망의 탄식에 치우쳐 있던 한국 현대시에 하나의 질서를 부여하였다. 그리고 나아가서는 당대의 정신적 파국을 넘어서는 역사적·종교적 인식의 비전까지도 제시하는 성과에 도달함으로써 한국문학사의 한 성숙한 봉우리를 기록하였다.[37]

'님'의 의미와 『님의 침묵』의 사상

한용운의 시집 『님의 침묵』의 핵심어는 '님'이다. 따라서 그의 시와 문학을 이해하기 위해서는 먼저 '님'의 상징적 의미를 고찰해볼 필요가 있다. 여기에 관해서 만해는 친절하게도 시집의 서시 격인 「군말」에서 매우 유효한 해석의 단서를 던져주고 있다.

'님'만 님이 아니라, 기룬 것은 다 님이다. 중생이 석가의 님이라면, 철학은 칸트의 님이다. 장미화(薔薇花)의 님이 봄비라면 마치니의 님은 이탈리아이다. 님은 내가 사랑할 뿐 아니라 나를 사랑하느니라.

연애가 자유라면 님도 자유일 것이다. 그러나 너희는 이름 좋은 자유에 알뜰한 구속을 받지 않느냐. 너에게도 님이 있느냐. 있다면 님이 아니라 너의 그림자니라.

나는 해 저문 벌판에서 돌아가는 길을 잃고 헤매는 어린 양이 기루어서 이 시를 쓴다.

  • 「군말」

여기서 우리는 '님'에 대한 만해 자신의 해설을 볼 수 있다. 우리 국문학의 전통 속에서 '님'은 애인이나 연인 또는 임금이나 부모에 이르기까지 다양하게 나타난다. 따라서 '언제나 나 자신에 대한 최고의 가치와 또한 나 자신의 행위를 발동시키는 동력(動力)'[38]을 지니고 있는 것이 님의 본질이듯이, 만해 한용운의 시집 『님의 침묵』에 나타나는 '님'의 개념 역시 조국·민족·중생·불타·애인·친구도 될 수 있는 복합적인 성격을 띠고 있다. 전보삼은 이 시에 나오는 '기룬'(초판본 표기 '긔룬')의 뜻에 대하여 새로운 주장을 펴고 있어 주목을 끈다.

　이 시에서 '긔룬' 존재는 지금까지 우리가 통상적으로 '그립다'의 변형, 또는 '기릴 만한', '공경할 만한'의 뜻으로 새겨왔다. 그러나 이 긔룬다는 뜻은 갑과 을의 관계를 연결해주는 관계문화를 뜻한다. 이 관계상의 개념은 다름 아닌 불교의 연기론적 세계관이다. 이 연기사상은 이것이 있으므로 저것이 있고, 저것이 없으면 이것도 없다는 상의상자(相依相資)하는 세계관이다. 「군말」의 '긔룬다'는 뜻은 원래 승려의 누더기 옷의 천조각을 '깁는다'는 뜻이다. 깁는다는 표현은 강원도 동북 지방 금강산과 설악산 일대의 방언으로서의 '긔룬다'는 표현이다. 그러므로 『님의 침묵』의 서시 「군말」의 긔룬 존재의 특성은 갑과 을의 관계성 문화, 즉 부처와 중생, 철학과 칸트, 이탈리아와 마치니, 장미꽃과 봄비의 관계를 이어주고 연결하는 화엄철학의 연기론적 세계관인 것이다. '돌아가는 길을 잃고 헤매는 어린 양이 기루어서 이 시를 쓴다'는 만해의 표현은 우리로 하여금 보살의 이상에 충실할 때만이 중생사의 슬픔을 극복할 수 있음을 잘 대비시켜주고 있다.[39]

　삼라만상이 다 인드라망(網)에 의해서 연결되어 있다는 화엄론적 세계관은 현대 물리학에서도 그 사실을 입증하고 있는 바이지만, 관계가 성립되는 모든 존재는 다 님이라는 「군말」의 사상은 현대적 상황에서도 의미 있는 사랑의 철학이라 할 만하다. 모든 것이 인연에 의해서 성립되어(成) 머물다가(住) 붕괴되고(壞) 멸한다(空)는 연기론적 세계인식에 기반을 두고 있는 이러한 사상에서 대승적 보살사상은 싹튼다. 허망한 존재의 실상을 꿰뚫어볼 때 모든 존재는 서로 사랑할 수밖에 없는 것이 아니겠는가.

그러므로 '나는 해 저문 벌판에서 돌아가는 길을 잃고 헤매는 어린 양이 기루어서 이 시를 쓴다'라는 마지막 시구에서 보듯이 뭇 생명을 살리고자 하는 '기룬다'의 사상은 대승불교의 보살사상, 즉 나룻배의 정신, 제도(濟度)의 정신으로 이어질 수밖에 없다. 그러면 '님'의 상징적 의미를 본격적으로 살펴보기 전에 이러한 보살사상을 가장 잘 보여주는 작품을 한 편 읽어보자.

나는 나룻배
당신은 행인.

당신은 흙발로 나를 짓밟습니다.
나는 당신을 안고 물을 건너갑니다.
나는 당신을 안으면 깊으나 옅으나 급한 여울이나 건너갑니다.

만일 당신이 아니 오시면 나는 바람을 쐬고 눈비를 맞으며 밤에서 낮까지 당신을 기다리고 있습니다.
당신은 물만 건너면 나를 돌아보지도 않고 가십니다그려.
그러나 당신이 언제든지 오실 줄만은 알아요.
나는 당신을 기다리면서 날마다 날마다 낡아갑니다.

나는 나룻배
당신은 행인.
• 「나룻배와 행인(行人)」

남한산성 내 만해기념관 뜰에 있는 만해 시비

 우리 전통문학에서 익히 보아온 여성 화자의 목소리를 빌려서 특정 종교를 벗어나서도 보편적인 참사랑의 의미를 직핍(直逼)하게 보여주는 시다. 특히 시의 형태면에서도 수미상관의 기법과 기승전결의 구조에 충실하여 작품으로서의 완결성을 갖추고 있다. 제1연에서는 '나'와 '당신'의 관계가 설정되어 있다. '나'는 중생제도의 서원을 세운 대승적 보살, 또는 불행에 빠진 민족을 구하고자 비원을 세운 만해와 같은 민족지도자를 표상하거나 또는 절대적 진리 그 자체의 의미로 읽어도 된다. '행인'이란 무지몽매에서 벗어나지 못한 당시의 한국인이거나 '흙'이 많이 묻어 진리에 어두운 중생들, 즉 허망한 존재들을 가리킨다.

 제2연에서 우리는 참된 지도자를 알아보지 못하고 핍박만 하는 우매한 대중에게 숱한 수모를 당한 바 있는 만해의 체험이 배어남을 느낄 수 있다. 또는 진리의 소중함을 깨닫지 못한 중생들의 횡포로 읽을 수도 있다.

그러나 이미 '나'는 서원을 세운 보살 또는 비원을 세운 지도자이기에 생사(生死)의 고해 또는 고통의 시대를 안고 간다. '나'는 자비와 박애의 존재이므로 중생을 안으면 어떠한 어려움이나 난관이라도 마다하지 않고 건너간다. 민중 속으로 들어가는 앙가주망(engagement)의 정신인 동시에 동체대비의 사상이다.

제3연에 오면 전환이 일어난다. '나'가 그토록 '기루는' 마음으로 '당신'을 사랑하고 희생하고 헌신하건만, 야속하게도 물만 건너면 당신은 돌아보지도 않고 가버린다. 하지만 급할 때만 부르다가 위기가 지나고 나면 은혜를 잊어버리고 마는 인지상정(人之常情), 중생들의 속성이 드러난다. 그러나 화자는 언젠가는 '당신'이 돌아올 것임을 확신하므로 비가 오나, 눈이 오나, 바람이 부나 변함없이 당신을 기다린다. 여기서 우리는 전통적인 여성 화자의 표상을 본다. '나'는 날마다 날마다 낡아가는 무상한 존재이지만 '바람을 쐬고 눈비를 맞으며', 즉 온갖 고통을 모두 다 인내하며 어두운 시대의 '밤'으로부터 '광명'의 낮이 돌아올 때까지 당신을 기다린다. 이렇게 모든 것이 공임을 깨닫고 온갖 모욕과 박해를 받아도 화내지 않는 경지를 불교에서는 법인[40]의 경지라고 한다. 이 시는 결국 참사랑의 본질이 '희생'에 있음을 감동적으로 보여준다.

고통스런 당대와 현실 속에서 만해의 이러한 보살정신은 더욱 빛을 발하였다. 상구보리(上求菩提) 하화중생(下化衆生), 즉 위로는 진리를 구하고 아래로는 중생을 교화하는 것을 삶의 지표로 하는 보살의 삶이란 진정한 자아발견과 투철한 행동규범을 실천하는 삶이다. 그에게는 소승적 자기를 내세우는 마음이 없다. 대승적 십바라밀이 있을 뿐이다. 이러한 만해의 보살사상은 대승불교의 『유마경』에서도 발상하지만, 더 근본적으로는 『화엄경』의 비로자나 법신관에서 유래한다. 비로자나 법신의 세계란 깨달음의 본체로서 자아관념의 둑이 무너진 해탈의 세계, 대자유의 초극된 세계, 우주 자체, 진리 자체인 침묵의 세계를 가리킨다. 『님의 침묵』에서 '님'이란 모든 것과 하나를 이루는 주인공으로서의 존재를 가리키고, '침묵'이란 바로 이 열반적정(涅槃寂靜)의 세계관을 가리킨다.[41]

그러면 만해가 말하는 '님'이란 무엇인가? 먼저 조연현(趙演鉉)은 '님'을 '형이상학적 신비성'을 띠는 존재 또는 시인의 '감정의 가장 집중적인 표상'으로 보았다.

(전략) 그러나 이 시집(『님의 침묵』) 전체를 지배하고 있는 '님의 정체'는 결코 단순한 애인(인간적)에게만 그치는 것은 아니었다. 님은 어떤 때는 불타도 되고, 자연도 되고, 일제에 빼앗긴 조국이 되기도 하였다. '님'이 가지는 상징적 의미는 그만치 형이상학적 다양한 신비성을 띠고 있었다.[42]

님이 무엇을 상징 또는 표상하든, 님이란 그 시인에게 있어 감정의 가장 집중적인 표상이었다. 한 시인의 생명의 초점이, 열모(熱慕)의 대상이, 감정의 가장 고열적인 절정이 님으로써 표상되었던 것이다. 그러므로 이 경우에 있어서 중요한 것은 그 '님'이 애인이냐, 친구냐, 조국이냐, 민족이냐 하는 데 있는 것이 아니고, 한 시인이 그의 생명과 정열의 전부를 바칠 대상을 가지고 있었다는 점에 있다. 현대 시인들도 자기의 님을 가지고 있는가?[43]

『한용운 연구』를 펴낸 바 있는 박노준은 만해의 전 생애가 오직 '님'만을 믿고 '님'만을 의지하면서 비원을 품고 생활하여 왔다고 말하고, 만해의 '님'이란 '이성도, 민족도, 식물도, 동물도' 모두 포함할 수 있는 포괄

적인 개념으로서 생명의 근원이며, 영혼의 극치이며, 신념의 결정이라고
보았다.

(전략) 결국 만해에게 있어서 '님'이란 다름 아닌 생명의 근원이었
고, 영혼에의 극치였으며, 또는 삶을 위한 신념의 결정이었다.[44)]

한편 정태용(鄭泰榕)은 「한국현대시인연구」에서 『님의 침묵』에 나타
나는 '님'의 본질을 단순 명쾌하게 '빼앗긴 조국'으로 보았다.

그의 님은 불타도 이성도 아닌, 바로 빼앗긴 조국이었다. 조국을 도
로 모시고 싶은 지정일념(至情一念)은 그 마음 안에 기도의 제(祭)를
모셔놓고 갈구(渴求)의 심현(心絃)을 섬세한 가락의 축문(呪文)으로
읊었던 것이다.[45)]

'님'은 결국 화자의 간절한 그리움의 대상이면서 잃어버린 조국, 훼손
된 가치들, 그리고 '오욕(汚辱)의 삶을 초극하게 하는 종교적 진리'이기도
하다. 그런데 당시의 시단에는 '님'을 노래한 많은 시인들이 있었는데, 왜
만해의 '님'만이 가장 주목을 받고 인구에 회자되고 있는가? 여타 시인들
의 '님'과 만해의 '님'의 차이는 무엇인가? 여기에 대해서는 김흥규의 견
해가 주목할 만하다.

우리가 여기서 한 걸음 나아가 생각해보아야 할 보다 새롭고 중요한
물음은 님이 과연 어디에 있으며, 어떻게 다시 돌아올 수 있는가의 문
제이다. 자신이 살고 있는 시대와 그 안에서 훼손되어버린 삶을 노래한

이는 한용운만이 아니었다. 널리 알려진 바와 같이 김소월·이상화 또한 님을 잃은 삶의 막막함과 고통을 노래하였다. 그러나 그들의 시에서 님은 과거의 기억으로만 존재하거나 미래의 절망적 경험 안에서나 나와 합일할 수 있는 대상으로 나타난다. 한용운은 이와 달리 떠나간 님이 반드시 돌아오리라고 믿으며, 공허한 삶의 절망에 초점을 맞추기보다는 님을 향해 누를 수 없이 솟아오르는 사랑의 힘을 노래한다. (중략) 물론 님이 없는 시대의 여러 조건과 고통은 쉽사리 극복될 수 없는 것이기에 님이 돌아올 수 있으리라는 기대가 늘 확실하게 나타나지만은 않는다. 『님의 침묵』 곳곳에서 또한 우리는 님이 없는 삶의 괴로움과, 오지 않는 님에의 원망이나 비탄의 목소리를 발견하기도 한다. 그러나 이 사실에도 불구하고 『님의 침묵』 전체를 통해 한용운이 1920년대 초기의 여러 시인들과 달리 님이 반드시 돌아오리라는 믿음과, 이에 기초한 애정의 넉넉함을 보여준다는 사실을 부정할 수 없다.[46]

결론적으로 만해가 『님의 침묵』에서 그토록 부른 '님'의 정체는 만해 자신의 신념의 표상이면서 빼앗긴 조국·민족·중생·불타·애인·친구 등 상황에 따라 달라지는 다양성을 함유하고 있다. 그것은 전체를 포괄하는 님이면서 다시 그 전체는 하나의 개념 속에 포함되는 그러한 개념이다(一即多 多即一).

그러므로 단일 개념, 일회(一回)적인 개념이 아니라 원융의 개념이요, 무이상(無二相)의 개념이다. 일중다 다중일(一中多 多中一)의 회통(回通)의 도리이다. 화엄철학의 비로자나 법신사상이다. 그렇기 때문에 만해의 '님'은 어느 특정한 시간과 공간에만 절대적 모습으로 나타나는 단 일회적인 존재가 될 수 없다. 또 그것은 우주 자연 세계를 구성하는 부분들인 개별적 존재가 아니라 그 모두이다. 그것은 살아 있고, 생각하며, 모든 것을 살게 하는 삶의 원동력이다. 여기에 만해의 님의 특성이 있다.[47]

결국은 하나의 '생명적인 근원'으로 귀결된다고 볼 수 있는 만해의 '님'은 "비록 이 시인에게는 '님'이 떠나버려 부재하나, 그 '님'을 자신의 마음을 통해서라도 남게 하지 못하였다면 살 수 없었던 생명적인 대상일 뿐만 아니라, 그것이 바로 그의 시적 대상이 되고 있는 것이다."[48] '님'이 지니고 있는 그 유연하고 넓은 의미의 폭은 곧 만해의 사상이 지니고 있는 깊이와 넓이를 반증한다. 그러므로 침묵을 바탕으로 한 만해의 사자후는 생명가치가 올바르게 실현되지 못하는 시대에 '죽임의 세력을 살림의 세력으로 순치시키고 정화하려는 생명문학적 특징'[49]을 드러내면서 님의 참모습인 진리를 체현하려는 고독한 구도자의 투쟁과 우주의 실상, 세계의 참모습을 대중들에게 일깨우려는 만해의 보살정신의 방편이었다.

만해의 시조

만해 한용운은 36수의 시조를 남기고 있다. 만해는 시집 『님의 침묵』을 낸 뒤 간헐적으로 한두 편씩 시를 발표하긴 하였다. 하지만 그 내용이나 주제가 『님의 침묵』처럼 집중적이고 유기적이지는 못하다. 반면 1930년대에 만해는 적지 않은 시조들을 발표하였다. 만해는 왜 자유시의 창작을 지속하지 않고 시조에 관심을 갖게 되었을까? 물론 그것은 만해에게 시조가 어떤 강렬한 사명감에 불타오른 '주제문학'이 아니라 한시처럼 일종의 생득적인 '사문학'(私文學)이거나, 『님의 침묵』 같은 사명감이나 주제의식 없이 써온 일상적인 생활의 서정적인 표출이었기 때문에 옛 선비들이 그랬던 것처럼 가벼운 마음으로 썼던 것이 아닌가 싶다.

그리고 또한 이 문제에 관해서 고찰하기 앞서 우리는 먼저 당시의 문학사를 검토해볼 필요가 있다. 1920년대 후반의 우리 문단은 신경향파와 국민문학파의 대립으로 요약할 수 있다. 사회주의 문학이념을 기치로 내세우는 신경향파 문학에 대하여 국민문학파는 민족주의 이념을 내세우며 시조부흥운동과 민요시운동 등을 전개하였다.

육당 최남선의 "시조는 조선인의 손으로 인류의 운율계에 제출된 한 시형이다. 조선인의 풍토와 조선인의 성정(性情)이 음조를 빌려 그 와동(渦動)의 한 형상을 구현한 것이다. 음파(音波)의 위에 던진 조선아(朝鮮我)의 그림자"라는 당당한 선언과 함께 등장했던 시조부흥운동은 가람(嘉藍) 이병기(李秉岐), 위당(爲堂) 정인보, 노산(鷺山) 이은상(李殷相), 육당 최남선 등의 이론과 실천에 힘입어 전개되었다. 양자택일을 강요하던 당대의 문학 흐름 속에서 민족주의자 만해가 시조에 관심을 가진 것은 자연스러운 것으로 보인다. 시조라는 형식 자체가 원래부터 전통적인 형태로서 친근하게 접할 수 있었던 데다가 당시 문단의 시조부흥론의 분위기 등에 의해 의식적으로 한번 써볼 생각을 가졌을 법도 하다.

그가 남긴 시조의 내용은 대략 다음 몇 가지로 나누어진다. 시집의 연장선상에서 '님'을 향한 그리움을 노래한 것(9편), 인생무상의 서정을 노래한 것(9편), 만해의 대승적 불교사상을 피력한 것(3편), 남아로서의 야망과 포부를 밝힌 것(3편), 도가적 자유의 정신과 달관과 무이(無二)의 선경(禪境)을 표한 것(4편), 대중의 나약한 정신을 질타한 교훈적인 것과 현실에 대한 고뇌와 번민을 노래한 것(4편) 등 지식인으로서의 서정과 포부와 신념, 그리고 시인으로서의 서정을 노래한 것으로 나누어 볼 수 있다. 일정한 주제로 집중적으로 창작된 『님의 침묵』과 달리 만해의 시조들은 장르상의 특성에서 유래하는 일상적인 서정과 단편적인 생각들을 표현하고 있기 때문에 주제면에서 분산적일 수밖에 없다.

먼저 『님의 침묵』의 연장선상에 놓일 수 있는 내용들, 이를테면 님의 존재에 대한 찬미, 님에 대한 그리움, 존재의 역설적 진리, 지식인으로서의 고뇌와 번민 등 시집 『님의 침묵』과 동일한 정서나 사상을 표출하고 있는 시조 몇 편을 읽어보자.

물이 깊다 해도 재면 밑이 있고
뫼가 높다 해도 헤아리면 위가 있다
그보다 높고도 깊은 것은 님뿐인가 하노라
　•「무제(無題) 2」, 『한용운시전집』, 162쪽.

개구리 우는 소리 비 오신 줄 알았건만
님께서 오실 줄 알고 새 옷 입고 나갔더니
님보다 비 먼저 오시니 그를 슬퍼하노라
　•「무제 3」, 『한용운시전집』, 162쪽.

대실로 비단 짜고 솔잎으로 바늘 삼아
만고청청(萬古靑靑) 수를 놓아 옷을 지어두었다가
어집어 해가 차거든 우리 님께 드리리라
　•「우리 님」, 『한용운시전집』, 153쪽.

「무제 2」는 한없이 깊고 높은 존재인 님에 대한 찬미를, 「무제 3」은 오시지 않는 님에 대한 그리움을, 「우리 님」은 시들지 않는 님에 대한 그리움으로 정성스럽게 님이 오실 때를 맞이하겠다는 다짐을 각각 노래하고

1931년부터 만해가 인수하여 사장에 취임하고 많은 논설과 시를 발표한 『불교』지

있다. 시집 『님의 침묵』과 같은 맥락의 정서들이다.

　다음은 당시 불교계를 지도하던 대각으로서 당시의 소승적 불교 행태에 대한 준열한 비판을 가하고 있는 시조다. 만해는 당시 그가 주재하던 『불교』지의 권두언을 시조로 쓴 바 있다. 『조선불교유신론』을 펴내고 많은 불교 논설을 썼던 선각자적 한국 근대불교 지성 만해가 쓴 『불교』지의 권두언은 만해의 불교정신을 명백하게 드러내고 있다.

　　천하의 선지식(善知識)아 너의 가풍(家風) 고준(高峻)한다
　　바위 밑에 온(喝) 일온(一喝)과 구름 새의 통방(痛棒)이라
　　묻노라, 고해중생(苦海衆生)은 누가 제공(濟空)하리오
　　•「선우(禪友)에게」, 『한용운시전집』, 154쪽.

　　부처님 되랴거든 중생을 여의지 마라
　　극락을 가려거든 지옥을 피치 마라

성불과 왕생의 길은 중생과 지옥

• 「성불(成佛)과 왕생(往生)」

「선우에게」는 1931년 10월 조선불교중앙회의 선학원에서 나온 『선원』(禪院)지에 실린 작품으로, 저마다 높고 준열한 가풍을 내세우는 당시 한국불교의 한 특징이기도 한 산중불교가 현실과 동떨어진 고담준론(高談峻論)만을 일삼고 식민지 치하에서 고통받고 있는 중생들, 조선 민중을 외면하고 있는 불교계의 현실을 꾸짖고 있다. 「성불과 왕생」은 1928년 12월 『회광』(回光) 창간호에 실린 작품으로 역시 깨달음과 극락의 세계는 지옥과도 같은 고통의 현실을 떠나서는 있을 수 없다는 투철한 대승적 입장을 견지하고 있음을 보여준다. 이러한 사상은 만해의 전 생애를 통해서 일관되게 흐르는 사상적 거점으로서 석가모니에 의해 창시된 불교의 원래 가르침에 충실한 실천의 바탕이 되는 것이기도 하다. 물론 이러한 만해의 사상은 그가 오랫동안 수행정진을 통해서 체득한 것이어서 공허하지 않다.

다음의 시조 역시 생체험을 바탕으로 한 깨달음의 진실을 후배들에게 일러주고 있다.

봄동산 눈이 녹아 꽃뿌리를 적시도다
찬 바람에 못 견디던 어여쁜 꽃나무야
간 겨울 내리던 눈이 봄의 사도(使徒)이니라
• 「조춘」(早春) 3연, 『한용운시전집』, 156쪽.

1933년 3월 『불교』 제105호 권두언으로 실린 이 시조는 혹한의 겨울 동안거(冬安居)를 이겨내고 봄을 맞이하는 젊은 납자들에게 주는 선배로서의 위로와 함께 고행 끝에 득도가 옴을 계절의 변화에 빗대어 넌지시 일깨우고 있다. 어떠한 현실적 고통에도 굴하지 않는 만해의 불굴의 정신은 다음과 같이 교훈적 시조의 모습으로 나타나기도 한다.

가며는 못 갈소냐 물과 뫼가 많기로
건너고 또 넘으면 못 갈 리 없나니라
사람이 제 아니 가고 길이 멀다 하더라
 • 「무제」

간밤의 가는 비가 그다지도 무겁더냐
빗방울에 눌리운 채 눕고 못 이는 어린 풀아
아침 볕 가벼운 키스 네 받을 줄 왜 모르나
 • 「춘조」(春朝)

만해가 「무제」와 같이 시도해 보지도 않고 불평 불만만 일삼는 우매한 사람들이나, 「춘조」와 같이 현실의 작은 고난에도 위축되고 자포자기하는 나약한 민중을 질타하고 계몽하려 하는 것은 선각자적 지식인으로서의 현실참여와 사회교화의 의지를 반영한다. 이러한 자세는 민중에 대한 관심과 뜨거운 애정을 그 바탕에 깔고 있는 것이다.

만해 시조 중 다소 특이한 소재로 보일지는 모르나 당시 민중의 삶의 실상을 제시하고 있는 다음의 시조들은 그러한 보살적 자비심에서 기인한 것이다.

첫 새벽 굽은 길을 곧게 가는 저 마누라
공장 인심 어떻던고 후하던가 박하던가
말없이 손만 젓고 더욱 빨리 가더라
   • 「직업부인」(職業婦人), 『한용운시전집』, 155쪽.

맑은 물 흰 돌 위에 비단 빠는 저 아씨야
그대 치마 무명이요 그대 수건 삼베로다
묻노니 그 비단은 뉘를 위해 빠는가
   • 「표아」(漂娥), 『한용운시전집』, 155쪽.

「직업부인」은 궁핍한 시대를 바쁘게 사는 민중의 모습이 그려져 있다. 「표아」 역시 무명 치마를 입고 삼베 수건을 쓰고 비단을 빠는 아가씨의 모습을 통해서 계급의식을 보여주고 있다. 앞에서 만해의 문학관을 살펴보았지만, 민중의 삶의 실상을 직핍하게 그리려 했던 만해의 사실주의적 정신과 민중주의적 시각을 보여주는 예외적인 두 작품이다. 사실 만해는 넓은 의미의 민족주의자로 사회주의 사상에 대해서도 거부감을 갖지 않고 민족주의 진영과 함께 민족의 독립이라는 큰 테두리에서 함께 나아가려는 신간회의 지도자이기도 했으며, 구체적으로 조직화하지는 못했지만 불교사회주의를 추구한 바도 있다.

이와 같이 예외적인 경향을 보여주는 두 편의 시조가 있긴 하나 만해의 시조는 크게 불교적·교훈적 시조와 서정적 시조로 대별된다. 물론 민족지사로서의 만해의 애국정신과 호탕한 남성적 기개를 보여주는 다음과 같은 시조도 있긴 하다.

이순신(李舜臣) 사공 삼고 을지문덕(乙支文德) 마부 삼아

파사검(破邪劍) 높이 들고 남선 북마(南船北馬) 하여볼까

아마도 님 찾는 길은 그뿐인가 하노라

　•「무제 1」, 『한용운시전집』, 162쪽.

사나이 되었으니 무슨 일을 하여 볼까

밭을 팔아 책을 살까 책을 덮고 칼을 갈까

아마도 칼 차고 글 읽는 것이 대장부인가 하노라

　•「남아」(男兒), 『한용운시전집』, 151쪽.

　「무제 1」에서는 불의를 바로잡고 정법을 실현하여 참된 민족정기를 회복하려 했던 만해의 호탕한 기개와 애국심을, 「남아」에서는 남아로서의 자의식과 아울러 유교적 입신주의를 엿볼 수 있다.

　다음으로 고요한 달관과 선경(禪境) 및 존재의 역설을 보여주는 시조들을 읽어보자. 온갖 차별과 분별심이 사라진 절대평등의 경계를 말하고 있는 다음의 시조는 제목 자체가 이미 '선경'이다.

가마귀 검다 말고 해오라기 희다 마라

검은들 모자라며 희다고 남을소냐

일 없는 사람들은 올타글타 하더라

　•「선경」, 『한용운시전집』, 154쪽.

　까마귀나 해오라기나 선의 경계에서는 다 같이 평등한 존재이다. 가치판단이 내려지기 전의 생명은 모두 평등한 것이며, 모두 고귀한 존재들이

다. 그런데 사람들은 부질없이 분별심을 일으켜 차별하고 잔인한 학대를 일삼는다. 그러므로 절대평등한 마음의 경지에서는 오로지 모든 생명에 대한 자비심만이 생겨난다. 그러니 분별심을 내지 마라, 그것은 고통의 원인이 된다. 차별심과 분별심을 여읠 때 언제나 고요한 해탈의 경지가 있음을 이 시조는 노래한다.

> 따슨 볕 등에 지고 유마경 읽노라니
> 가벼웁게 나는 꽃이 글자를 가리운다
> 구태여 꽃 밑 글자를 읽어 무삼 하리오
> • 「춘화」(春畵) 중에서

불립문자(不立文字)의 세계다. 자연과 동화되어 무아(無我)에 몰입하는 한가로움이 느껴진다. 중생구제의 이념을 담고 있는 『유마힐소설경』을 번역하기도 했으며, '한국의 유마'라고 불린 적도 있는 만해가 『유마경』을 읽는 장면은 매우 인상적이다.

다음은 생의 아이러니와 역설을 통해 존재의 실상과 고통을 보여주는 시조들이다.

> 산(山) 집의 일 없는 사람 가을꽃을 어여삐 여겨
> 지는 햇빛 받으려고 울타리를 잘랐더니
> 서풍(西風)이 넘어와서 꽃가지를 꺾더라
> • 「추화」(秋花), 『한용운시전집』, 159쪽.

> 밤에 온 비바람이 얼마나 모질던고

많고 적은 꽃송이가 가엽게도 떨어졌다

어쩌다 비바람은 꽃필 때에 많은고

  •「무제 8」, 『한용운시전집』, 163쪽.

　모든 일이 마음먹은 대로, 뜻대로 되지 않는 것이 삶의 실상이다.「추화」에서처럼 지는 햇빛이나마 받으려고 울타리를 자르니 생각지도 않았던 서풍이 와서 꽃가지를 꺾어버리는 삶의 역설, 이러한 역설적 진리를 만해는 그의 시에 창조적으로 되살려 님이 부재하는 현실을 극복하는 지혜로 삼았다.「무제 8」역시 가장 기뻐야 할 꽃필 때 비바람의 모진 시련이 많은 역설적 진실을 말하고 있다.

　이러한 존재의 역설은 때로 현실 속에서 많은 고통을 준다. 한 시대의 지식인으로서 그의 이상과 너무도 거리가 먼 현실 속에서 고통받았던 만해의 번민이 잘 나타나 있는 시조들을 읽어보자.

비낀 볕 소 등 위에 피리 부는 저 아이야

너의 소 짐 없거든 나의 시름 실어주렴

싣기는 어렵잖아도 부릴 곳이 없어라

  •「실제」(失題), 『한용운시전집』, 163쪽.

산중에 해가 길고 시내 위에 꽃이 진다

풀밭에 홀로 누워 만고흥망(萬古興亡) 잊겠더니

어디서 두서너 소리 '벅국벅국' 하더라

  •「무제 4」

'심우' (尋牛)를 써 넣은 만해의 도자기(만해박물관 소장)

　「실제」에서 화자는 '피리 부는 저 아이'로 비유되어 있는 어떤 대상에게 '나의 시름'을 실어 달라고 부탁한다. 아마도 그 대상은 어떤 초월적 존재일 것이다. 그러나 그러한 초월적 존재에게 의탁한다고 해서 해결될 수 있다면 얼마나 좋겠는가. 식민지 치하의 민족이 불행에 처해 있던 현실 속에서 만해의 시름은 잠시도 그칠 줄을 몰랐다. 그러기에 '싣기는 어렵지 않'지만 그 뿌리 깊은 시름을 그만둘 수 없다는 것이다. 「무제 4」에서 화자는 저자를 떠나 자연 속에 파묻혀 세상사를 잊고자 하지만 역시 어딘가에서 '벅국벅국' 소리가 들려온다. 그 소리는 시인의 내면 깊은 곳에서 울려 나오는 소리일 것이다. 이 어려운 시대에 홀로 현실을 초월하여 일신의 평안을 구하는 소승적 삶을 심층의 자아가 허락하지 않는 것이다. 그러니 만해의 삶이 얼마나 고단하고 험난했을 것인가. 그러기에 그는 우리 민족사에 지울 수 없는 선각으로서 추앙을 받지 않을 수 없다. 그는 끊

236

임없이 내면의 자아와 투쟁하며 위대한 떠나간 님을 다시 찾는 그날까지 소 찾기를 계속하였다.

> 소 찾기가 몇 해던가 풀길이 어지럽구야
> 북악산(北岳山) 기슭 안고 해와 달로 감돈다네
> 이 마음 가시잖으매 정녕코 만나오리
> • 「심우장 3」, 『불교』 신16집(1938. 10.)

그는 끊임없이 '참된 자아'를 찾아 헤매었다. 어떻게 사는 것이 참된 자아를 실현하는 길인가. 총독부 건물이 보기 싫다며 북향집을 짓고 집의 이름까지 소를 찾는 집, 즉 '심우장'(尋牛莊)이라 짓고 북악산 기슭에서 만년을 보냈던 만해, 그는 '님'이 반드시 돌아올 것이라고 믿었으므로 한 순간도 흔들림 없이 지조를 지킬 수 있었다.

> 물이 흐르기로 두만강이 마를 것가
> 뫼가 솟앗기로 백두산이 무너지랴
> 그 사이 오가는 사람이야 일러 무엇 하리오
> • 「무제 5」

그의 지조와 신념은 두만강이 모두 말라도, 백두산이 무너져도 변함이 있을 수 없었다. 그는 이미 부질없이 오가는 존재의 허망함을 꿰뚫어보고 영겁토록 불변하는 진리를 투시한 선사였던 것이다.

만해 한용운에게 시조라는 장르는 단순히 시의 한 장르로서의 의미를 넘어선 것이었다. 『님의 침묵』과는 판이하게 다른 어조와 형식 속에 자연스럽게 솟아나는 일상의 서정과 신념 및 사상, 지식인으로서의 고뇌를 표출하는 시조 형식은 넓은 의미의 문장 개념으로서, 시집 『님의 침묵』의 경우처럼 위장된 화자가 아니라 있는 그대로의 만해의 성품과 기질을 보여주고 있다. 만해의 시조가 『님의 침묵』처럼 통합된 자아의 모습을 보여주는 것이 아니라 다소 분열된 자아상을 보여주고 있는 데 대해 김대행(金大幸)은 다음과 같이 지적하였다.

먼저, 지적 삶의 표출인 종교적 혹은 교훈적 시조는 긍정적 의미지향이다. 그 스스로가 불교적 안정감 위에서 문제를 해결하고 있고 승리를 얻어내고 있기 때문이다. (중략) 그러나 정서적 삶은 부정적일 수밖에 없다. 사실 모든 문학의 일차적 동기가 갈등에서 시작되고, 문학이란 그 갈등에 대한 심리적 보상행위라는 기본적 이해가 여기서 요구되기도 한다. 즉 한용운 그는 지적인 삶에서는 승리할 수도 있고 평화로울 수도 있지만, 정서적 삶에서는 모두가 그러하듯 갈등 그리고 좌절에 빠지고 마는 것이다. 이는 시의 경우도 마찬가지였을 것이다. 그러나 비교적 길이가 짧은 시조라는 형식에서는 그가 『님의 침묵』에서 제시하고 있는 것 같은 복합적 상상력의 전개——정서적 갈등과 불교적 보상의 복합이라는——가 어려웠을 것이고, 따라서 시조 형식에서는 그 갈등이 갈등과 좌절로써 단순하게 드러난 것은 아닐까. 그러므로 한용운의 정서적 시조에서는 우리는 시인으로서의 그가 느끼는 갈등이 부정적으로 제시됨을 보고, 불교적·교훈적 시조에서는 지식인으로서의 한용운이 평정과 위안을 얻는 모습을 보는 것이다. (중략) 우리는 한용운의 많지 않은 시조 작품이 그의 정서적 갈등과 좌절의 모습을 보여줌과 동시에 지식인으로서 혹은 종교적 의지와 선각자로서의 긍지로 정신적 주춧돌을 세워가고 있는 모습을 분명하게 보게 되는 것이다. 『님의 침묵』에서는 쉽사리 드러나지 않던 그의 내면의 두 세계가 많지 않은 그의 시조에는 첨예하게 드러나고 있는 것이다.[50]

이러한 견해는 『님의 침묵』에서처럼 총체적인 자아가 일관되게 드러나는 것이 아니라, 시조가 갖는 형식상의 한계로 인하여 갈등하는 자아가 있는 그대로 단편적으로 드러나는 데서 기인한다. 어쨌든 만해의 전 인격이 종합적으로 구현된 시집 『님의 침묵』을 낸 이후 만해는 간헐적으로 자유시를 한두 편씩 발표했을 뿐 시 창작은 상당히 약화되었으며, 상대적으로 시조의 발표는 늘어난다. 그리고 급기야 소설로 장르를 옮겨 자신의 사상을 표출하게 된다. 그간의 사정을 이명재는 다음과 같이 정리하고 있다.

그는 끝내 그의 필생의 사화집인 『님의 침묵』 이후로는 그 밀도 짙은 사상과 정감의 균형을 지탱하지 못하고 드디어는 역부족으로 산문시의 세계에서 일탈하여 오히려 시들하던 시조에 되돌아와 수편의 작품을 빚어서 발표하였다. 그러다가 그는 새삼 그 예술적 패배상태를 보전(補塡)이라도 하듯 새로이 종래의 시문학 분야에 대척되는 소설문학에 손을 대어 57세 이후 회갑에 이르는 만년을 힘겨운 창작생활에 전념하게 되는 것이다.[51]

만해의 소설

만해는 만년에 왜 소설에 손을 대었을까? 1930년대 후반은 대륙으로 진출하면서 동양을 제패하려는 일제의 야욕이 노골적으로 드러나면서 민족에 대한 탄압이 가중되던 시기였다. 사상에 대한 검열이 강화되고 문단활동도 현저히 위축되던 시기였다. 따라서 당시의 문학은 내면화의 길을 걷거나 현실에 대한 발언의 수위가 한풀 꺾여 풍자나 역사물과 같은 우회적인 방법을 취하게 된다. 이러한 시대에 만해는 시 장르만으로는 해소되지 않는 어떤 대사회적 발언의 필요성을 강렬하게 느꼈거나 아니면 어떤 외적 조건이나 상황에 의해 소설 집필로 나아간 것이 아닐까? 이런 의문들이 그가 시를 지속적으로 밀고 나가지 않고 방향을 선회한 사실을 앞에 두고 떠오르는 것들이다. 이에 대해 권영민(權寧珉)은 다음과 같이 말한다.

만해는 단순한 시인이 아니다. 그의 문학활동도 시라는 특정영역에 국한되지 않는다. 그의 수많은 저작물들은 글이라는 것과 그 글을 만드는 정신과 그 글의 가치를 구현하는 실천이 모두 한데 어우러져서 하나의 전체를 이루는 하나의 세계이다.[52]

실제로 만해 자신이 시인이나 소설가로 행세하는 것을 스스러워하며 문단권 외에 머물러왔듯이 만해에게 문학행위는 하나의 문필행위의 개념으로 보는 게 온당할 것 같다. 따라서 불교의 선승이면서 민족지사였던 만해에게 시나 소설 또는 수필과 논설 같은 것은 그의 사상과 그 실천에 있어서 하나의 방편으로 기능했던 것이다. 신문학 초창기의 지식인들이 대개 그러했듯이 만해의 문학행위도 결국은 민중계몽의 한 수단이었던 것이다. 시인 신석정도 만해의 소설 『흑풍』과 『박명』(薄命)에 대해 다음과 같이 말하였다.

두 편의 소설은 일생 동안 일제와 항쟁을 멈추지 않고 고고한 정신적 소산으로 조국의 운명을 걱정하고 애국충정(愛國衷情)에서 썼기 때문에 소설가로서의 소설을 썼다라기보다는 민족을 구원하자는 한 사람의 지도자로서 집필했다고 보아야 할 것이다.[53]

다분히 호사주의적(好事主義的)인 그의 행위를 지탄하는 일반의 질책과 여론이 있음을 알면서도 굳이 새삼스럽게 만해가 신문 연재를 위한 여러 편의 장편소설을 쓰게 된 동기는 무엇일까? 이에 대해서 이명재는 다음 세 가지를 지적한다. 첫 번째 독립사상 고취의 수단이다.

첫째는 일제하에 서식하고 있는 국민들의 우매함과 무기력한 생활에 대하여 독립사상을 고취하기 위한 민족주의적 계몽의식에서였을 것이라는 생각이다. 이것은 다분히 생래적인 그의 출분(出奔)과 혁신 지향의 영웅주의적 기질에 편승한 대승적 제도사상과 행동주의적 현실참여 정신이 은연중 국수주의적 투쟁방법으로 나서게 한 것이다. 그리고 이러한 민족주의 의식과 행동은 그가 41세 때 33인의 한 사람으로 기미 만세운동에 참가하던 환경과는 판이하게 일제 식민지로 굳어져가는 당시 사회에 유력한 전달매체로서 프로파간다 역(役)을 도맡아왔던 신문·잡지를 통하여 간접적인 항일운동에 가담한 형식을 취한 것이다. 이러한 현상은 본래 문학에 뜻을 두지 않았던 최남선이나 이광수가 문장보국(文章報國)의 수단으로 신문과 잡지를 이용하여 계몽문학을 펴왔던 경우와 흡사하다.[54]

식민지 지배가 장기화되면서 많은 국민들은 절망하거나 좌절하고, 무기력에 빠지거나 자포자기하는 일들이 많아졌다. 강인한 정신력을 지닌 민족지도자 만해가 이를 두고 볼 수만은 없었을 것이다. 어떻게 해서든지 무너져가던 민족정기를 되살리려는 만해의 잠재되어 있던 위기의식이 논설보다 더 효과적인 수단이었던 문학, 그 가운데서도 상징과 비유를 통해 전달되는 시보다는 이야기를 통해서 좀더 쉽게 전달될 수 있는 신문 연재소설을 통해서 이루어졌다는 사실은 주목할 만하다. 이러한 점은『흑풍』의 연재 예고에서 밝힌 바 있듯이, "오직 나로서 평소부터 여러분께 대하여 한번 알리었으면 하던 그것을 알리게 된 데 지나지 않습니다. (중략) 많은 결점과 단처를 모두 다 눌러보시고 글 속에 숨은 나의 마음까지를 읽어주신다면 그 이상의 다행이 없겠습니다"라는 대목에서도 확인할 수 있다. 그러니까 평소부터 대중에게 하고 싶었던 말이란 다름 아닌 민족정기의 회복이었으며, '글 속에 숨은 나의 마음' 역시 절망하지 말고 민족독립운동에 나아가자는 것이었다.

이러한 내적 동기와 아울러 장르 문제를 검토해보면 만해의 전 인격이 종합적으로 구현된 것으로 그의 정신사적 절정기를 구가한 시집『님의 침묵』이후 만해는 왜 시작을 지속하지 못했는가 하는 의문이 생긴다. 끊임없는 부정의 정신과 '지칠 줄 모르고 타오르는' 가슴을 지녔던 모험가 만해가 새로운 장르에 대한 도전을 감행한 것은 그가 시 창작에 한계를 느낀 때문이었을까? 아니면 원심적·역동적이고 확산 지향적인 만해의 생애가 시라는 장르 자체가 지닌 특수성, 이를테면 구심적 집중을 요하는 시작행위를 지탱하기 어렵게 하여 그의 시작 에너지를 분산시킨 것은 아닐까? 이러한 의문들은 이미 일반사회와 종교계의 저명인사이며, 폭넓은 불교운동과 사회운동을 전개했던 만해의 갑작스런 시작 감퇴현상에 기인한다. 이명재는 이 문제에 대하여 다음과 같이 지적하였다.

요컨대 그의 의욕적인 카타르시스가 시로써는 여의(如意)롭게 생성되지 않아 해결되지 않으므로, 산문적인 수필이나 소설 장르를 대신으로 택하여 활용했다고 생각해볼 수 있다. 그의 이러한 산문세계에의 추이는 분명히 직접적으로는 시작(詩作)이 여의롭지 못한데다 간접적으로는 자신의 오랜 향리와 산사에서의 은거생활과 만주 및 시베리아, 또는 일본 등지로의 여행, 그리고 독립활동과 투옥생활 내지 많은 저술을 거친 이후 마침 재혼으로 심우장 생활을 영위하는 동안에도 그의 가시지 않은 영웅주의와 민족주의가 혼용되어 다양한 의식의 행동반경을 시의 그릇에 담기에는 너무나 협소하여 필연적으로 보다 폭넓고 원활한 소설 장르를 취택한 결과라 짐작된다.[55]

민중계몽의 의도와 장르상의 한계 이외에 만해가 소설 집필에 손대게 된 또 하나의 계기 또는 동기는 주변 인사들의 권유에 의한 것이라는 설이다. 앞의 두 경우가 내적인 동기라면, 뒤의 경우는 외적 동기라 할 수 있다. 희대의 대문사이자 웅변가·민족운동가인 만해로 하여금 민족계몽에 임하게 하려는 당시 저널리즘 관계자들의 권유와, 재혼은 했으나 꼿꼿한 양심과 지조를 지키느라 생활고를 면치 못하는 만해의 생계에 대한 배려에 의해서라는 것이다. 이에 대해 박노준·인권환은 『한용운 연구』에서 무엇보다도 "그의 청빈한 생활에 미염(米鹽)의 자(資)를 도와드리기 위하여 연재소설을 부탁"[56]했으리라고 본다. 백철(白鐵)도, "그가 『흑풍』을 『조선일보』에 발표한 때는 이광수·홍명희(洪命憙) 등이 동사(同社)의 요직에 있을 때니만큼 그들과의 친교관계로 해서 살펴볼 만한 일"[57]이라고 추론하고 있다.

사실 이 시기에 만해와 같은 지명도가 아니었다면 대중적인 일간지에

지면을 얻기란 그렇게 쉽지 않았을 것이다. 물론 만해 자신의 뜻도 있었겠지만 이러한 내외적 상황에 의해서 그는 소설로 나아간 듯하다. 그러나 그의 연재소설 원고료는 가계(家計)에 보탬이 되었다기보다는 김동삼의 장례식에 쓰이거나 신채호의 비석 건립에 쓰이는 등 외부의 일에 쓰였고, 가계는 대개 유숙원(俞淑元) 여사가 삯바느질 등으로 근근이 꾸려갔던 것으로 보인다.

그러면 이제 만해가 소설에서 추구한 작품세계는 어떠한 것이었는지 살펴볼 차례다. 만해의 소설은 57세 때 『조선일보』에 연재한 『흑풍』(1935. 4. 9~1936. 2. 4), 58세 때 『조선중앙일보』에 연재 중 중단한 『후회』(1936. 6. 27~7. 31), 59세 때 『불교』지에 연재 중 중단한 『철혈미인』(鐵血美人, 1937. 3~4), 60세 때 『조선일보』에 연재한 『박명』(1938. 5. 18~1939. 3. 12) 등 연재장편 4편과, 46세 무렵 씌어졌으나 어떠한 이유로 발표하지 못하고 유고로 전해진 중편 『죽음』 1편을 합하여 모두 5편에 달한다. 이 5편의 창작소설 외에도 만해는 『삼국지』를 61세 때(1939. 11. 1~1940. 8. 11) 『조선일보』에 연재한 바 있다. 『후회』는 『조선중앙일보』의 폐간으로 중단되었다가 같은 내용을 2년 뒤에 『조선일보』에 연재한 것이니 엄밀히 따지면 그의 창작소설은 4편이라 해야 할 것이다.

여기서 특기할 만한 점은 만해가 『님의 침묵』을 쓰기 전에 이미 소설에 손댄 적이 있다는 사실이다. 유고로 전해진 중편 『죽음』이 바로 그것이다. 3·1운동으로 옥고를 치르고 나온 만해가 옥중에서 더욱 다져진 항일저항 정신을 새로운 문학양식을 통해서 피력해본 이 작품은 발표했다 하더라도 검열에 걸렸을 정도로 내용이 매우 과격하다. 이러한 습작 경험이 『흑풍』과 같은 소설 연재 청탁을 수락할 용기를 갖게 했을 것이다. 『죽음』의 발표 연대에 대해서는 최범술(崔凡述)이 감수한 『나라사랑』 제2집의 「해

만해의 소설 친필 원고

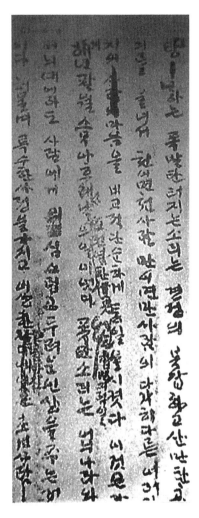

적이」에서도 1924년으로 언급하고 있고, 전집의 연보에서도 같은 해의 소
작으로 다루고 있으며, 박노준·인권환의 『한용운 연구』에서도 다음과 같
이 근거를 제시하고 있다.

그의 소설 문학에 있어서 가장 첫 작품이라 할 수 있는 미발표 유고
『죽음』이 아마 『님의 침묵』이 간행되기 직전이 아니면 그 직후쯤에서
집필되었다고 믿어지는 바 그 근거로는 거기에 나오는 종로경찰서의
모습을 묘사함에 있어서 유치장의 내부구조라든가 혹은 기외(其外)에
구석구석에 이르기까지 그처럼 여실하게 그려놓고 있음을 볼 때 이것
은 틀림없이 그가 3·1운동 당시(단기 4252년) 종로경찰서 내에 강금
(强禁)되었던 지난날의 체험을 더듬으면서 썼다고 볼 수밖에 없기 때
문이다.[58]

만해는 평소부터 민족대중에게 하고 싶었던 말을 쓰겠다는 목적의식
아래 집필을 시작했으니만치 남달리 뚜렷한 주제의식을 지니고 소설에
나아간 셈인데, 그렇다면 만해가 평소부터 대중에게 하고 싶었던 말은
무엇이었을까? 그것은 무엇보다도 먼저 항일 투쟁의식의 고취가 아닐
까 싶다. 그의 한평생 발자취가 그러하였듯이 『흑풍』과 같은 소설에서
그는 혁명의 절대성을 내세운다.

청조말(淸朝末)에 나라의 운세가 기울어 어수선하던 때 청조를 물리치
고 잃어버린 왕조를 되찾으려는 한족(漢族)의 풍운아 서왕한(徐王漢)을
주인공으로 한 이 작품에서 우리는 만해의 의도를 쉽게 간파할 수 있다.
항주(杭州)의 한 가난한 소작민의 아들 서왕한이 시대의 모순에 반발하
며 고향을 떠나 상해로 가서 취직을 시도한다. 그러나 어디에도 취직하
지 못하고 결국 강도가 되어, 자기 여동생을 첩으로 빼앗아간 지주에게
보복하고 못된 부자들을 골라 응징하며 의적행위를 하다가 결국은 경찰
에 체포된다. 경찰청장의 도움으로 풀려나와 그의 주선으로 미국 유희
을 하게 된 서왕한은 청국 유학생 집단의 혁명파에 가담하여 활동한다.

1935년 4월 9일부터 1936년 2월 4일까지 『조선일보』에 연재되었던 만해의 장편소설 『흑풍』

　서왕한이 귀국하면서 무대는 다시 청국으로 바뀐다. 혼란스런 청국의 정치적 현실과 함께 혁명세력에 대한 보수진영의 탄압이 강화되면서 서왕한은 옛 여인을 만나 사랑에 탐닉한다. 이 부분은 1930년대 한국의 사회·문화 현실에 대한 하나의 알레고리가 된다. 그러니까 혁명세력의 본거지가 보수파들에 의해 점거되고 대부분의 인사들이 검거되면서 서왕한도 지하로 잠적하게 되는 것은, 1930년대 후반 일제의 탄압이 강화되면서 문학이 내면화되고 현실에 대한 발언의 수위가 한풀 꺾여 소극적으로 바뀐 현상과 대응된다고 볼 수 있다. 물론 현실에 대한 관심을 주요 목표로 삼았던 조선 프롤레타리아 예술가동맹의 해체와 맹원들의 지하 잠적 또는 전향과도 관계될 수 있다.

　혁명파 동지들은 서왕한이 다시 나와서 혁명운동에 동참할 것을 호소하지만 이미 소승적인 일상적 인간으로 회귀한 서왕한은 쉽사리 가정의 행복에서 벗어나지 못한다. 이에 대해 만해는 주인공인 서왕한의 아내가 자살하며 남긴 유서를 통해서 민족대중에게 하고 싶은 말을 대신하고 있다.

> 당신은 우리 나라의 훌륭한 존재입니다. 그리하여 우리 나라는 당신 같은 인물을 요구하는 때입니다. 당신 같은 인물이 둘이요, 셋이요, 열이라도 적을 터인데, 나로서 보건대 다만 하나인 당신이 국가를 위하여 일하지 못하게 된다면, 그 얼마나 애석한 일이겠습니까? (중략) 나는 작은 여자이나 나라를 사랑하고 남편을 사랑하는 것이 어떠한 것이라는 것을 알고 있습니다. (중략) 구태여 사랑이 필요하다면 혁명을 애인으로 삼아주세요. 백년은 짧고 무궁은 길어요. 다하지 못한 사랑은 무궁에서 이어요. 보중(保重)하셔요.
> ─당신의 창순
> • 「흑풍」, 『한용운전집』 제5권(신구문화사, 1973), 306~307쪽.

호창순(胡昌順)의 말은 말할 것도 없이 당시 점차 위축되어가던 항일 저항세력의 나약함을 경계하고 독립투쟁 의지를 강화하라는 강렬한 암시를 담고 있다. 평범한 일상이 주는 행복에 빠져들고 싶은 것이 인지상정일 테지만, 만해 자신의 생애가 그러하였듯이 혁명이란 어느 정도 자기 행복의 희생을 요구하게 마련이다. 만해는 이 소설에서 구국혁명을 위해 목숨을 초개같이 버리는 강렬한 여인상을 통해서 나라를 구하는 길은 오직 혁명밖에 없다는 단호하고도 극단적인 결론을 독자들에게 던져주고 있다. 이 같은 절대적 혁명론은 그만큼 만해의 시대인식이 투철하고 절박했음을 반증한다.

『죽음』에서 다루는 내용도 독립투사들의 항일투쟁과 민족의식을 고양 역사와 현실에 대한 투철한 자각을 보여주는 호창순(『흑풍』의 여주인공)처럼 신여성들에게 주체적 자각을 통한 여성해방을 촉구하는 만해의 논설(『동아일보』 1927년 7월 3일자)

하려는 것들이라 할 수 있다. "인간 사회를 떠나 별세계라고 할 만큼 무섭고 잔학한 조선의 경찰서에 있어서 따뜻한 사랑이라고는 티끌만큼도 없어 보이는 경찰관들도……" 등의 표현에서 보듯이 당대의 현실을 직설적으로 그림으로써 일제의 비인간성을 폭로하고 있다. 이러한 직설적 메시지는 당시 중국에서 있었던 실화를 모티프로 한 『철혈미인』에서 좀 더 구체적으로 나타난다.

이 사람이 영국의 세력을 의지하면 저 사람은 미국의 세력을 의지하고, 갑이 러시아의 세력을 의지하면 을은 일본의 세력을 의지하고, 나라야 망하든지 흥하든지, 민족이야 죽든지 살든지 다 불고하고, 그렇고서야 나라가 안 망할 수가 있나. 그러니까 우리도 남의 말하듯 할 것이 아니야. 우리 부형의 하는 일이나 마찬가지가 아닌가. 그러니까 우리는 아무리 약한 여자라도 동지를 모아서 혁명을 일으켜야 한다. 그렇다고 부형에 간하여서 듣지 않으면 그때에는 부모를 배반하여도 좋은 것이다.

•『철혈미인』, 『한용운전집』제6권, 381쪽.

외세에 의존하여 부화뇌동하던 당대의 상황을 적나라하게 드러내는 위의 인용은 남자들 못지않게 적극적으로 민족독립운동과 사회개혁에 앞장서는 행동적인 여인상을 그리고 있어 인상적이다. 작중인물인 정순에 의해 표출되는 이러한 직설적인 표현 때문에 아마도 연재 도중 특별한 이유를 밝히지 않고 중단되었을 것이다. 1937년 한용운에 의해 속간된 『불교』지 제1·2집에 성북학인(城北學人)이란 익명으로 연재되던 이 작품이 불투명하게 중단된 것은 틀림없이 총독부 당국의 간섭이 있었기 때문으로 짐작된다.

이와 같이 만해는 순수문학이 주류를 이루던 당시의 문단에서, 소설들이 대부분 식민지 현실에 대한 발언을 직접적으로 드러내어 말하길 기피하는 가운데서도 과감하게 자신의 일관된 행동강령을 소설을 통해 피력했던 것이다. 다만 소설의 배경을 중국으로 택했던 것은 철저한 검열의 간섭을 피하기 위한 것으로 보인다. 그것은 이명재가 밝힌 바 있듯이 당시의 긱종 규제들, 이를테면 신문지법(1907), 보안법(1907), 신문지·잡지 취재규칙(1909), 신문지규칙(1908), 출판법(1909) 등과 같은 총독부

당국의 직·간접적인 간섭을 피하기 위한 것으로, 상징과 은유 등 고도의 표현기법을 통해서 성공한 시집 『님의 침묵』에서와 같이 '일제에 정면으로 대결하기보다도 간접적인 우회의 수법으로 당시의 현실을 풍자·비판'[59]하려 했던 고심의 결과로 볼 수 있다. 만해의 일관된 항일 저항의지는 이렇게 모든 장애물들을 현명하게 극복하면서 민족계몽에 나아갔던 것이다.

앞에서 언급한 바와 같이 만해의 문학행위의 심층적 바탕에는 중생을 제도하려는 보살사상·화엄사상과 같은 불교적 사유의 기반이 작용하고 있음을 알 수 있는데, 소설에서 이러한 점은 더욱 선명하게 드러난다. 이 것은 그가 시인·소설가이기 이전에 한 사람의 종교인이기 때문에 신성과 세속을 연결시키는 이러한 시도는 어떻게 보면 매우 당연한 것으로 볼 수 있다. 예컨대 『흑풍』에서 주인공 서왕한이 도미유학 길에 선상에서 해적을 만나 절대절명의 위기에 처했을 때, 언젠가 상해의 빈민굴에서 서왕한의 은혜를 입었던 두목이 나타나 은혜를 갚으며 하는 말에는 보살사상의 내용과 어휘가 매우 직설적으로 드러나 있다.

당신은 보살입니다. 이러한 경우에 내가 당신을 만나게 된 것은 보살의 자비를 부처님이 감동한 것입니다. 우리에게 인정이라는 것이 아주 말라붙어서 흔적도 없지마는, 이 세상의 보살인 당신을 구원하기 위하여(후략).
  • 『흑풍』, 『한용운전집』 제5권, 112쪽.

보살은 진리를 현상 속에서 드러내게 하는 불교의 이상적 인간상이다. 언제 어느 곳에서든지 그 상황에 맞게 화신(化身)하여 자비를 실천함으

소설 『박명』의 첫 회가 실린 『조선일보』 1938년 5월 1일자. 만해의 보살정신을 구체적으로 형상화한 이 소설은 그의 시 「나룻배와 행인」의 화자와 동궤에 놓인다.

로써 진리를 현현시키는 존재로서 사람은 누구나 보살이 될 수 있으며, 또한 부처가 될 수 있는 자질, 즉 씨앗이 내재된 존재라는 것이 불교의 인간관이다. 그러므로 누구든지 자신 안에 내재된 부처의 씨앗을 발견하고 키우면 부처나 보살이 될 수 있다는 긍정적 인간관을 바탕으로 한다.

만해의 소설 가운데 가장 완결성이 높은 것으로 평가되는 『박명』의 여주인공 순영도 영락없는 보살상의 화현이다. 강원도 산골에서 계모의 구박을 받으면서 자라나던 여주인공이 유혹에 빠져 색주(色酒)집, 결혼과 이혼, 재회와 아편쟁이 아내 노릇 등을 전전하며 갖은 고생을 견디어가다가, 심지어는 남편을 업고 다니며 구걸까지 해서 봉양하는 순영의 헌신적인 삶의 모습은 그대로 불교의 보살정신이라는 종교적인 주제의식의 반영으로 볼 수 있다. 그렇게 한번 입은 은혜를 끝까지 잊지 않고 보은하며 마지막에는 불타에 귀의하는 『박명』의 순영이나, 죽어가면서 마지막으로 정공선사(淨空禪師)를 청하여 불교에 귀의하는 『흑풍』의 콜란의 임종에서도 불교의식을 볼 수 있다.

만해의 소설은 다분히 감상적인 측면을 지니면서 또한 도덕적이며 교훈적인 태도를 취한다. 그의 소설은 '진실하면서도 강렬한 인간의 감정

또는 인간정신의 정수를 포착하는 것'이었으므로 그것은 '삶을 바라보는 서사적인 원리에 의한 것이라기보다는 시적인 자세에 가까운 것'[60]이었다고 할 수 있다. 권영민은 만해의 소설에서 드러나는 문제점으로 그의 대표적 작품인 『박명』을 예로 들어, '인물의 성격에서 볼 수 있는 도덕성과 윤리의식에 대한 지나친 강조, 개연성 없는 플롯, 소설 문장에 나타나는 수사적인 과장' 등을 지적하면서 다음과 같이 만해 소설의 성격을 규정한다.

> 만해의 소설들은 일반적인 의미에서의 소설의 구성원리나 이론적인 틀과는 거리가 멀다. 이것은 그의 작품들이 근대적인 소설 양식이 구현하는 어떤 규범에 미달한다는 것을 의미한다. 그리고 그의 소설적 실패를 말해주는 요건이 되기도 한다. 그러나 만해의 소설이 근대소설의 규범을 벗어나고 있다는 것은 만해 소설의 어떤 양식적 특성을 다시 논의해볼 수 있는 근거가 되기도 한다. 그의 소설들은 모두 한 인간의 삶의 전체적인 과정을 그려내고 있다는 점에서 장편소설의 서사적 성격을 유지한다. 그러나 장편소설에서 추구하는 삶의 전체적인 인식이라든지 삶의 방식과 그 과정을 그려내는 리얼리티의 원칙을 중시하지 않는다. 오히려 그의 소설들은 텍스트의 의미와 사건을 과장적으로 구조화하여 그가 의도하는 어떤 주제에 도달하고 있다. 이러한 특징은 그의 소설들이 일종의 도덕적 우화의 속성을 지니고 있음을 말해주는 것이다.[61]

도덕적 우화의 성격을 다분히 지니는 만해의 소설들은 '그렇게 되어야만 하는 당위의 현실을 위해 주제에 접근하고자 하며, 보다 아름다운 언어로 아름다운 생각을 드러내는 것이 중요하다고 생각'한다. 구성의 우연성과 사건의 비약, 리얼리티 결여를 동반하는 이러한 만해 소설의 구성원리를 권영민은 '멜로 드라마적 구성법'으로 파악한다. 만해의 소설을 '그 구성방법이나 기법의 수준이 신소설적인 것에 머물러 있다'고 평가하거나, '사회의식의 결여'로 지적하게 한 멜로 드라마적 구성이란 무엇인가.

멜로 드라마에는 특수한 어떤 서사 논리나 원칙 같은 것이 존재하지 않는다. 오히려 다양한 이야기의 형식 속에서 나타나는 미학적인 표현 양식이 중시된다. 그러므로 멜로 드라마는 강렬한 주정주의의 성향을 드러낸다. 이것은 서사의 기본원리와 어긋나는 것이지만, 인간 심성에 근거한 본질적인 주제를 형상화하기 위해 의도적으로 드러내는 현상이기도 하다. 멜로 드라마에서 가장 두드러진 특징은 성격과 행위의 극단성이다. 구성의 원리와 상관없는 행위의 극단적인 배치는 멜로 드라마적이라는 관형어의 대표적인 표시이다. 인물의 성격의 경우에도 도덕적인 양극화 현상에서 나타나는 선에 대한 악의 박해와 선에 대한 최후의 보상이 강조된다. 그러므로 개인의 성격의 내면이라든지 인간관계의 사회적인 양상이라든지 하는 문제가 개입될 여지가 별로 없다. 도덕적·정신적 절대성을 강조하는 것이기 때문에, 멜로 드라마에는 극단적인 수사학과 과장적 표현이 자주 등장하는 것이다.[62]

사실 이러한 멜로 드라마적 구성법은 만해의 대표적인 두 소설『흑풍』과 『박명』에 그대로 적용된다. 이러한 방법론을 통해 만해가 구현하고자한 것은 참된 인간성의 제시였던 것 같다. 진실이 훼손된 시대에 참된 인간성을 구현해가는 인간상을 제시함으로써 대중의 의식을 각성시키려한 만해의 의도는 진리를 현상화하려는 보살정신의 실천으로 볼 수 있다. 성직자란 기본적으로 진리를 현상화하는 존재라 할 수 있기 때문이다. 현상을 초월하여 항구불변하는 신성한 진리의 본체를 이미 체험한 바 있는 만해였기에 그 깨달은 바를 어두운 현세 안에서 현현시키고자 애쓰는 것이고, 이러한 만해의 노력은 '신성성이 부재하는 상황에서 정신적인 것의 의미를 극화하려는 기획'[63]으로 볼 수 있다. 어떻게 사는 것이 참된 인간성을 구현하는 길인가, 시대와 역사 속에서 어떻게 행동하는 것이 올바른 길인가를 늘 고민해왔던 만해였기에 소설이라는 형식을 빌려서 그러한 의도를 실천해본 것이다. 그러하기에 만해 소설의 인물들은 어떤 절대적 가치를 구현하기 위해서 모든 어려움을 이겨나간다.

시집 『님의 침묵』에서 여성 화자를 설정하여 님이 침묵하는 시대의 기다림과 믿음을 효과적으로 표출했듯이 여성을 주인공으로 내세우는 것이 만해 소설의 특징이다. 『박명』의 순영이나 『후회』의 경순은 자기가 처한 상황을 비판적으로 인식하지 못한 채 수동적으로 그러한 운명에 순응하여 살아가는 전근대적 여인상으로 나타나지만, 이러한 인물들은 도덕적 진정성과 순수성을 지니고 자신의 어려운 처지를 이겨냄으로써 허위와 비겁과 나태로 점철되는 나약한 남성 인물들에 대해 정신적으로 우월한 위치에 놓이게 한다.

한편 『흑풍』의 콜란이나 순옥, 봉숙을 비롯해서 『철혈미인』의 시곡란 등은 남성보다 더 단호하고 과감한 태도와 행위를 보여주는 강인한 여성 인물들이다. 이러한 인물 설정 속에 숨은 만해의 의도는 아마도 일제의 탄압에 주눅이 들어 자포자기하거나 나약해지고 있는 당시의 청년 남성들을 자극하고 그들의 혁명의지를 강화시키려는 데에 있는 것이 아니었을까. 연약한 여성들도 이와 같은데 하물며 사내 대장부가 가만히 앉아 있기만 할 것인가. 그것은 아마 만해가 은연중에 풀이 죽고 현실 도피적이 되어가는 당시 청년들에게 항일투쟁을 간접적으로 암시·격려하는 의도가 아니었을까 생각된다. 이와 같이 시대의 현실에 맞서 어떻게 대응하는 것이 참된 민족주체의 길인가를 제시한 점에서 만해의 소설은 새로운 관점에서 규정될 필요가 있다. 바로 이러한 시대와 현실인식, 그리고 종교적 인식에 바탕을 둔 인간 본질에 대한 이해가 있었기에 만해의 문학적 실천이 가능했던 것이다.

비록 구성의 우연성과 사건의 비약, 리얼리티 결여와 같은 만해 소설의 약점에도 『흑풍』에서처럼 민족을 구원하기 위해서는 모든 것의 희생을 전제해야 한다는 단호한 혁명관은 『박명』의 경우에서도 마찬가지다. 즉 독자들에게 참된 사랑이란, 또는 그것을 통한 참된 인간의 구현이란 철저한 자기희생을 통해서만 가능하다는 메시지를 독자 대중에게 던짐으로써 민족대중에게 하고 싶었던 그의 말을 다하고 있는 것이다.

그렇기 때문에 이명재의 지적처럼, 만해의 소설에 대해서도 시에 못지않게 새로운 관심과 조명이 필요한 시점이다. 비록 대중성을 버리지 못했으며, 소설상의 미숙함에도 가치 중립적인 시각에서 좀더 종합적으로 접근해야 할 필요성이 있다. 그런 점에서 다음과 같은 언급은 새겨들을 만하다.

이미 희대의 시집을 내서 유명해진 시인이라거나 33인의 대표적인 혁명투사, 그리고 선승이라는 사실의 후광들로 해서 과대 평가됨도 경계할 일이지만, 반대로 이렇게 시인으로 일가를 이룬 그가 또 소설까지 다루었다는 값싼 선입견으로 하여 속단하는 태도는 그를 정당하게 평가하려는 작업에서는 배제되어야 한다. 만해는 궁핍을 극한 식민지의 어두운 전시대를 통하여 살아왔을 뿐더러, 전인적일 만치 폭이 넓은 인물이므로 그의 문학세계, 특히 시 문학 등을 이해하는 데에 있어서도 소설과의 종횡적(縱橫的)인 연관성을 고구(考究)함이 필요하다.[64]

그의 시집 『님의 침묵』은 오랜 훈습 끝에 이루어진 찬란한 열매의 하나로 볼 수 있는 반면, 그의 소설은 어쩌면 습작 도정에 있는 과도적 작품이었는지도 모른다. 의욕과 야심은 있었으되 훈습과 세련은 덜 이루어진 상태에서 나온 것이었기에 더러 설익은 요소들이 분출되고는 있으나 그 나름대로 원대한 스케일과 섬세한 감정 묘사, 그리고 추리극적인 박진력은 강렬한 인상을 준다. 이것은 비교적 선명한 주제의식과 함께 대중적 흥미 요소와 감동을 구비하여 민족계도의 숭고한 이념에서 출발한 그의 소설이 그 나름대로 목적을 달성하고 있는 셈이다. 또한 그는 『박명』, 『후회』 등에서 상당한 정도의 디테일 묘사 능력도 보이고 있다. 그러므로 우리는 그가 『님의 침묵』을 펴낸 시인으로서뿐만 아니라 『박명』과 같은 소설도 써낸 작가로서 객관적인 평가를 해야 한다. 특히 이명재도 지적한 것처럼 그의 시집과 소설 사이에는 상당한 정도로 연관성이 있기 때문에[65] 우리는 만해의 문학을 평가함에 있어 백낙청의 규정처럼 최대의 시민시인[66]인 동시에 모범적인 시민작가로서의 만해에 대한 종합적인 시각이 필요하다. 그러나 만해가 다음과 같이 말했다고 해서 그를 사실주의 계열의 작가로 규정하는 것은 다소 무리가 있다고 생각된다. 오히려 계몽주의 작가로 바라보는 것이 더 온당하지 않을까 싶다.

엄밀히 관찰한다면 어떠한 작품을 막론하고 그 한 개의 작품 속에는 낭만·사실·자연 등 별별 주의가 조금씩은 거의 포함되어 있다고 말할 수 있다. 그러나 대체로 어느 작가는 어떤 주의의 영향을 다분히 가지고 있다고는 말할 수 있을 것이다. 이런 의미로라면 나는 사실주의에 속한다고 할 수 있는 것이다.

• 「장편작가회의(초)」, 『만해시론』, 49쪽.

만해 소설의 약점이 두드러지게 드러나는 곳은 문체적 측면에서다. 김우창(金禹昌)이 지적한 바 있듯이 달변과 역설, 대구와 직유 등 지나치게 수사화된 그의 소설 문체는 오히려 사건의 구체성을 은폐한다. 시와 소설에서 모두 발견되는 이러한 문체적 특성은 '공허한 화려에 떨어지는 듯하면서도 깊은 사상과 강력한 감정을 전달'할 수 있는 시에서는 장점이 되겠지만, 소설에서는 오히려 단점이 되고 있다.

이런 문장은 사물의 구체성보다 구변(口辯)의 힘에 의지하는 판소리나 고대소설에서는 별 흠집이 안 되는 것이겠으나 구전의 전통이 없어진 시대의 소설의 문장으로서는 설득력 있는 것이라 할 수 없는 것이다.[67]

소설과 시가 양면적 일체성을 보이는 이러한 문체의 특성이 시집 『님의 침묵』의 설득력의 원천이 됨은 익히 아는 바이지만, '수양버들 같은 약한 허리, 베이비 같은 보드라운 손으로 아무리 반항한다 하여도 강철 같은 굳센 팔뚝으로 산돼지같이 날뛰는 그들의 힘'이라든가 '포도 같은 눈에서는 수정 같은 눈물이 방울방울', 또는 '꽃봉오리같이 어리고 약한 영옥은 가시덤불 같은 경찰서 유치장에서 폭풍우 같은 경관의 심문을 받

으며' 같은 직유의 남발은 사건의 구체성을 은폐시키며, 공허한 수사의
잔치 속으로 독자들을 빠져들게 하여 전달력을 감소시키고 있다. 또한 만
해의 소설은 '그 근본적인 사고에 있어서 도덕주의적인 테두리를 벗어나
지 못함으로써 인간의 윤리적인 해방에 기여할 수 있는 소설을 쓰는 데
실패하였고, 또 완전한 의미에 있어서의 근대정신의 출발점이 되지 못하
였다.'[68] 이러한 약점에도 우리가 만해 소설에 관심을 가져야 하는 이유
는 무엇인가.

　만해의 소설은 전인적인 이상을 추구하며 역경의 식민지시대를 극복
해온 만해가 만년에 총력을 경주한 결과물로서 시 못지 않은 비중을 차지
한다고 볼 수 있으며, 그에 부합되는 질과 양을 구비하고 있다. 따라서 이
명재의 지적처럼 만해의 소설은 '그의 모든 사회활동과 불교사상 및 문
예관·인생관 등이 응결하여 구상화된 대상'[69]으로 그의 시와 동등한 차
원에서 다루어져야 할 당위성이 있으므로 종합적인 시각을 가지고 그의
총체적인 문필행위를 평가해야 하는 것이다.

전인적 인간 만해

만해, 그는 견성오도(見性悟道)한 관자재보살이었다. 인간과 세계의 본
질을 직관하고 진리의 본체를 보았기에 그는 삶의 현장 곳곳에서 투철한
역사의식을 가지고 그 깨달은 바 진리를 체현할 수 있었다. 그러므로 그
는 진리의 불덩이이면서 정의의 화신이었다. 이미 범부의 한계를 넘어선
인간이었기에 그를 만나면 우매한 인간들은 그 뜨거움에 화들짝 미몽(迷
夢)에서 깨어나곤 하였다. 만해의 수많은 일화들을 보면 우리는 이러한
사실들을 확인할 수 있다.

만해는 또한 명쾌한 논리와 예리한 비판적 안목을 갖춘 지성과 전통
에 기반한 풍요로운 정서와 수양과 체험에서 오는 확고하고 투철한 의
지를 겸비한 전인적 인간이었으며, 참으로 용기 있는 사람이었다. 그는
너무도 당당하게 정의로운 한 인간의 길을 걸어갔다. 청년 시절 가평천
에서의 경험이나 만주에서의 피격사건에서 보여주듯이 그는 불교정신
을 바탕으로 한 초인적인 정신력과 지혜를 동시에 갖춘 인물이었으며,
매우 단호하여 한치의 흐트러짐도 없었던 지조의 인간이었다. 만해, 그
는 우리 근세사에서 가장 뚜렷한 영웅이자 의인·걸사였다. 여기서는
만해와 관련한 여러 일화에서 나타나는 그의 인간적인 면모를 살펴보고

자 한다.[1]

청렴한 지조의 인간 만해

만해는 매우 강직하고도 일관성 있게 일제를 훈계하고 배척하는 생애를 살아갔다. 보편적인 인간의 윤리와 인류역사의 흐름을 꿰뚫어볼 줄 알았기에 그는 일제의 잘못을 준엄하게 꾸짖었으며, 처음부터 끝까지 일관되게 그들의 회유와 강압에 굴하지 않는 지조와 절의의 자세를 보임으로써 민족의 자존과 정기를 지켜내는 자랑스러운 삶을 이룩할 수 있었다. 만해는 3·1운동의 주동자로 체포되어 법정에서 심리를 마치고 행한 최후 진술에서 이렇게 말하였다.

> 우리들의 행동은 너희들의 치안유지법(治安維持法)에 비추어 보면 하나의 죄가 성립될는지도 모른다. 그러나 우리는, 우리의 조국과 민족을 위하여 마땅히 해야 할 일을 한 것뿐이다. 무릇 정치란 것은 덕(德)을 닦는 데 있는 것이지 결코 힘(險)한 데 있는 것이 아니다. (중략) 이처럼 너희들이 강병(强兵)과 힘을 자랑하고 있지만 수덕(修德)을 정치의 요체로 삼지 않을 경우에는 국제 사회의 고립을 면치 못할 것이고, 마침내는 패망의 길이 멀지 않다는 것을 예언하여 둔다.[1]

너무나도 명쾌한 만해의 진술은 풍부한 그의 식견에서 말미암는다. 여러 일화에서 드러나지만 그의 법력은 상대방을 압도하는 바가 있어 일본인 검사나 취조관들도 얼굴을 붉히게 만드는 달변의 힘을 지니고 있었다. 그는 대중적인 신뢰와 영향력을 지닌 주요 인물이었기에 일제의 끊임없는

262

회유와 압력이 있었지만 단호하게 이를 물리치고 민족의 자존을 지켜주었다. 역사의 흐름을 내다보지 못하고 폭압적 현실에 절망하여 창씨개명을 하고, 학병 권유 등 친일변절행위를 일삼았던 주변 인사들을 추상같이 호령했던 일화는 수없이 많다. 김관호의 「심우장 견문기」의 한 대목을 보면 만해가 처했던 당시의 상황이 눈앞에 보듯 자명하게 드러난다.

일본이 여러 해를 계속하여 중국을 침략하는데 물력(物力)과 인력(人力)이 부족하여 소위 학병 지원(學兵志願)이라는 폭거를 감행하고 자진(自進)을 강요하니 상급학생들은 공포에 빠졌는데, 그때 연희전문·보성전문 같은 큰 학교는 일대 수난기에 처하였다.

그뿐 아니라 학교장을 위시하여 신문사 사장, 독립사상가 등의 일류 저명인사들을 선동하여 학병 강연을 강요하는 폭풍이 있었다. 그 시책에 학생과 연사의 출동을 권유하는 일을 총지도하는 이토 치고우(伊東致昊: 윤치호), 카야마 미츠로(香山光郎: 이광수), 마쓰무라 히로이치(松村紘一: 주요한) 등의 적극 친일 분자들이 난동하였는데, 그때 그 강연은 천황에 충성하여 전사하라는 뜻이었다.

내가 듣고 본 사실로 백관수(白寬洙) 씨는 고창에, 송진우 씨는 담양에, 홍명희 씨는 괴산에, 정인보 씨는 익산에 각각 피신하여 모면하고 안재홍(安在鴻) 씨는 평택에서 『매일신보』 기자가 가서 강제 사진을 찍어서 연설내용 같은 담화를 거짓 발표하였고, 그외의 다수 명사는 모조리 나갔었다. 이 대란 중에 한 선생은 자택에서 처음에는 이광수가 찾아온 것을 문전에서 호령하여 입문을 거절하였고, 다음은 경찰서에서 나오고, 다음은 경찰부에서 와서 선생에게 강연 일시와 장소를 통지하고 갔고, 다음에는 『매일신보』 기자가 와서 간청하는 것을 거절하니 기자가 돌아서면서 "그러면 사진만 찍어다가 담화만으로 발표하겠습니다" 하니 선생이 대로하여 사진기를 빼앗아 던졌다.

그후 총독부에서 김대우(金大羽)라는 고등관이 심우장을 방래(訪來)하였다. 선생과 인사 후에 시국에 관한 여러 가지 이야기를 하면서 잠깐만 나오셔서 간단한 말씀을 간청하나 선생은 못 한다고 말하니 김의 말이 "다른 명사들은 2, 3차씩 했으나 선생은 1차에 그치기로 하겠습니다. 선생 한 분만이 남았는데 본부의 지엄한 지시(총독명령?)이므로 사실 난처합니다"라고 간곡하게 말했으나 선생은 끝끝내 거절하니 김의 말이, "선생을 위하여 최종 말씀입니다. 만일 선생 신변에 위험이 올까 염려됩니다"(이 말은 위협으로만 여길 것이 아니라 진정으로 위한 것이기도 하다).

선생이 대로하여 "이놈아 말 들어라. 사람이 세상에 났으면 사람 노릇 해야 한다. 사람의 도는 정의와 양심이다. 정의를 생명보다 중하게 여기는 법이다. 너희 같은 놈들은 신상 위험은 고사하고 조금만 이(利)하면 양심에 부끄럼도 모르고 짐승의 짓도 하지마는 나는 정의가 생명이라 위험을 겁내지 않고 못할 짓은 죽어도 못한다. 너도 조선 놈으로 한껏 양심은 있을 것이다. 다시 말하지 말고 어서 가서 네 아비 총독 놈에게 너를 욕했다고 잡아다가 죽이자고 하여라" 이렇게 엄숙히 대하고 태연 자약하니, 김은 묵연(默然)히 돌아갔고 다시 아무 일이 없었다.

그후 풍문에 의하면 김이 복명(復命)하기를 한용운을 대해 본즉 노약 지병자(老弱持病者)이므로 출입도 못하고 있으니 대상에서 제외하자고 했다고 하니, 당시 일본 고관인 김씨는 선생의 법담(法談)에 감복했는지 아량이 있는 사람이라고 하고 총독의 명으로 소위 창씨령을 제정하고도 자신은 창씨를 안 했다고 한다.[2]

만해기념관에 소장되어 있는 세 점의 만해상. 혁명가이자 선승이었고 시인이었던 만해 한용운은 한국 근세사에서 유례를 찾아보기 드문 전인적 풍모를 지닌 인간이었다.

위의 인용한 글은 만해의 삶의 자세를 그대로 보여준다. 올바른 사람 노릇을 지향하며 정의와 양심을 목숨처럼 지켜가는 태도, 어쩌면 이것은 시대와 사람을 초월하여 보편적인 삶의 윤리인지도 모른다. 이러한 추상 같은 호령에 아마도 김씨는 큰 감화를 받았던 듯하다. 만해의 법력은 이와 같았다.

만해의 삶은 청렴과 강직, 철저한 배일(排日)로 점철된다. 따라서 그의 현실적 삶은 고달픈 인고의 세월이 될 수밖에 없었다. 일제 치하에서 만해는 호적 없는 생애를 살았다. "나는 조선 사람이다. 왜놈이 통치하는 호적에 내 이름을 올릴 수 없다"라고 하며, 시집 『님의 침묵』에도 '나는 민적이 없어요'라는 시구가 있듯이 평생을 호적 없이 지냈다. 그래서 만해가 받는 곤란은 한 두 가지가 아니었다 한다. 신변 보호를 받을 수 없었던 것은 물론 모든 배급제도(쌀·고무신 등)에서도 제외되었다. 그보다도 큰 문제는 만해가 귀여워하던 외딸 영숙이가 학교를 다닐 수 없었던 점이었다. 아버지가 호적이 없으니 자식 또한 호적이 없는 것은 당연한

일이었다. 만해는 열반에 드는 날까지,

"일본 놈의 백성이 되기는 죽어도 싫다. 왜놈의 학교에도 절대 보내지 않겠다."

하고는 집에서 손수 어린 딸에게 공부를 가르쳤다고 한다.

줄곧 빈한한 생활을 해오던 만해는 만년에 이르러 비로소 성북동 막바지에 집 한 칸을 갖게 되었다. 젊은 시절 만주에서 피격당한 후유증이 도져 만해가 서울 병원에 입원했을 때 간호사였던 유씨 부인(유숙원 여사)이 선생을 모시겠다고 자청하여 성북동에 새 살림을 차렸으나, 단칸방 살림을 보다 못한 주위 사람들이 대지를 마련해주어 짓게 된 것이었다. 마음놓고 기거할 집 한 칸 없는 만해의 생활을 보다 못해 방응모(方應謨), 박광(朴洸), 홍순필(洪淳泌), 김병호(金柄濩), 벽산(碧山) 스님, 윤상태(尹相泰) 등을 비롯한 몇몇 유지들이 마련해준 집이었다.

그런데 이 집을 지을 때 여름에는 시원하고 겨울에는 볕이 잘 드는 남향으로 집터를 잡자고 했으나 만해는,

"그건 안 되지. 남향하면 바로 돌집(조선총독부)을 바라보는 게 될 터이니 차라리 좀 볕이 덜 들고 여름에 덥더라도 북향하는 게 낫겠어."

하며 동북향 집을 짓게 하였다. 보기 싫은 총독부 청사를 자나깨나 향하고 살아간다는 것이 만해에게는 여간 불쾌한 일이 아니기 때문이었다. 이리하여 동북향으로 주춧돌을 놓고 집을 세웠는데, 이 집이 바로 만해가 열반에 드는 날까지 살았던 심우장이었다.

선생이 손수 지은 택호(宅號) '심우장'은 '소를 찾는다'는 뜻으로, 소는 마음에 비한 것이므로 무상대도(無上大道)를 깨치기 위해 공부하는 집이란 뜻이다. 만해는 죽는 날까지 이 집에서 사상을 심화시키고 선을 깨치기 위하여 몸과 마음을 함께 닦았던 것이다.[3]

만해가 만년을 보낸 심우장

　만해의 투철한 배일 정신은 일본어 사용을 철저히 배제하였다. 일본어 사용은 얼빠진 행동으로 보았으므로 무분별하게 일본어가 튀어나오는 현장에서는 어김없이 불 같은 호통을 치곤 했었다. 또 친일인사들에 대해서는 단호하게 절교하거나 외면하는 자세를 견지하였다. 만해가 신간회 경성 지회장으로 있을 때 공문을 전국에 돌려야 할 일이 있었다. 그런데 인쇄해온 봉투 뒷면에 일본 연호인 소화(昭和) 몇 날이란 글자가 찍혀 있었다. 이것을 본 만해는 아무 말 없이 1천여 장이나 되는 그 봉투를 아궁이 속에 처넣어 태워버렸다. 옆에서 이 광경을 보고 있던 사람에게, 만해는 가슴이 후련한 듯,

　"소화(昭和)를 소화(燒火)해버리니 시원하군!"

하는 한마디를 던지고는 훌훌 사무실을 떠나버렸다.[4]

　어느 날 재동(齋洞)에 있는 이백강(李白岡) 선생 댁에서 조촐한 술좌석이 벌어졌다. 이 자리에는 적음(寂音) 스님을 비롯하여 몇몇 가까운 분이

동석하고 있었다. 술이 몇 차례 도니 만해도 모처럼 유쾌한 기분이 되었다. 그런데 잔이 거듭 오고 가던 중 적음 스님이,

"여러분, 감빠이(乾盃)합시다."

하고 말하였다. 만해는 노발하여,

"적음, 그 말이 무슨 말인가? 무엇을 하자고? 어디 한번 더 해봐!"

하고 언성을 높였다. 적음 스님은 무색해하였다.[5]

심지어는 따귀까지 친 일이 있었다. 어느 날 친구 홍재호(洪在嗥)와 더불어 한가히 잡담을 나누던 중, 그가 무심코 일본말을 한마디 하였다. 만해는 하던 얘기를 중단하고,

"나는 그런 말은 무슨 말인지 모르오."

하고 말하였다. 홍옹은

"선생, 내가 그만 실수를 했구려. 그러나 때가 때인 만큼 안 쓸 수도 없지 않습니까?"

하고 변명하였다. 그러자 선생은 그의 뺨을 한 대 철썩 때리고는 쫓아버렸다.[6]

만해에게는 일본어는 글자가 아니었다. 만해는 외딸 영숙에게 일찍부터 한문을 가르쳤다. 영숙이 역시 아버지를 닮아 머리가 뛰어났다. 5세 때 이미 『소학』을 읽었던 것이다. 하루는 영숙이가 신문에 간간이 섞인 일본 글자를 보고,

"아버지 이건 무엇이어요?"

하고 물었다.

"음, 그건 몰라도 되는 거야. 그건 글자가 아니야."

비록 어린 딸인 영숙에게 한 말이었지만, 이 한마디 말에서도 일생을 독립운동에 바친 만해의 단면을 엿볼 수 있다.[7]

일제 말에 창씨개명의 소란이 벌어졌을 때, 어느 날 '전 조선인 중 8, 9할이 창씨, 경북 안동군이 가장 모범!'이라는 기사가 『매일신보』에 실렸다. 안동군이 가장 일본인 되기에 급급했다는 이 기사를 본 만해는,

"안동은 유림의 양반들이 사는 고장인데 이럴 수가 있을까? 어떻게 학문을 닦았기에 그럴까. 유학이 결코 의지 박약한 것이 아닌데 글을 옳게 배우지 못한 까닭으로 그런 꼴이 되었으니 그만 못한 우민이야 말해서 뭣할까? 위무불능굴(威武不能屈)이란 『맹자』의 구절을 알련마는 모르는 것과 일반이니 참으로 한심하다."

하고 탄식하였다. 선비정신을 지녔던 만해였으므로 이들 유림의 행태는 너무나 실망스러웠을 것이다.[8]

1943년 선생이 입적하던 바로 전해였다. 일본 천황의 생일을 축하하는 천장절(天長節)인 4월 29일에 동회 서기가 심우장을 찾아왔다.

"선생님, 저, 오늘 신궁에 좀 나가셔야겠습니다."

"난 못 가겠소."

"어째서 못 가십니까?"

"좌우간 못 가겠소."

"좌우간 못 가신다니 그런 법이 어디 있습니까?"

"그런 법이라니, 그럼 왜놈은 법이 있어 남의 나라 먹었느냐!"

동회 서기는 찔끔하였다.

"그럼 기라도 다시지요."

"그것도 못 하겠소. 왜놈 기는 우리 집에 있지도 않고……."

동회 서기는 하는 수 없이 물러갔다.[9]

만해는 강직한 성격 때문에 생활이 몹시 가난하였다. 일제는 이런 사실을 좋은 기회로 여겨 만해에게 유혹의 손길을 내밀고 있었다. 어느 날 한 청년이 목침덩이만한 보따리를 들고 만해를 찾아왔다. 그리고는 은근한 낯빛을 지으며 그 보따리를 만해 앞에 밀어놓았다.

"선생님 이거 얼마 안 되는 것입니다만 살림에 보태 쓰시라고 가져왔습니다."

그 돈의 액수가 얼마인지는 알 수가 없으나 상당히 많은 액수임에는 틀림없었다.

"그런데 젊은이, 나를 이렇게 생각해주는 것은 고마우나 돈은 대관절 누가 보낸 것이지?"

"저…… 실은 어제 총독부에서 들어오라 해서 갔더니……."

"뭐라구!"

채 말끝이 떨어지기도 전에 만해의 낯빛은 갑자기 굳어졌다. 그 돈 보따리의 뜻이 무엇인지를 알았기 때문이다. 어느 새 만해는 그 돈 보따리를 가져온 젊은이의 뺨을 후려치며,

"이놈, 젊은 놈이 그따위 시시한 심부름이나 하고 다녀! 당장 나가!"

하고 소리쳤다. 젊은이는 아무 말도 못하고 돌아갔다.[10]

만해는 한때는 가까이 지낸 동지였으나 역사의 흐름에 대한 오판으로 일제의 품에 안기고 만 친일변절자들에 대해서는 더욱더 용서힐 수 없었던 듯하다. 3·1운동 당시 동지였던 최린이 그후 변절하여 창씨개명을 한

어느 날 심우장으로 만해를 찾아왔다. 그가 안으로 들어오는 것을 방 안에서 본 만해는 슬그머니 부인을 불러 일렀다.

"가서 없다고 그러오. 꼬락서니조차 보기 싫으니……."

하고 옆방으로 가버렸다. 최린은 마침 만해의 딸 영숙이를 보자, 당시로는 거액인 백 원짜리 지폐 한 장을 손에 쥐어주고는 돌아갔다. 만해는 이 사실을 알고는 몹시 화를 내며 부인과 영숙이를 꾸짖었다. 그리고 영숙이가 받았던 돈을 가지고 쏜살같이 명륜동 최린의 집을 찾아가서 그 돈을 문틈으로 던지고 돌아왔다.[11]

춘원 이광수는 불교소설을 쓰거나 소설에 불교에 관한 것을 이용할 때에는 곧잘 만해를 찾곤 하였다. 그리하여 그 교리의 옳고 그름을 물었다. 이같이 만해는 춘원과 서로 문학을 논하며 정신적인 교류를 해왔다. 춘원은 창씨개명을 한 뒤의 어느 날 심우장으로 만해를 방문하였다. 집 뜰에 들어서는 춘원을 본 만해는 춘원이 이미 창씨개명한 것을 알고 있던 터라, 찾아온 인사도 하기 전에 그를 내다보고 노발대발하며,

"네 이놈, 보기 싫다! 다시는 내 눈앞에 나타나지 마라!"

하고 큰 소리로 꾸짖었다. 춘원은 청천벽력 같은 이 말에 집에 들어가기는커녕 변명할 여지도 없어 무색한 낯으로 돌아가고 말았다.[12]

육당 최남선이 3·1운동 때 독립선언서를 지은 것은 다 아는 바와 같다. 그러나 그는 그뒤 변절하여 중추원참의라는 관직을 받고 있었다. 만해는 이것이 못마땅하여 마음으로 이미 절교를 하고 있었다. 어느 날, 육당이 길에서 만해를 만났다. 만해는 그를 보고도 못 본 체하고 빨리 걸어갔으나, 육당이 따라와 앞을 막아서며 먼저 인사를 청하였다.

"만해 선생, 오래간만입니다."

그러자 만해는 이렇게 물었다.

"당신, 누구시오?"

"나, 육당 아닙니까?"

만해는 또 한 번 물었다.

"육당이 누구시오?"

"최남선입니다. 잊으셨습니까?"

그러자 만해는 외면하면서,

"내가 아는 최남선은 벌써 죽어서 장송(葬送)했소."

하고 말하고는 뒤도 돌아보지 않고 가버렸다.[13]

제2차 세계대전이 심하던 1943년 무렵, 일제는 학병이라는 이름으로 우리 나라 전문대학생을 군대로 끌어갔다. 이때 많은 유명인사로 하여금 학생들의 출정을 권유하는 강연들을 시켰다. 당시 조선어학회의 물불 이극로(李克魯)도 일제의 강요에 못 이겨 학병 권유 연설을 하였다. 그러던 어느 날, 어떤 회합 장소에서 만해는 물불을 만났을 때,

"물불 더럽게 되었군."

하고 말하였다. 물불은 그 뜻을 알아채고 조선어학회를 살리기 위하여 부득이 한 일이라고 변명을 하였다. 그러나 만해는,

"어쩌면 그렇게도 어리석으오. 그것이 오래 갈 것이냐 말이오. 죽으려면 고이 죽어야 되지 않겠소!"

하고 충고하였다. 물불은 아무 말 없이 머리만 숙이고 있을 뿐이었다.[14]

만해는 언제나 냉방에서 지냈다. '조선 땅덩어리가 하나의 감옥이다. 그런데 어찌 불땐 방에서 편안히 산단 말인가' 하는 생각에서였다. 차디

272

찬 냉돌 위에서 꼼짝 않고 앉아 생각에 잠길 때면 만해의 자세는 한 점 흐트러짐이 없었다. 어찌나 꼿꼿했던지 만해는 어느 새 '저울추'라는 별명이 생겼다. 차디찬 냉돌에 앉아서 혁명과 선의 세계를 끝없이 더듬는 저울추였다.[15)]

만해는 어쩌다 술을 마셔 거나하게 취하면 흥분한 어조로 다음과 같은 말을 잘 하였다 한다.[16)]

"만일 내가 단두대에 나감으로 해서 나라가 독립된다면 추호도 주저하지 않겠다."

이렇게 자신의 죽음으로 독립이 된다면 기꺼이 목숨을 던지겠다던 만해는 결국 해방이 되기 한 해 전인 1944년 열반에 들고 말았다. 김관호의 회상을 들어보자.

단기 4277년 6월 29일(음력 5월 9일)은 선생이 세상을 떠나신 날이다. 그날을 생각하면 너무 비통할 따름이다. (중략) 선생의 생활은 너무 궁핍한 중에 우연히 발생한 신경통, 각기병과 영양실조 등으로 신체가 허약해졌으나 병원 치료는 생각조차 못하였고, 참으로 그때는 병원에 주사약도 없는 물질절종(物質絕種)의 망국(亡局)이었다. 여기에 잊을 수 없는 큰 감격은 『조선일보』 사장이었던 방응모 선생이 금보다 귀한 녹용 든 한약 몇 제를 혜시(惠施)한 일이 있고, 선학원 적음 스님이 매일 삼청동 산을 넘어 이승(二升)의 미(米)를 요대(腰帶)에 넣어가지고 와서 침술을 더했는데, 그날 석양에 돌연히 혼수하시다가 숨을 거두셨으나 온몸이 평소같이 그대로 체온이 식지 않고 안색은 의외로 붉은빛을 띠고 입은 꼭 다물고 계셔 혹시 회생하실까 바라고 4일간을 기다려 보았는데, 마침 김병로 선생이 조문 와서 나에게 염습했느냐고 묻기에

만해가 육신의 탈을 벗고 고요히 잠들어 있는 망우리 묘소

아직 안 했다고 대답하니 김용이 놀라면서 내일이 장례라면서 더구나 하절기에 4일을 방치하느냐, 그러면 내 손으로 하겠다고 말하므로 나의 말이 시신의 전신이 체온이 그대로 있고 호흡만 없는 수면 상태라고 하니 김용이 참 희귀한 일이니 어디 보자고 하면서 시신을 공개하고 여러분이 다 같이 보며 이상하다고 놀랐으나 그때 밤이면 전기도 없어 부득이 그대로 염습하고 익일에 다비를 끝냈는데 치아는 타지 않고 그대로 남아 있어 또한 이적(異蹟)을 보이었다. 내 손으로 사기 항아리에 담아서 망우리 묘지에 매안(埋安)하였다.[17]

지혜로운 언설과 따뜻한 자비의 보살 만해

만해는 촌철살인의 지혜가 담긴 언변으로 청중은 물론 만나는 사람들

을 깨우치곤 하였다. 시집 『님의 침묵』에서도 역설적 논리에 의해 숨겨진 진실을 밝혀 독자를 감동시키던 만해였으므로 일상적인 삶의 현장에서도 그러한 혜안은 빛을 발하였다.

만해가 3·1운동으로 3년간의 옥고를 치르고 출감하던 날, 많은 인사들이 마중 나왔다. 이들 중 대부분은 독립 선언을 거부한 사람이요, 또 서명을 하고도 일제의 총칼이 무서워 몸을 숨겼던 사람들이었다. 만해는 이들이 내미는 손은 거들떠보지도 않고 오직 얼굴만을 뚫어지게 보다가 그들에게 침을 탁탁 뱉었다. 그러고는,

"그대들은 남을 마중할 줄은 아는 모양인데, 왜 남에게 마중받을 줄은 모르는 인간들인가?"[18]
하고 꾸짖었다. 남에게 마중받을 줄 아는 떳떳한 삶을 살라는 훈계가 들어 있는 통쾌한 발언이다.

만해가 백담사에서 참선에 깊이 잠겨 있을 때 군수가 이곳에 찾아왔다. 절에 있는 사람은 모두 나와서 영접을 하였으나 만해는 까딱 않고 앉아 있을 뿐 아니라 내다보지도 않았다. 군수는 매우 괘씸하게 생각하여,

"저기 혼자 앉아 있는 놈은 도대체 뭐기에 저렇게 거만한가!"
하고 욕설을 퍼부었다. 만해는 이 말을 듣자마자,

"왜 욕을 하느냐?"
하고 대들었다. 군수는 더 화가 나서,

"뭐라고 이놈! 넌 도대체 누구냐?"
하고 소리쳤다. 그러자 만해는,

"난 한용운이다."

하고 대답하였다. 군수가 더욱 핏대를 올려,

"한용운은 군수를 모르는가!"

하고 말하자, 만해는 더욱 노하여 큰 목소리로,

"군수는 네 군수지, 내 군수는 아니다."

하고 외쳤다. 기지가 넘치면서도 위엄 있는 이 말은 군수로 하여금 찍소리도 못하게 하였다.[19]

만해 한용운은 웅변에 뛰어난 재주가 있었다. 말이 유창하고 논리가 정연하며 목소리도 또한 맑고 힘찼다 한다. 그리고 만해가 강연을 하게 되면 으레 일본인 형사들이 임석(臨席)하였는데, 어찌나 청중을 매혹시키는지 그들조차 자기도 모르게 손뼉을 쳤다고 한다.

"여러분, 우리의 가장 큰 원수는 대체 누구란 말입니까? 소련입니까? 아닙니다. 그렇다면 미국일까요? 그것도 아닙니다."

아슬아슬한 자문자답식 강연에, 임석했던 형사들은 점차 상기되기 시작하였다. 더구나 청중은 찬물을 끼얹은 듯 숨을 죽이고 있었다.

"그렇다면 우리의 가장 큰 원수는 일본일까요? 남들은 모두들 일본이 우리의 가장 큰 원수라고 합니다."

만해의 능수능란한 강연은 이렇게 발전해갔다. 임석 형사가 눈에 쌍심지를 켠 것은 바로 이때였다.

"중지! 연설 중지!"

그러나 만해는 아랑곳하지 않고 어느 새 말끝을 다른 각도로 돌려놓고 있었다.

"아닙니다. 우리의 원수는 소련도 아니요, 미국도 아닙니다. 물론 일본도 아닙니다. 우리의 원수는 바로 우리들 자신입니다. 우리들 자신의 게

276

만해기념관 내부. 현재 백담사와 남한산성에 있으며 평생 만해 연구에 힘쓴 전보삼이 사재를 털어 건립했다. 만해의 자료와 유품이 잘 정리되어 전시되고 있다.

으름, 이것이 바로 우리의 가장 큰 원수라는 말입니다."

말끝이 채 떨어지기도 전에 청중은 박수 갈채를 보냈다. 이쯤 되니 임석 형사들도 더 손을 못 대고 머리만 긁을 뿐이었다.[20]

일본이 중국 침략으로 제국주의적 식민 활동에 박차를 가할 무렵이었다. 국내에서는 일본에 아부하여 가짜 일본인 되기에 광분하는 자가 속출하였다. 하루는 지기 한 분이 만해를 방문하여 대단히 격분한 어조로,

"이런 변이 있소! 최린(佳山麟)·윤치호(伊東致昊)·이광수(香山光郎)·주요한(松村紘一)·이ㅇㅇ(岩村正雄) 등이 창씨개명들을 했습니다. 이 개자식들 때문에 민족에 악영향이 클 것이니 청년들을 어떻게 지도한단 말이오!"

만해 문학의 세계화에 기여하고 있는 「님의 침묵」 번역본들

하고 통분하였다. 이 말을 듣고 만해는 크게 실소하고는,

"당신이 그들을 과신(過信)한 듯하오. 그러나 실언(失言)하였소. 만일 개가 이 자리에 있어 능히 말을 한다면 당신에게 크게 항쟁할 것이오. '나는 주인을 알고 충성하는 동물인데 어찌 주인을 모르고 저버리는 인간들에 비하느냐'고 말이오. 그러니, 개보다 못한 자식을 개자식이라 하면 도리어 개를 모욕하는 것이 되오"

하고 말하였다. 그 지기도 만해의 말이 옳음을 긍정하였다.[21]

일제 말기에 저들은 더욱 가혹하게 한국인을 들볶고 온갖 탄압과 착취를 감행하였다. 최후까지 희망을 가져보려던 인사들 사이에도 이제는 절망의 한숨 소리가 더 높아갔으며 더러는 만해를 찾아가 탄식하기도 하였다. 그러나 만해는 회심의 미소를 띠며,

278

"무리 강포(無理强暴)는 자체 미약의 상징이니 필망(必亡)이 도래한다"
하고 갈파하고,

"족히 우려할 바가 못 된다"
하고 주위 사람들을 위로하였다.[22]

일제는 연합군의 서울 공습에 대처한답시고 이른바 소개(疏開)라는 난동을 피웠다. 그리고 일제 당국의 책동으로 대부분의 사람들이 피난을 떠났다. 그러나 만해는,

"서울을 전부 소개한대도 나는 혼자 남겠다. 연합군의 공습은 우리를 돕자는 것인데 일본인들은 피난을 가더라도 우리는 남아서 오히려 환영을 해야 돼. 또 설사 폭격이 위험하더라도 오히려 텅 빈 서울에 남아 있는 것이 훨씬 안전해"
하며 끝까지 버텼다.

총독부의 어용 단체인 31본산 주지회의에서 만해에게 강연을 청하였다. 만해는 거절했으나 얼굴만이라도 비춰 달라고 하며 간청하므로 마지못해 나갔다. 단상에 오른 만해는 묵묵히 청중을 둘러보고는 이윽고 입을 열었다.

"세상에서 제일 더러운 것이 무엇인지 아십니까?"
하였으나 청중은 아무런 대답을 하지 않는다. 만해는,

"그러면 내가 자문자답을 할 수밖엔 없군. 제일 더러운 것을 똥이라고 하겠지요. 그런데 똥보다 더 더러운 것은 무엇일까요?"
하고 말하였으나 역시 아무런 대답이 없다.

"그러면 내가 또 말하지요. 나의 경험으로는 송장 썩는 것이 똥보다 더

더럽더군요. 왜 그러냐 하면 똥 옆에서는 음식을 먹을 수가 있어도 송장 썩는 옆에서는 역하여 차마 먹을 수가 없기 때문입니다."

그러고는 다시 청중을 훑어보고,

"송장보다도 더 더러운 것이 있으니 그것이 무엇인지 아십니까?"

하고 한 번 더 물었다. 그러면서 만해의 표정은 돌변하였다. 뇌성벽력같이 소리를 치며,

"그건 삼십일본산 주지 네놈들이다!"

하고 말하고는 뒤도 돌아보지 않고 그곳을 박차고 나와버렸다.[24)]

『조선불교유신론』을 통해 그토록 호소했지만 개혁의 기미조차 보이지 않는 부패한 당시 불교계에 대한 만해의 분노를 짐작게 하는 일화다. 만해는 또한 자주 이런 말을 했다고 한다.

"내가 유사지추(有事之秋: 독립의 뜻)를 당하면 조선의 중부터 제도하고 불교 유신을 하여 나라를 빛내겠다."[25)]

만해는 젊은이들을 사랑할 뿐 아니라 모든 기대를 그들에게 걸었다. 따라서 젊은 후진들이 만해 자신보다 한 걸음 앞장서 전진하기를 마음 깊이 바라고 있었다. 공부도 더 많이 하여 자신과 같은 존재는 오히려 빛이 나지 않을 정도로 되기를 바랐다. 그러므로 소심하고 무기력한 젊은이를 보면 심히 못마땅해 하였다. 더구나 술을 한 잔 하여 얼근히 취하면 괄괄한 성격에 불이 붙어 젊은 사람들에게 다음과 같이 사정없이 호통을 쳤다.

"이놈들아, 나를 매장시켜봐. 나 같은 존재는 독립운동에 필요도 없을 정도로 네놈들이 앞서 나가 일해봐!"

젊은이들 가운데 독립운동을 하다가 감옥에 가는 이가 있으면 만해는

오히려 축하한다고 격려하였다.[26)]

　단재 신채호의 유고 『조선상고사』와 『상고문화사』 등의 간행을 위하여 만해는 신백우(申伯雨)·최범술·박광 등과 함께 사업에 착수하였다. 만해와 함께 단재의 문헌을 수집 간행하려던 최범술은 경상남도 경찰부 유치장에서 구금생활을 하게 되었다. 만해는 생화 한 다발을 가지고 찾아가 면회를 요구하였으나 거절당하자 갖고 갔던 꽃다발을 그들 앞에 내던지고 말았다. 최범술이 출감한 뒤 만해에게 자기가 갇혀 있을 때 왜 꽃다발을 가져왔느냐고 물었더니, 입감(入監)된 것을 축하하기 위해서였다고 대답하였다. 만해의 이 말은 진지하면서도 격조가 높은 사랑의 표현이었다.[27)]

　만해는 늘 말이 없어 주위 사람들에게는 엄격한 인상을 주었다. 더구나 절개가 곧고 굳어서 조그만 잘못이나 불의도 용납하지 않았기 때문에 주위 사람들은 만해를 두려워하였다. 그러나 그는 엄격한 반면에 따뜻한 면이 너무나도 많았다. 만해의 집에서 제자들이 밤늦게까지 그의 얘기를 듣다가 방 한 구석에 쓰러져 잠이 들어 새벽에 깨어 보면, 어느 틈에 옮겨졌는지 따뜻한 구들목에 눕혀져 있을 뿐 아니라 이불이 잘 덮여 있었으며, 만해는 윗목에서 꼼짝 않고 앉아 참선을 하고 있는 것이 일쑤였다고 한다.[28)]

　중국에서 독립운동을 하다가 왜적에 검거되어 서대문형무소에서 옥고를 치르던 애국지사 일송 김동삼 선생이 별세하였을 때, 만해 한용운은 자진하여 유해를 인수해서 심우장의 자기 방에 모셔다놓고 5일장을 지냈

옥고를 치르다 순국한 애국지사 김동
삼. 만해는 그의 유해를 인수하여 심우
장에 모시고 5일장을 치렀다.

다. 장례 때에는 사상가를 중심으로 한 많은 명사가 조의를 표하기 위하
여 왔으나 꼭 오리라고 믿었던 몇몇 인사들이 보이지 않았다. 누가 그 까
닭을 물으니 만해는 "그 사람들이 사람 볼 줄 아는가!"라고 말하였다. 그
런데 홍제동 화장터는 일본인이 경영하므로 한국인이 경영하는 미아리의
조그만 화장터에서 장례를 치렀다. 영결식에서 만해는 방성대곡하며 다
음과 같은 말을 하였다.

"우리 민족 지도자의 유일무이한 위인인 일송 선생의 영결은 민족의 대
불행이라, 2300만 겨레를 잃은 것처럼 애석한 일이다. 국내와 해외를 통
하여 이런 인물이 없다. 유사지추를 당하여 나라를 수습할 인물이 다시
없어 큰 혼란이 일어날 것이니 비통하다."

여기서 말하는 유사지추란 말할 것도 없이 독립을 말하는 것이며, 만해
는 독립 후 건국의 대업을 생각하고 일송의 죽음을 더욱 애통해하였던 것

이다. 사람들은 만해가 우는 것을 그때 꼭 한 번 보았다고 한다.[29]

만해 한용운은 친구인 화가 일주(一洲) 김진우(金振宇)가 친일 요녀(妖女) 배정자(裵貞子)의 집에 기숙하며 그림을 그린다는 말을 듣고 즉시 그 집을 찾아갔다. 배정자가 나와 반가이 맞아들였으나 만해는 아무런 대꾸도 하지 않고 따라 들어가 일주가 정말 기숙하고 있는가를 살폈다. 마침 그가 있었으나 만해는 일주에게 아무 말도 하지 않았다. 조금 뒤 배정자가 술상을 차려들고 들어와서 술을 따라 만해에게 권하였다. 만해는 그때서야 낯빛을 고쳐 일주를 물끄러미 바라보다가 술상을 번쩍 들어 일주를 향하여 집어 던졌다. 그러고는 태연히, 역시 아무 말 없이 그 집을 나왔다. 그것은 친구인 일주를 책망하는 동시에, 평소에 아끼던 마음에서 우러나온 행동이었다. 그후 만해가 타계하였을 때, 일주는 통곡하며 끝까지 호상하여 누구보다도 만해의 죽음을 슬퍼하였다.[30]

만해는 앞에 소개한 일화들에서 보는 바와 같이 추상같이 단호하고 엄격한 지사로서의 면모가 있었는가 하면, 또한 따뜻한 인간으로서의 면모도 있었으니 그것은 지혜와 자비를 겸비한 보살의 모습 그 자체였다. 보살이란 '상구보리 하화중생'하는 것을 삶의 지표로 삼으니, 만해의 일화들은 모두 상구보리의 결과로 드러나는 촌철살인의 지혜가 담긴 언설과 하화중생하는 교화의 자비가 넘쳐 흐르는 것들이다. 어떻게 보면 강퍅하게만 살아온 것 같지만 만해에게는 금붕어와 꽃을 기르고 서화를 치는 운치 있는 선비로서의 정서적인 취미생활도 있었다.

석주(昔珠) 스님의 말에 따르면 만해는 선학원에 있을 때 금붕어를 키

만해의 친필 판목. 큰 진리의 수레바퀴를 굴리겠다(轉大法輪)는 뜻이 깃들어 있다.

우며 아침저녁으로 어항에 손수 물을 갈아주곤 하였다. 만해는 화초가꾸기를 매우 즐겼다. 심우장 뜰에는 그가 가꾼 화초들로 가득하여 봄부터 가을까지 꽃이 피지 않는 날이 없었으며, 화초는 매화·난초 이외에 개나리·진달래·코스모스·백일홍·국화 등이 있다고 한다. 또 만해는 서화에도 취미가 있어 사실 그의 붓글씨는 탈속한 일가를 이루고 있거니와 오세창·김진우·고희동(高羲東)·안종원(安鍾元)·김은호(金殷鎬) 등의 서화가들과 매우 가까이 지냈다. 심우장에는 오세창의 현판 글씨와 김은호의 그림 몇 점 등이 걸려 있었다. 만해가 한국 서화에 관한 글을 쓴 것도 이러한 취미와 관련 있는 것 같다. 어느 날 심우장에서 참선을 하던 만해를 한 기자가 찾아갔을 때 만해는 이렇게 자신의 생활을 털어놓았다고 한다.

　내게는 고적이라든지 침울이라는 것이 통 없지요. 한 달 잡고 내내 조용히 앉아 있어도 심심치가 않아요. 무애자재(無碍自在)하는 이 생활에서 무엇을 탓하며 무슨 불안을 느끼겠소…….[31]

무애자재하는 평상심(平常心)의 경지, 여여(如如)한 부동심(不動心)의 경지에서 노닐었던 관자재보살 만해 한용운의 치아는 다비(茶毘)에서도 타지 않았다 한다. 김관호의 증언을 들어보자.

선생이 돌아가시자 유해는 불교의 관례대로 화장하였다. 당시 홍제동 화장터는 일본인들이 경영하고 있었으므로 김동삼 선생 장례를 지낸 바 있는, 한국인이 경영하는 미아리의 조그마한 화장터에서 조촐하게 엄수되었다.

이때 모두 소골(燒骨)이 되었으나 오직 치아만이 타지 않고 고스란히 남아 있었다. 불가에서는 치아의 출현을 매우 귀하게 여기고 있으므로 모두 선생의 깊은 법력에 감복하면서 다른 한편으로는 독립을 뜻하는 무슨 길조가 오리라는 희망에 부푼 가슴을 떨면서 깊이깊이 합장하였다. 이 치아는 항아리에 담겨져 유골과 함께 망우리 공동묘지에 안장되었다.[32]

만해의 타지 않은 치아는 어쩌면 그가 남긴 찬란한 삶 그 자체인지도 모른다. 그리고 그가 남긴 일화들은 물론이거니와 또한 그가 남긴 수많은 언어와 문자들이기도 할 것이다. 그것들은 지금도 우리의 마음 속에 금빛 치아로 남아 생생한 육성을 들려주고 있으니 말이다. 평소 만해와 가까이 지냈으며 만해가 열반에 든 뒤로는 아예 서울에 오지 않았다는 만공 선사(滿空禪師)는 늘 "우리 나라에는 사람이 귀한데 꼭 하나와 반이 있다"라고 하였는데, 그 하나는 바로 만해 한용운을 가리키는 것이지만 나머지 반은 누구를 가리키는지 밝혀지지 않았다.

위당 정인보는 "인도에는 간디가 있고, 조선에는 만해가 있다. 청년들은 만해 선생을 본받아야 한다"라고 하여 한때 유명한 얘기가 되었다. 역

"우리나라에는 사람이 귀한데 꼭 하나와 반이 있다"고 만공선사는 말했다. 그 '하나'가 바로 만해이다. 만해가 열반에 든 후 "이제 서울에는 사람이 없다"고 하며 다시는 서울에 오지 않았다고 한다.

시 그와 막역하게 지냈던 벽초(碧初) 홍명희는 "7천 승려를 합하여도 만해 한 사람을 당하지 못한다. 만해 한 사람을 아는 것이 다른 사람 만 명을 아는 것보다 낫다"라고 하였다.

일본의 거물급 낭인(浪人) 도우야마 미쓰루(頭山滿)는 만해 선생이 돌아가셨다는 소식을 듣고 그 자리에 있던 성재(惺齋) 김태석(金台錫) 옹에게 "조선의 큰 위인이 갔다. 다시는 이런 인물이 없을 것이고, 지금 우리 일본에도 없다"라고 탄식하였다 한다.[33]

이제 청담 대사의 추모의 글을 읽으며 마무리하고자 한다.

상구보리와 하화중생이라는 자기완성과 중생제도의 두 가지 고업(苦業)에 심신을 다 바쳐 실천한 만해 한용운 스님은 늘상 승려이기 전에

충청남도 홍성읍 남장리의 만해 동상

인간이라는 차원에서 사바 세계 속을 헤매는, 대중과 더불어 살며 그들의 고뇌를 자기의 고뇌로 알고 살아왔었다.

그는 항상 이 번뇌 많은 세상을 굽어보고 살지 않고, 도리어 번뇌의 소용돌이 속에서 빛을 잃고 헤매는 무리와 살결을 맞대고, 파토스(情

感)와 로고스(是非)를 거듭하는 경지 속에서 이를 바로잡고, 그 속에서 보다 참된 빛을 찾는 해탈의 길을 스스로 택하였다. 모든 번뇌를 능히 벗어날 수 있을 법한 일이었건만, 그는 너무나 인간적이었기 때문에 자기인격의 완성이란 미덕에 홀로 교만하지 않고, 그가 성취한 모든 진선미를 적게는 남과 더불어, 크게는 민족과 더불어 나누어가지고 섬기며 사는 길을 스스로 택하였다(중략).

무애의 경지 속에서 그는 속된 것과 성스러운 것을 자유자재로 오간 것이다. 오늘날 만해 스님을 평하기를 그저 호매불굴(豪邁不屈)의 독립투사로, 불세출의 웅변가로, 격조 높은 대시인으로 추앙하는 게 보통인데, 그러한 만해 스님의 실상은 번민과 탐구로 시시각각을 여미어온 수련의 고독이 깔려 있었음을 자칫하면 놓쳐버리기 쉽다. 사실 그는 '나'라는 소우주와 대아라는 대우주를 시시로 넘나들며 서원(誓願)을 행함에 그때마다 새로운 마음가짐으로 대하는 영원한 구도자였다(중략).

불교수행의 특징이 깨달음의 참신성과 번뇌의 순수성으로 집약될 수 있다면, 만해 스님이야말로 인생의 그때마다의 새로움을 맛보고 살아온 이른바 인간이란 엄연한 전제에서, 내적으로는 특수와 일반, 육과 영, 감정과 지성, 미와 추, 영원과 순간, 현재와 미래, 전체와 개체, 보리와 번뇌의 무서운 갈등 속에서 인간 때문에 한없이 울었으며(詩), 또한 인간이란 그 전체적 원리 때문에 한없는 침묵(禪)을 지켰던 것이다. 한가지 애석한 일이 있다면, 그가 오매불망 잊지 못하던 약소민족의 완전해방을 인류역사상에 실현하지 못하고 돌아간 것이 가장 슬픈 일이라하겠다.[34]

부록: 조선독립에 대한 감상의 개요

개론

자유는 만유의 생명이요 평화는 인생의 행복이다. 그러므로 자유가 없는 사람은 주검과 같고 평화가 없는 사람은 가장 괴로운 자이다. 압박을 당하는 사람의 주위는 무덤으로 변하고 쟁탈을 일삼는 자의 주위는 지옥이 되는 것이니, 세상의 이상적인 최고의 행복의 바탕은 자유와 평화에 있는 것이다.

그러므로 자유를 얻기 위해서는 생명을 터럭처럼 여기고 평화를 지키기 위해서는 희생을 달게 받는 것이다. 이것은 인생의 권리인 동시에 또한 의무이기도 하다. 그러나 자유의 규범은 남의 자유를 침해하지 않음을 그 경계로 삼는 것으로서 침략적 자유는 평화를 깨뜨리는 야만적 자유가 된다. 또한 평화의 정신은 평등에 있으므로 평등은 자유의 대등개념이 된다. 따라서 위압적인 평화는 굴욕이 될 뿐이니 참된 자유는 반드시 평화를 보장하고, 참된 평화는 반드시 자유를 수반해야 한다. 자유와 평화는 전 인류의 요구라 할 것이다.

그러나 인류의 지식은 점차적으로 발전하는 것이다. 인류의 역사는 몽매한 데서부터 문명으로, 쟁탈에서부터 평화로 발전하고 있음을 사실로써 증명하고 있다. 인류 진화의 범위는 개인적인 데로부터 가족, 가족적인 데로부터 부락, 부락적인 것으로부터 국가, 국가적인 것에서 세계, 다시 세계적인 것에서 우주주의로 진보하는 것인데, 여기서 부락주의 이전은 몽매한 시대의 티끌에 불과하니 고개를 돌려 감회를 느끼는 외에 별로 논술할 필요가 없는 것이다.

다행인지 불행인지 18세기 이후의 국가주의는 전세계를 휩쓸고 있다. 이 소용돌이의 절정에 제국주의가 대두되고 그 실행수단인 군국주의를 낳음에 이르러서는 이른바 우승열패, 약육강식의 이론이 만고불변의 진리로 인식되기에 이르렀다. 그리하여 국가간에, 또는 민족간에 죽이고 약탈하는 전쟁이 그칠 날이 없어, 몇천 년의 역사를 가진 나라가 잿더미가 되고 수십 만의 생명이 희생당하는 사건이 이 세상에서 안 일어나는 곳이 없을 지경이다. 그 대표적인 군국주의 국가로 서양에 독일이 있고 동양에는 일본이 있다.

이른바 강대국, 즉 침략국은 군함과 총포만 많으면 스스로의 야심과 욕망을 충족시키기 위하여 도의를 무시하고 정의를 짓밟는 쟁탈을 행한다. 그러면서도 그 이유를 설명할 때는 세계 또는 어떤 지역의 평화를 위한다거나 쟁탈의 목적물, 즉 침략을 받는 자의 행복을 위한다거나 하는 등 스스로를 속이고 남을 속이는 망령된 말장난으로 정의의 천사국으로 자처한다. 예를 들면 일본이 폭력으로 조선을 합병하고 2천만 민중을 노예처럼 대하면서도, 겉으로는 조선을 병합함이 동양평화를 위함이요, 조선민족의 안녕과 행복을 위한다고 하는 것이 그것이다.

아, 약자는 본래부터 약자가 아니요, 강자 또한 언제까지나 강자일 수 없는 것이다. 갑자기 천하의 운수가 바뀔 때에는 침략 전쟁의 뒤꿈치를 물고 복수를 위한 전쟁이 일어나는 것이니 침략은 반드시 전쟁을 유발하는 것이다. 그러므로 어찌 평화를 위한 전쟁이 있겠으며, 또 어찌 자기 나라의 수천 년 역사가 외국의 침략에 의해 끊기고, 몇 백, 몇 천만의 민족이 타국인의 학대 아래 노예가 되고 소와 말이 되면서 이를 행복으로 여길 자가 있겠는가.

어느 민족을 막론하고 문명 정도의 차이는 있을지언정 피가 없는 민족은 없는 법이다. 이렇게 피를 가진 민족으로서 어찌 영구히 남의 노예가 됨을 달게 받겠으며 나아가 독립 자존을 도모하지 않겠는가. 그러므로 군국주의, 즉 침략주의는 인류 행복을 희생시키는 가장 흉악한 마술에 지나지 않는다. 어찌 이 같은 군국주의가 영원히 갈 수 있겠는가. 이론보다 사실이 그렇다. 아, '칼'(劍)이 어찌 만능이며 '힘'(力)을 어떻게 승리라 하겠는가. 정의가 있고 도의가 있지 않는가.

침략만을 일삼는 극악무도한 군국주의는 독일로써 그 막을 내리지 않았는가. 피비린내를 풍기며 귀신이 곡하고 하늘이 슬퍼할 구라파 전쟁은 대략 천만의 사상자를 내고, 몇 억의 돈을 허비한 뒤 정의와 인도를 표방하는 기치 아래 강화 조약을 성립하게 되었다. 그러나 군국주의의 종말은 실로 그 빛깔이 찬란하기 그지없었다.

전세계를 유린하려는 욕망을 채우기 위하여 고심초사 30년간의 준비 끝에 수백만의 청년을 수백 마일의 싸움터에 세우고 장갑차와 비행기와 군함을 몰아 좌충우돌, 동쪽을 찌르고 서쪽을 쳐 싸움을 시작한 지 3개월 만에 파리를 함락한다고 스스로 외치던 카이저의 호언은 한때 웅장함의 극치를 보였었다. 그러나 이것은 군국주의의 결별을 뜻하는 종곡(終曲)에 지나지 않았다. 이상과 호언장담뿐이 아니라 독일의 작전 계획도 실로 탁월하였다. 휴전 회담을 하던 날까지 연합국측의 군대는 독일 국경을 한 발자국도 넘지 못하였으니 비행기는 하늘에서, 잠수함은 바다에서, 대포는 육지에서 각각 그 위력을 발휘하여 싸움터에서 찬란한 빛을 발하였던 것이다. 그러나 이것도 군국주의적 낙조(落照)의 반사에 불과하였다.

아아, 일억만 인민의 위에 군림하고, 세계를 손아귀에 넣을 것을 획책하여 세계에 선전을 포고하고 백전백승의 기개를 가지고 신과 인간의 사이에서 종횡자재(縱橫自在)하던 독일 황제가 하루아침에 자기생명의 신처럼 여기던 '칼'을 버리고 처량하게도 멀리 네덜란드 한구석에서 겨우 목숨만을 지탱하게 되었으니 이 무슨 돌변이냐. 이는 곧 카이저의 실패일 뿐 아니라 군국주의의 실패로써 통쾌함을 금치 못하는 동시에 그 개인을 위해서는 한 가닥 동정을 금치 못하겠다.

그런데 연합국측도 독일의 군국주의를 타파한다고 큰소리쳤으나 그 수단과 방법은 역시 군국주의의 유물인 군함과 총포 등의 살인 도구였다. 결국 오랑캐로서 오랑캐를 치는 것이니 독일 군국주의와 무엇이 다르겠는가. 독일의 실패가 연합국의 승리를 말함이 아닌즉 여러 강국과 약국이 합쳐진 병력으로 5년간의 지구전으로도 독일을 제압하지 못한 것은 이 또한 연합국측의 준군국주의(準軍國主義)의 실패가 아닌가.

그러면 연합국측의 대포가 강한 것이 아니요, 독일의 칼이 약한 것이 아니거늘 전쟁이 끝났다 함은 무슨 까닭인가. 그것은 정의와 인도의 승리요, 군국주의의 실패이기 때문이다. 그렇다면 정의와 인도, 즉 평화의 신은 연합국의 손을 빌려 독일의 군국주의를 타파했다는 말인가. 아니다. 정의와 인도, 즉 평화의 신은 독일 국민의 손을 빌려 세계의 군국주의를 타파한 것이다. 전쟁 중에 일어난 독일의 혁명이 곧 그것을 말한다.

독일 혁명은 사회당이 손으로 이룩된 것인 만큼 그 유래가 오래고 또한 러시아 혁명의 자극을 받은 바 있으나 총괄적으로 말하면 전쟁의 괴로움을 느끼고 군국주의의 잘못을 통절히 깨달은 연유로 사람들이 조용한 가운데 전쟁을 스스로 파기하고 성난 파도와 같은 격랑의 군국주의를 드높이려던 칼을 뒤집어 자살을 감행하고 공화혁명(共和革命)의 성공을 도모하여 평화적인 새 운명을 개척한 것이다. 연합국은 이 틈을 타 어부지리(漁父之利)를 얻은 데 불과하다.

이번 전쟁의 결과는 연합국의 승리일 뿐만 아니라 또한 독일의 승리라고도 할 수 있다. 어째서 그러한가. 만약 이번 전쟁에 독일이 최후의 결전을 시도했다면 그 승부를 예측할 수 없었을 것이며, 또한 설사 독일이 한때 승리를 거두었다 하더라도 반드시 연합국의 복수 전쟁이 일어나 독일의 멸망을 보지 않으면 군대를 해산하지 않았을 것이다.

그러므로 독일이 패전한 것이 아니고 승리했다고도 할 수 있는 때에 단연 굴욕적인 휴전 조약을 승낙하고 강화를 요청한 것은 기회를 보아 승리를 먼저 차지한 것으로써, 이번 강화 회담에서도 어느 정도의 굴욕적 조약에는 무조건 승인하리라 믿어 의심치 않는다(3월 1일 이후의 소식은 알 수 없음). 따라서 지금 보아서는 독일의 실패라 할 것이지만 긴 안목으로 보면 독일의 승리라 할 것이다.

아아, 유사 이래 처음 있는 구라파 전쟁과 기이하고 불가사의한 독일의 혁명은 19세기 이전의 군국주의 침략주의의 전별회(餞別會)가 되는 동시에 20세기 이후의 정의 인도적 평화주의의 개막이 되는 것이다. 카이저의 실패가 군국주의 국가의 머리에 철퇴를 가하고 윌슨의 강화 회담 기초 조건이 각 나라의 메마른 땅에 봄바람을 전해주었다. 이리하여 침략자의 압박 아래서 신음하던 민족은 하늘을 날 기상과 강물을 쪼갤 형세로 독립 자결을 위해 분투하게 되었으니 폴란드의 독립 선언이 그것이요, 체코의 독립이 그것이며, 아일랜드의 독립 선언이 그것이고, 인도의 독립운동이 그것이며 필리핀의 독립 경영이 그것이며 또한 조선의 독립 선언이 그것이다(3월 1일까지의 상태).

각 민족의 독립 자결은 자존성(自存性)의 본능이요, 세계의 대세이며, 천지신명이 찬동하는 바로써 전 인류의 앞날에 올 행복의 근원이다. 누가 이를 억제하고 누가 이것을 막을 것인가.

조선 독립 선언의 동기

일본이 조선을 합병한 후 자존성이 강한 조선인은 그 주위에서 일어나는 어느 한 가지 사실도 독립과 연관시켜 생각하지 않는 일이 없었다. 그러나 최근의 동기로 말하면 대략 세 가지로 나눌 수 있을 것이다.

조선 민족의 실력

일본은 조선의 민의(民意)를 무시하고 어리석고 나약한 권력자를 속이고 능멸하며 몇몇 소인배들인 당국자를 우롱하여 합방이란 흉포한 짓을 강행하였다. 그후로부터 조선 민족은 부끄러움을 안고 수치를 참는 동시에 분노를 터뜨리며 뜻을 길러 정신을 쇄신하고 기운을 함양하며 어제의 잘못을 고쳐 새로운 길을 찾아왔다. 그리하여 일본의 시기와 방해에도 불구하고 외국에 유학한 사람도 수만에 달하였다. 그러므로 우리에게 독립 정부가 있어 각 방면으로 원조 장려한다면 모든 문명이 유감없이 나날이 진보할 것이다.

국가는 반드시 모든 물질 문명이 완전히 구비된 후에야 비로소 독립하는 것은 아니다. 독립할 만한 자존의 기운과 정신적 준비만 있으면 충분한 것으로써 문명의 형식을 물질에서만 찾음은 칼을 들어 대나무를 쪼개는 것과 같으니 그 무엇이 어려운 일이라 하겠는가.

일본인은 항상 조선의 물질 문명이 부족한 것으로 말머리를 잡으나 조선인을 어리석게 하고 야비케 하려는 학정과 열등 교육을 폐지하지 않으면 문명의 실현은 보기 어려울 것이다. 이것이 어찌 조선인의 소질이 부족한 때문이겠는가. 조선인은 당당한 독립 국민의 역사와 전통이 있을 뿐만 아니라 현대 문명을 함께 이끌 만한 실력이 있는 것이다.

세계 대세의 변천

20세기 초두부터 전 인류의 사상은 점점 새로운 빛을 띠기 시작하고 있다. 전쟁의 참화를 싫어하고 평화로운 행복을 바라고 각국이 군비를 제한하거나 폐지하려는 움직임을 보이고 있다. 만국이 서로 연합하여 최고 재판소를 두고 절대적인 재판권을 주어 국제 문제를 해결하며 전쟁을 미연에 방지하자는 설도 나오고 있다. 그밖에 세계 연방설과 세계 공화국설 등 실로 가지가지의 평화안을 제창하고 있으니 이는 모두 세계평화를 촉진하는 기운들이다.

소위 제국주의적 정치가의 눈으로 본다면 이것은 일소에 붙일 일일 것이나 사실의 실현은 시간 문제일 뿐이다. 최근 세계의 사상계에 통절한 실제적 교훈을 준 것이 구라파 전쟁과 러시아 혁명과 독일 혁명이 아닌가. 세계 대세에 대해서는 위에 말한 바가 있으므로 중복을 피하거니와 한마디로 말하면 현재로부터 미래의 대세는 침략주의의 멸망, 자존적 평화주의의 승리가 될 것이다.

민족 자결 조건

미국 대통령 윌슨 씨는 독일과 강화하는 기초 조건, 즉 14개 조건을 제출하는 가운데 국제연맹과 민족 자결을 제창하였다. 이에 대해 영국·프랑스·일본과 기타 여러 나라가 내용적으로 이미 국제연맹에 찬동하였으므로 그 본바탕, 즉 평화의 근본 해결인 민족 자결에 대해서도 물론 찬성할 것이다.

이와 같이 각국이 찬동의 뜻을 표한 이상 국제연맹과 민족 자결은 윌슨 한 사람의 사사로운 말이 아니라 세계의 공언(公言)이며, 희망의 조건이 아니라 기성(旣成)의 조건이 되었다. 또한 연합국측에서 폴란드의 독립을 찬성하고, 체코의 독립을 위하여 거액의 군비와 적지 않은 희생을 무릅써가며 영하 30도를 오르내리는 추위에도 불구하고 군대를 시베리아에 보내되 특히 미국과 일본이 크게 노력한 것은 민족 자결을 사실상 원조한 사례일 것이다. 이것이 모두 민족자결주의 완성의 표상이니 어찌 축하하지 않겠는가.

조선 독립 선언의 이유

아아, 나라를 잃은 지 10년이 지나고 지금 독립을 선언한 민족이 독립 선언의 이유를 설명하게 되니 실로 침통함과 부끄러움을 금치 못하겠다. 이제 독립의 이유를 네 가지로 나누어보겠다.

민족 자존성

들짐승은 날짐승과 어울리지 못하고 날짐승은 곤충과 함께 무리를 이루지 못한다. 같은 들짐승이라도 기린과 여우나 삵은 그 거처(居處)가 다르고 같은 날짐승 중에서도 기러기와 제비 잠새는 그 뜻을 달리하며, 곤충 가운데서도 용과 뱀은 지렁이와 그 즐기는 바를 달리한다. 또한 같은 종류 중에서도 벌과 개미는 자기 무리가 아니면 서로 배척하여 한 곳에 동거하지 않는다.

　이는 감정이 있는 동물의 자존성에서 나온 행동으로 반드시 이해 득실을 따져 남의 침입을 배척할 뿐만 아니라 다른 무리가 자기 무리에 대하여 이익을 준다 해도 역시 배척하는 것이다. 이것은 배타성이 주체가 되어 그런 것이 아니라 같은 무리는 저희끼리 사랑하여 자존을 누리는 까닭에 자존의 반대편에는 자연히 배타가 있는 것이다. 여기서 배타라 함은 자존의 범위 안에 드는 남의 간섭을 방어하는 것을 의미하며, 자존의 범위를 넘어서까지 남을 배척함을 뜻하는 것이 아니다. 따라서 자존의 범위를 넘어 남을 배척하는 것은 배척이 아니라 침략인 까닭이다.

　인류도 이와 같아서 민족 간에는 자존성이 있다. 유색 인종과 무색 인종 간에 각각 자존성이 있고, 같은 종족 중에서도 각 민족의 자존성이 있어 서로 동화하지 못하는 것이다. 예컨대 중국은 한 나라를 형성하였으나 민족적 경쟁은 실로 격렬하지 않았는가. 최근의 사실만 보더라도 청나라의 멸망은 겉으로 보기에는 정치적 혁명 때문인 것 같으나 실은 한민족과 만주족의 쟁탈에 연유한 것이다. 또한 티베트족이나 몽골족도 각각 자존을 꿈꾸며 기회만 있으면 궐기하려 하고 있다. 그밖에도 아일랜드나 인도에 대한 영국의 동화정책, 폴란드에 대한 러시아의 동화정책, 그리고 수많은 영토에 대한 각국의 동화정책은 어느 하나도 수포로 돌아가지 않은 것이 없다.

　한 민족이 다른 민족의 간섭을 받지 않으려 하는 것은 인류가 공통으로 가진 본성으로써 이 같은 본성은 남이 꺾을 수 없는 것이며, 또한 스스로 자기 민족의 자존성을 억제하려 하여도 되지 않는 것이다.

　이 자존성은 항상 탄력성을 가져 팽창의 한도, 즉 독립 자존의 길에 이르지 않으면 멈추지 않는 것이니 조선의 독립을 감히 침해하지 못할 것이다.

조국사상

월(越)나라의 새는 남녘의 나뭇가지를 생각하고 호마(胡馬)는 북풍을 그리워하는 것이니, 이는 그 본바탕을 잊지 않기 때문이다. 동물도 이러하거늘 하물며 만물의 영장인 사람이 어찌 그 근본을 잊을 수 있겠는가.

근본을 잊지 못함은 인위적인 것이 아니라 천성이며 또한 만물의 미덕이기도 하다. 그러므로 인류는 그 근본을 못 잊을 뿐 아니라 잊고자 해도 잊을 수가 없는 것이다. 반만 년의 역사를 가진 나라가 오직 군함과 총포의 수가 적은 이유 하나 때문에 남의 유린을 받아 역사가 단절됨에 이르렀으니 누가 이를 참으며 누가 이를 잊겠는가. 나라를 잃은 뒤 때때로 근심 띄운 구름, 쏟아지는 처연한 빗발 속에서도 조상의 통곡을 보고, 한밤중 맑은 새벽에 천지신명의 질책을 듣거니와, 이를 능히 참는다면 어찌 다른 무엇을 참지 못할 것인가. 조선의 독립을 감히 침해하지 못할 것이다.

자유주의(자존주의와는 크게 다름)

인생의 목적을 철학적으로 해석하려면 여러 가지 설이 구구하여 일정한 정의를 내리기 어렵다. 그러나 인생 생활의 목적은 참된 자유에 있는 것으로써 자유가 없는 생활에 무슨 취미가 있겠으며, 무슨 즐거움이 있겠는가. 자유를 얻기 위해서는 어떤 대가도 아까워할 것이 없으니, 곧 생명을 바친다 하여도 양보할 수 없는 것이다.

일본이 조선을 합병한 후 압박에 압박을 더하여 말 한마디, 발걸음 하나에까지 압박을 가하여 자유의 생기는 터럭만큼도 없게 되었다. 피가 없는 무생물이 아닌 이상에야 어찌 이것을 참고 견디겠는가. 한 사람이 자유를 빼앗겨도 하늘과 땅의 화기(和氣)가 상처를 입는 법인데, 어찌 2천만의 자유를 말살함이 이다지도 심하단 말인가. 조선의 독립을 감히 침해하지 못할 것이다.

세계에 대한 의무

민족 자결은 세계평화의 근본적인 해결책이다. 민족자결주의가 성립되지 못하면 아무리 국제연맹을 조직하여 평화를 보장한다 하더라도 결국에는 수포로 돌아가고 말 것이다. 왜냐하면 민족 자결이 이룩되지 않으면 언제라도 싸움이 잇달아 일어나 전쟁이 계속될 것이기 때문이다. 이러한 세계의 책임을 조선 민족이 어떻게 면할 수 있겠는가.

그러므로 조선 민족의 독립 자결은 세계의 평화를 위한 것이요, 또한 동양평화에 대해서도 중요한 열쇠가 되는 것이다. 일본이 조선을 합병한 것은 조선 자체의 이익을 위함이 아니라 조선 민족을 몰아내고 일본 민족을 이식코자 한 때문이요, 나아가 만주와 몽골을 탐내고 한 걸음 더 나아가 중국 대륙까지 꿈꾸는 까닭이다. 이 같은 일본의 야심은 누구도 다 아는 사실이다.

중국을 경영하려면 조선을 버리고는 달리 그 길이 없다. 그러므로 침략 정책상 조선을 유일한 생명선으로 삼는 것이니, 조선의 독립은 곧 동양의 평화가 되는 것이다. 조선의 독립을 감히 침해하지 못할 것이다.

조선 총독정책에 대하여

조선을 합방한 후 조선에 대한 일본의 시정 방침은 무력 압박이라는 넉 자로 충분히 대표된다. 전후의 총독, 즉 데라우치(寺內)와 하세가와(長谷 川)로 말하면 정치적 학식이 없는 한낱 군인에 지나지 않아 조선의 총독 정치는 한마디로 말해 헌병정치였다. 바꾸어 말하면 군력(軍力) 정치요 총포(銃砲) 정치로써 군인의 특징을 발휘하여 군력정치를 행함에는 유감 이 없었다.

그러므로 조선인은 헌병이 쓴 모자의 그림자만 보아도 독사나 맹호를 본 것처럼 피하였으며, 무슨 일이나 총독정치에 접할 때마다 자연히 5천 년 역사의 조국을 회상하며 2천만 민족의 자유를 기원하면서 사람이 안 보는 곳에서 피와 눈물을 흘렸던 것이다. 이것이 곧 합방 후 10년에 걸친 2천만 조선 민족의 생활이었다. 아아, 진실로 일본인이 인간의 마음을 가 졌다면 이 같은 일을 행하고도 꿈에서나마 편안할 것인가.

또한 종교와 교육은 인류 생활에 있어 특별히 중요한 일로써 어느 나라 도 종교의 자유를 인정하지 않는 나라가 없거늘 조선에 대해서만은 유독 종교령을 발포하여 신앙의 자유를 구속하고 있다. 교육으로 말하더라도 정신 교육이 없음은 말할 것도 없거니와 과학 교과서도 크게 보아 일본말 책에 지나지 않는다. 그밖의 모든 일에 대한 학정은 이루 헤아릴 수도 없 고 또 그럴 필요도 느끼지 않는다.

그러나 조선인은 이 같은 학정 아래 노예가 되고 소와 말이 되면서도 10년 동안 조그마한 반발도 일으키지 않고 그저 순종할 뿐이었다. 이는 주위의 압력으로 반항이 불가능했기 때문이기도 하겠으나, 그보다는 총 독정치를 중요시하여 반항을 일으키려는 생각이 없었기 때문이었다. 왜냐하면 총독정치 이상으로 합병이란 근본 문제가 있었던 까닭이다. 다시 말하면 언제라도 합방을 깨뜨리고 독립 자존을 꾀하려는 것이 2천만 민족의 머리에 박힌 불멸의 정신이었다.

그러므로 총독정치가 아무리 극악해도 여기에 보복을 가할 이유가 없고, 아무리 완전한 정치를 한다 해도 감사의 뜻을 나타낼 까닭이 없어 결국 총독정치는 지엽적 문제로 취급했던 까닭이다.

조선 독립의 자신

이번의 조선 독립은 국가를 창설함이 아니라 한때 치욕을 겪었던 고유의 독립국이 다시 복구되는 독립이다. 그러므로 국가의 요소, 즉 토지 · 국민 · 정치와 조선 자체에 대해서는 만사가 구비되어 있어 다시 말할 필요가 없겠다. 그리고 각국의 승인에 대해서는 원래 조선과 각국의 국제적 교류는 친선을 유지하여 서로 좋은 감정을 가지고 있었던 바다. 더욱이 개론에서 말한 것과 같이 지금은 정의 · 평화 · 민족 자결의 시대인즉 조선 독립을 그들이 즐겨 바랄 뿐 아니라 원조조차 아끼지 않을 것이다. 다만 문제는 일본의 승인 여부뿐이다. 그러나 일본도 승인을 꺼려하지 않을 줄로 믿는다.

무릇 인류의 사상은 시대에 따라 변천되는 것으로써 사상의 변천에 따라 사실의 변천이 있음은 물론이다. 또한 사람은 실리만을 위하는 것이 아니라 명예도 존중하는 것이다. 침략주의, 즉 공리주의 시대에서는 타국을 침략하는 것이 물론 실리를 위하는 길이었지만 평화, 즉 도덕주의 시대에는 민족 자결을 찬동하여 작고 약한 나라를 원조하는 것이 국위를 선양하는 명예가 되며 동시에 하늘의 혜택을 받는 길이 되는 것이다.

만일 일본이 침략주의를 여전히 계속하여 조선의 독립을 부인하면, 이는 동양 또는 세계평화를 교란하는 일로써 아마도 미일전쟁, 중일전쟁을 위시하여 세계적 연합전쟁을 유발하게 될지도 모른다. 그렇게 되면 일본에 가담할 자는 영국(영·일 동맹관계뿐 아니라 영령英領 문제로) 정도가 될는지도 의문이니 어찌 실패를 면할 것인가. 제2의 독일이 될 뿐으로 일본의 무력이 독일에 비하여 크게 부족됨은 일본인 자신도 수긍하리라. 그러므로 지금의 대세를 역행치 못할 것은 명백하지 아니한가.

또한 일본이 몽상하는 바, 조선 민족을 몰아내고 일본 민족을 이식하려는 식민정책도 절대 불가능하다. 중국에 대한 경영도 중국 자체의 반항뿐 아니라 각국에서도 긍정할 까닭이 전혀 없으니, 식민정책으로나 조선을 중국 경영의 징검다리로 이용하려는 정책은 모두 수포로 돌아갈 것이다. 그러므로 일본은 무엇이 아까워 조선의 독립 승인을 거절할 것인가. 일본이 넓은 도량으로 조선의 독립을 승인하고 일본인이 구두선(口頭禪)처럼 외는 중·일 친선을 진정 발휘하면 동양평화의 맹주를 일본 아닌 누구에게서 찾겠는가. 그리하면 20세기 초두 세계적으로 천만 년 미래의 평화스런 행복을 위하여 복음을 전하는 천사국이 서반구의 미국과 동반구의 일본이 있게 되니 이 아니 영예이겠는가. 동양인의 얼굴을 빛냄이 과연 얼마나 크겠는가.

또한 일본이 조선의 독립을 앞장서서 승인하면 조선인은 일본인에 대하여 가졌던 합방의 원한을 잊고 깊은 감사를 표할 것이다. 뿐만 아니라 조선의 문명이 일본에 미치지 못함은 사실인즉 독립한 후에 문명을 수입하려면 일본을 외면하고는 달리 길이 없을 것이다. 왜냐하면 서양 문명을 직수입하는 것두 절대로 불가능한 일은 아니나, 길이 멀고 내왕이 불편하며 언어 문자나 경제상 곤란한 일이 많기 때문이다. 일본으로 말하면 부산해협이 불과 10여 시간의 항로요, 조선인 가운데 일본의 말과 글을 깨우친 사람이 많으므로 문명을 일본으로부터 수입하는 것은 지극히 쉬운 일이라 하겠다.

그러면 두 나라의 친선은 실로 아교나 칠같이 긴밀할 것이니 동양평화를 위해 얼마나 좋은 복이 되겠는가. 일본인은 결코 세계 대세에 반하여 스스로 손해를 초래할 침략주의를 계속하는 어리석음을 저지르지 않고 동양평화의 맹주가 되기 위해 우선 조선의 독립을 앞장서서 승인하리라 믿는다.

가령 이번에 일본이 조선 독립을 부인하고 현상 유지가 된다 하여도 인심은 물과 같아서 막을수록 흐르는 것이니, 조선의 독립은 산 위에서 굴러 내리는 둥근 돌과 같이 목적지에 이르지 않으면 그 기세가 멎지 않을 것이다. 조선의 독립은 시간의 문제일 뿐이다. 만일 조선 독립이 10년 후에 온다면 그 동안 일본이 조선에서 얻는 이익이 얼마나 될 것인가. 물질상의 이익은 수지상 많은 잉여이익을 남겨 일본 국고를 보충하는 것이 쉽지 않을 것이다. 기껏해야 조선에 있는 일본인의 관리나 기타 월급 생활하는 자의 봉급 정도일 것이니, 그렇다면 그 노력과 자본을 상쇄하면 순이익은 실로 적은 액수에 지나지 않으리라.

또한 조선 독립 후 일본인의 식민(殖民)은 귀국지 않으면 국적을 옮겨 조선인이 되는 수밖에 다른 도리가 없을 것이므로, 그렇다면 10년간에 걸친 적은 액수의 소득을 탐내어 세계평화의 기운을 손상하고 2천만 민족의 고통을 더하게 함이 어찌 국가의 불행이 아니겠는가.

아아, 일본인은 기억하라. 청일전쟁 후의 시모노세키 조약(馬關條約)과 러일전쟁 후의 포츠머스 조약 가운데서 조선 독립을 보장한 것은 무슨 의

협이며, 그 두 조약의 먹물이 마르기도 전에 곧 절개를 바꾸고 지조를 꺾어 궤변과 폭력으로 조선의 독립을 유린함은 또 그 무슨 배신인가. 지난 일은 그렇다 하더라도 앞일을 위하여 간언(諫言)하노라. 지금은 평화의 일념이 가히 세계를 상서롭게 하려는 때이니 일본은 모름지기 노력할 것이로다.

* 이 글은 만해사상연구회가 엮은 『한용운사상연구』 제3집(민족사, 1995)에 게재된 원문과 역문을 참조하여 필자가 교정·교열한 것이다.

주註

머리말

1) 조동일, 「만해 문학의 사상사적 의미」, 『현대시의 반성과 만해문학의 국제적 인식』, 만해사상실천선양회, 1999, 160~161쪽.

청년 유천

1) 한계전, 「만해 한용운 사상 형성과 그 배경」, 『현대시의 반성과 만해문학의 국제적 인식』, 만해사상실천선양회, 1999, 180~181쪽.
2) 한계전, 앞의 글, 191~192쪽.
3) 자세한 내용은 한계전, 「만해 한용운과 건봉사 문하생들에 대하여」, 『만해학보』 창간호 참조.
4) 황종연, 「양계초(梁啓超)와 신채호(申采浩)」, 『국어국문학논문요지집』 제5집, 동국대대학원, 1989, 277쪽.
5) 고재석, 「한용운의 해방적 관심과 소외의 변증법」, 『한국근대문학지성사』, 깊은샘, 1991, 161쪽.
6) 고재석, 앞의 글, 163쪽.

행동하는 한국 근대불교 지성

1) 박희승, 『이제 승려의 입성을 허(許)함이 어떨는지요』, 들녘, 1999, 143~149쪽.
2) 고재석, 앞의 책, 31~35쪽.
3) 고재석, 앞의 책, 36쪽.
4) 비숍, 이인화 옮김, 『한국과 그 이웃 나라들』, 살림, 1995.
5) 염무웅, 「만해 한용운론」, 『한용운 – 한국시문학대계 2』, 지식산업사, 1981, 203쪽.
6) 염무웅, 앞의 글, 206쪽.
7) 고재석, 앞의 책, 181쪽.
8) 서경수, 「만해의 불교유신론」, 『한용운사상연구』 2집, 민족사, 1981, 97쪽.

9) 염무웅, 앞의 글, 210쪽.

10) 백낙청, 「시민문학론」, 『창작과 비평』 제14호, 1969. 6.

11) 염무웅, 「님이 침묵하는 시대」, 신동욱 편, 『한용운』, 문학세계사, 1993.

12) 고재석, 앞의 책, 184쪽.

13) 고재석, 앞의 책, 185쪽.

14) 이원섭, 『불교대전』 역주, 초판 머리말, 5쪽.

15) 고재석, 앞의 책, 187쪽.

16) 전해렴, 『한용운산문선집』, 현대실학사, 1991, 384쪽.

17) 『한용운의 채근담 풀이』 해제, 태학원, 1994, 297~298쪽.

18) 조지훈 역, 「채근담」, 『조지훈전집 5』, 일지사, 1973, 244쪽.

19) 고재석, 앞의 책, 192쪽.

20) 『조선불교총보 3』, 1917. 5.

구국의 화신: 만해의 민족독립운동

1) 전보삼, 『푸른 산빛을 깨치고』, 민족사, 1992, 27쪽.

2) 박설산, 「만해선사의 「오도송」과 일화」, 『만해학보』 제2호, 1995, 177~178쪽.

3) 자세한 내용은 고재석, 「『유심』지의 문학사상적 성격과 의의」, 앞의 책, 201~202
   쪽 참조.

4) 고재석, 앞의 책, 218~219쪽.

5) 조종현, 「만해 한용운」, 『한용운사상연구』 제1집, 민족사, 1980.

6) 조지훈, 「민족주의자 한용운」, 『한용운전집 4』, 신구문화사, 1973, 363~364쪽.

7) 김상현, 「한용운의 독립사상」, 『한용운사상연구』 제2집, 105~107쪽.

8) 김상현, 앞의 글, 108~113쪽.

9) 김상현, 앞의 글, 116~117쪽.

10) 김상현, 앞의 글, 118~123쪽.

11) 염무웅, 「만해 한용운론」, 214~215쪽.

12) 한계전, 「만해의 사상과 '님의 침묵'」, 『님의 침묵』 해설, 서울대출판부, 1996,
    275쪽.

13) 전보삼, 앞의 책, 30~31쪽.

14) 한계전, 앞의 글, 275~276쪽.

15) 『동아일보』, 1969. 1. 1.

16) 전보삼, 「한용운의 3·1 독립정신에 관한 일고찰」, 『한용운사상연구』 제3집, 1994,
    80~81쪽.

17) 전보삼, 「만해의 생애와 사상」, 『푸른 산빛을 깨치고』, 민족사, 1992, 31쪽.

18) 김상현, 「한용운과 공약삼장」, 『동국사학』 19·20, 1986.

19) 송건호, 「한용운」, 『한국현대인물사론』, 한길사, 1984, 290쪽.

20) 송건호, 앞의 글, 291쪽.

21) 일화들은 '전인적 인간 만해'장에서 따로 소개함.

22) 염무웅, 앞의 글, 223쪽.

23) 정광호, 「민족적 애국지사로 본 만해」, 『나라사랑』 제2집, 1971, 55쪽.

24) 송건호, 앞의 글, 297쪽.

25) 김상현, 앞의 글, 103쪽.

26) 송건호, 앞의 글, 277쪽.

보살행의 실천으로서의 문학

1) 염무웅, 「님이 침묵하는 시대」, 231쪽.

2) 이명재, 「한용운문학연구」, 중앙대 논문집 20집, 1976 ; 『한용운사상연구』 제1집, 민족사, 1980, 150~151쪽.

3) 이명재, 앞의 글, 155~156쪽.

4) 이숭원, 「한용운 시의 자연 표상」, 『한국 현대 시인론』, 개문사, 1993, 47쪽.

5) 이명재, 앞의 책, 156쪽.

6) 이명재, 앞의 책, 161쪽.

7) 김장호, 「한용운 시론」, 『양주동박사고희기념논문집』, 탐구당, 1973 ; 『한용운사상연구』 제2집, 1981, 151쪽.

8) 고은, 『한용운 평전』, 민음사, 1975.

9) 이명재, 앞의 책, 163쪽.

10) 조지훈, 「민족주의자 한용운」, 『사조』(思潮), 1958. 10.

11) 송욱, 「유미적 초월과 혁명적 아공」, 『사상계』 117호, 1963 ; 『시학평전』, 일조각, 1970, 310쪽.

12) 신석정, 「시인으로서의 만해」, 『나라사랑』 제2집, 1971, 29쪽.

13) 김용직, 「라빈드라나트 타고르의 수용」, 『한국현대시연구』, 일지사, 1974, 155쪽.

14) 김용직, 「한용운의 시에 끼친 R.타고르의 영향」, 김열규 외, 『한용운 연구』, 새문사, 1982, IV장 2~3쪽.

15) 송욱, 앞의 책, 310~311쪽.

16) 이숭원, 「한용운 시와 시인의 사명」, 『현대시』, 7월호, 1995, 258~259쪽.

17) 이숭원, 앞의 책, 259쪽.

18) 이숭원, 앞의 책, 260쪽.

19) 송욱, 앞의 책, 311~314쪽.

20) 송욱, 앞의 책, 321쪽.

21) 정한모, 『한국현대시문학사』, 일지사, 1974, 400쪽.

22) 김윤식, 「님과 등불」, 『월간문학』, 1970. 6 ; 『한국근대작가론고』, 일지사, 1974, 51~52쪽.

23) 김용직, 앞의 책, IV장 10쪽.

24) 김장호, 앞의 책, 176쪽.

25) 고은, 앞의 책, 303~305쪽.

26) 이명재, 앞의 책, 165~166쪽.

27) 주요한, 「애(愛)의 기도(祈禱)·기도의 애─한용운 씨 근작 『님의 침묵』 독후감」, 『동아일보』, 1926. 6. 26.

28) 이숭원, 앞의 책, 244쪽.

29) 이숭원, 앞의 책, 250쪽.

30) 이숭원, 앞의 책, 255쪽.

31) 신동욱, 「알수업서요의 심상」, 김열규 외, 『한용운 연구』, I장 11쪽.

32) 송욱, 『전편 해설 님의 침묵』, 일조각, 1974, 32쪽.

33) 신동욱, 앞의 책, I장 12~14쪽.

34) 송욱, 『시학평전』, 322쪽.

35) 정한모, 「'찬송'론」, 『한용운 연구』, 김열규 외, I장 76쪽.

36) 조동일, 「한용운의 문학사상」, 『한용운 사상연구』 제2집, 232~233쪽.

37) 김흥규, 「님의 소재와 진정한 역사」, 앞의 책, 264쪽.

38) 박노준·인권환, 『한용운 연구』, 통문관, 1960, 143쪽.

39) 전보삼, 「한용운 화엄사상의 일고찰」, 『만해학보』 창간호, 1980, 140쪽.

40) 송욱, 『전편 해설 님의 침묵』, 86쪽.

41) 전보삼, 앞의 책, 138쪽.

42) 조연현, 『한국현대문학사』, 인간사, 1961, 597쪽.

43) 조연현, 『여백의 사상』, 정음사, 1962, 97쪽.

44) 박노준, 앞의 책, 139쪽.

45) 정태용, 「한국현대시인연구(3)」, 『현대문학』 29호, 192쪽.

46) 김흥규, 「님의 소재와 진정한 역사」, 『한용운 사상연구』 제2집, 239~240쪽.

47) 전보삼, 앞의 책, 138~139쪽.

48) 김학동, 「만해 한용운론」, 신동욱 편, 『한용운』, 174쪽.

49) 이선이, 「만해시의 생명문학적 표출양상과 의미」, 『만해학보』 제3호, 1998, 102쪽.

50) 김대행, 「한용운의 시조와 삶의 문제」, 김열규 외, 『한용운 연구』, II장 42~45쪽.

51) 이명재, 앞의 책, 184쪽.

52) 권영민, 「만해 한용운의 소설과 도덕적 상상력」, 『현대시의 반성과 만해문학의 국제적 인식』, 만해사상실천선양회, 1999, 279쪽.

53) 신석정, 「시인으로서의 만해」, 『나라사랑』 제2집, 25쪽.

54) 이명재, 「만해소설고」, 『국어국문학』 70집, 1976; 국어국문학회 편, 『현대소설연구』, 정음사, 1982, 179쪽.

55) 이명재, 앞의 책, 180쪽.

56) 박노준 · 인권환, 앞의 책, 284쪽.

57) 백철, 「시인 한용운의 소설」, 『한용운전집5』, 6쪽.

58) 박노준 · 인권환, 앞의 책, 136~137쪽.

59) 이명재, 「일제의 검열이 신문학에 끼친 영향」, 『어문연구』 7·8합병호, 1975, 261쪽 ; 이명재, 앞의 책, 183쪽에서 재인용.

60) 권영민, 앞의 책, 280~281쪽.

61) 권영민, 앞의 책, 289쪽.

62) 권영민, 앞의 책, 290쪽.

63) 권영민, 앞의 책, 294쪽.

64) 이명재, 「만해소설고」, 앞의 책, 188~189쪽.

65) 이명재, 앞의 책, 190쪽 참조.

66) 백낙청, 「시민문학론」, 『창작과 비평』 제2호, 1969 여름, 488쪽.

67) 김우창, 「한용운의 소설」, 『궁핍한 시대의 시인』, 민음사, 1977, 153쪽.

68) 김우창, 앞의 책, 171쪽.

69) 이명재, 앞의 책, 193쪽.

전인적 인간 만해

1) 김관호, 「심우장 견문기」, 만해사상연구회 편, 『한용운사상연구』 제2집, 민족사, 1981, 296쪽.

2) 김관호, 앞의 글, 309~310쪽.

3) 김관호, 「만해가 남긴 일화」, 안병직 편, 『한용운』, 한길사, 1979, 274~275쪽.

4) 김관호, 앞의 글, 272쪽.

5) 김관호, 앞의 글, 273~274쪽.

6) 김관호, 앞의 글, 285쪽.

7) 김관호, 앞의 글, 285~286쪽.

8) 김관호, 앞의 글, 286쪽.

9) 김관호, 앞의 글, 292~293쪽.

10) 김관호, 앞의 글, 282쪽.

11) 김관호, 앞의 글, 285쪽.

12) 김관호, 앞의 글, 286~287쪽.

13) 김관호, 앞의 글, 281~282쪽.

14) 김관호, 앞의 글, 295쪽.

15) 김관호, 앞의 글, 294쪽.

16) 김관호, 앞의 글, 277쪽.

17) 김관호, 「심우장 견문기」, 앞의 책, 310~311쪽.

18) 김관호, 「만해가 남긴 일화」, 앞의 책, 268~269쪽.

19) 김관호, 앞의 글, 262쪽.

20) 김관호, 앞의 글, 271~272쪽.

21) 김관호, 앞의 글, 283~284쪽.

22) 김관호, 앞의 글, 289쪽.

23) 김관호, 앞의 글, 291~292쪽.

24) 김관호, 앞의 글, 281쪽.

25) 김관호, 앞의 글, 274쪽.

26) 김관호, 앞의 글, 272~273쪽.

27) 김관호, 앞의 글, 292쪽.

28) 김관호, 앞의 글, 296쪽.

29) 김관호, 앞의 글, 275쪽.

30) 김관호, 앞의 글, 277~278쪽.

31) 김관호, 앞의 글, 294~295쪽.

32) 김관호, 앞의 글, 296~297쪽.

33) 김관호, 앞의 글, 298쪽.

34) 석청담, 「고독한 수련 속의 구도자」, 『나라사랑』 제2집, 1991, 12~13쪽.

연보

1879년(1세) 8월 29일(乙卯, 음력 7월 12일), 충청남도 홍성군 결성면 성곡리 491
번지에서 한응준의 둘째아들로 태어남. 본관은 청주, 자는 정옥(貞
玉), 속명은 유천(裕天)이며, 득도(得度) 때의 계명은 봉완(奉玩), 법명
은 용운(龍雲), 법호는 만해(萬海). 어머니는 온양 방씨(方氏).

1884년(6세) 향리의 사숙에서 한문을 배움. 『서상기』(西廂記)를 읽고, 『통감』과
『서경』(書經) 기삼백주(朞三百註)를 통달함.

1892년(14세) 향리에서 천안 전씨 전정숙(全貞淑)과 결혼.

1896년(18세) 숙사(塾師)가 되어 어린이들을 가르침.

1899년(21세) 강원도 인제군 내설악 백담사 등지를 전전함.

1904년(26세) 봄에 다시 고향인 홍성으로 내려가 수개월 간 머물다 출가.
12월 21일, 맏아들 보국 태어남(보국 내외 북한에서 사망, 손녀 셋이 북
한에 거주).

1905년(27세) 1월, 백담사 김연곡사(金蓮谷師)에게서 득도(得度)하고 같은 곳에서
전영제사(全泳濟師)에 의하여 수계(受戒).
4월, 이학암사(李鶴庵師)에게 『기신론』『능가경』『원각경』을 수료.

1906년(28세) 량치차오의 『음빙실문집』『영환지략』을 접하고 새로운 세계정세와
드넓은 세계의 존재에 자극받아 세계여행을 계획하고 설악산에서 하
산하여 블라디보스토크로 건너갔으나 일진회의 첩자로 오인한 거주
민들에게 박해를 받고 곧 되돌아와 이곳저곳을 정처 없이 전전함.

1907년(29세) 4월 15일, 강원도 건봉사에서 수선안거(최초의 선 수업)를 성취.

1908년(30세) 금강산 유점사에서 서월화사(徐月華師)에게 『화엄경』을 수학.
4월, 일본의 시모노세키(馬關)·교토(京都)·도쿄(東京)·닛코(日光)
등지를 주유하며 신문물을 시찰. 도쿄 조동종대학(曹洞宗大學)에서
불교와 서양철학을 청강. 아사다 후상(淺田斧山) 교수와 교유하고 유
학 중이던 최린(崔麟)과도 사귄 뒤 그해 10월 귀국.

10월, 건봉사 이학암사에게 『반야경』과 『화엄경』을 수료.

12월 10일. 서울에 경성명진측량강습소를 개설, 소장에 취임(국토는 일제에 빼앗길지라도 개인 소유 및 사찰 소유의 토지를 수호하자는 이념 때문이었음).

1909년(31세) 7월 30일, 강원도 표훈사 불교강사에 취임.

1910년(32세) 9월 20일, 경기도 장단군 화산강숙 강사에 취임.

같은 해, 백담사에서 『조선불교유신론』 탈고.

1911년(33세) 박한영 · 진진웅 · 김종래 · 장금봉 등과 순천 송광사, 동래 범어사에서 승려 궐기대회를 개최하고 한일불교동맹 조약 체결을 분쇄.

3월 15일, 범어사에서 조선임제종 종무원을 설치하여 서무부장에 취임.

3월 16일, 조선임제종 관장서리에 취임.

같은 해 가을, 만주를 주유하면서 독립지도자들을 만나고 귀국.

1912년(34세) 경전을 대중화하기 위해 『불교대전』 편찬을 계획하고 경상남도 양산 통도사의 대장경 1,511부, 6,802권을 열람하기 시작. 장단군 화장사에서 「여자단발론」 탈고(원고는 현재 전하지 않음).

1913년(35세) 4월, 불교강연회 총재에 취임. 박한영 · 장금봉 등과 불교종무원을 창설.

5월, 통도사 불교강사에 취임. 불교서관에서 『조선불교유신론』 발행.

1914년(36세) 4월 30일, 범어사에서 『불교대전』 발행.

8월, 조선불교회 회장에 취임.

1915년(37세) 10월, 영호남 지방의 사찰(내장사 · 화엄사 · 해인사 · 통도사 · 송광사 · 범어사 · 쌍계사 · 백양사 · 선암사 등)을 순례하며 곳곳에서 강연회를 열어 열변으로써 청중을 감동시킴. 조선선종 중앙포교당 포교사에 취임.

1917년(39세) 4월 6일, 신문관에서 『정선강의 채근담』 발행.

12월 3일, 밤 10시쯤 오세암에서 좌선하던 중 바람에 물건이 떨어지는 소리를 듣고 의정돈석(擬情頓釋)이 되어 진리를 깨치고 「오도송」을 남김.

1918년(40세) 9월, 서울 계동 43번지에서 월간지 『유심』(惟心)을 창간하여 편집 겸 발행인이 됨(12월까지 3권을 발행하고 중단). 창간호에 논설 「조선청년과 수양」 · 「전로(前路)를 택하여 나아가라」 · 「고통과 쾌락」 · 「고학생」을 비롯하여 신체시를 탈피한 신시 「심」(心)을 발표(일반적으로 신시의 선구를 주요한 「불놀이」로 보지만 만해의 시 「심」은 그보다 몇 개월 앞서 발표됨). 이때부터 더욱 문학 창작에 힘을 기울임.

10월, 『유심』에 「마(魔)는 자조물(自造物)이다」 발표.

12월, 『유심』에 「자아를 해탈하라」·「천연(遷延)의 해(害)」·「훼예」(毀譽)·「무용(無用)의 노심(勞心)」, 수필 「전가(前家)의 오동(梧桐)」 발표. 중앙학림 강사에 취임.

1919년(41세)　1월, 윌슨의 민족자결주의 제창과 관련하여 최린·오세창 등과 조선 독립을 숙의. 이후 3·1운동의 주동자로서 손병희를 포섭, 최남선이 작성한 독립선언서의 자구 수정을 하고 공약 삼장을 첨가하다.

3월 1일, 경성 명월관 지점 태화관에서 33인을 대표하여 독립선언 연설을 하고 투옥될 때는 변호사·사식·보석을 거부할 것을 결의하고 거사 후에 일본 경찰에게 체포됨.

7월 10일, 서대문형무소에서 일본 검사의 심문에 대한 답변으로 「조선독립에 대한 감상의 개요」를 기초하여 제출.

8월 9일, 경성지방법원 제1형사부에서 유죄판결을 받음.

1920년(42세)　투옥 중 일제가 3·1운동을 회개하는 참회서를 써내면 사면해주겠다고 회유했으나 이를 거부함.

1921년(43세)　가을, 만기 감형으로 출옥.

1922년(44세)　3월 24일, 법보회를 발기.

5월, 조선불교청년회 주최로 「철창철학」이라는 연제로 강연.

10월, 조선학생회 주최로 천도교 회관에서 「육바라밀」이라는 연제로 독립사상에 대해 강연.

1923년(45세)　2월, 조선물산장려운동을 적극 지원.

4월, 민립대학 설립 운동을 지원하는 강연에서 「자조」라는 연제로 청중을 감동시킴.

1924년(46세)　10월 24일, 중편소설 『죽음』 탈고(미발표).

조선불교청년회 총재에 취임. 민중계몽과 불교대중화를 위하여 일간 신문의 발행을 구상했으며, 마침 『시대일보』가 운영난에 빠지자 이를 인수하려 했으나 뜻을 이루지 못함.

1925년(47세)　6월 7일, 오세암에서 『십현담주해』 탈고.

8월 29일, 오세암에서 『님의 침묵』 탈고.

1926년(48세)　5월 15일, 법보회에서 『십현담주해』 발행.

5월 20일, 회동서관에서 시집 『님의 침묵』 발행.

12월, 『동아일보』에 「가갸날에 대하여」 발표.

1927년(49세)　1월, 신간회 발기.

5월, 신간회 중앙집행위원 겸 경성지회장에 뽑힘. 이후 조선불교청년회의 체제를 개편하여 조선불교총동맹으로 개칭하고 제자들인 김상호·김법린·최범술 등과 일제의 불교 탄압에 맞서 불교 대중화에 노력함.

7월, 『동아일보』에 수필 「여성의 자각」 발표.

8월, 잡지 『별건곤』에 회고담 「죽었다가 살아난 이야기」 발표. 경성지회장 사임.

1928년(50세) 『건봉사 및 건봉사 말사 사적』을 편찬, 건봉사에서 발행.

1월, 『별건곤』에 수필 「천하명기 황진이」 발표.

6월, 『별건곤』에 논설 「전문지식을 갖추자」 발표.

1929년(51세) 11월, 광주학생의거를 조병옥·김병로·송진우·이인·이원혁·이관용·서정희 등을 지도하여 전국적으로 확대시키고 민중대회를 엶.

1930년(52세) 1월, 잡지 『조선농민』에 논설 「소작농민의 각오」 발표.

『별건곤』에 수필 「남 모르는 나의 아들」 발표.

1931년(53세) 6월, 잡지 『불교』를 인수하여 사장으로 취임하고 많은 논설을 발표.

7월, 전라북도 전주 안심사에 보관되어 있던 한글 경판 원본(『금강경』 『원각경』 『은중경』 및 『유합』 『천자문』)을 발견·조사하고 찍어냄. 이해는 '조선어학회'사건이 일어난 해이므로 한글 경판의 인출로 인해 곤욕을 치름.

7월~9월, 『불교』에 「만화」 발표.

9월, 『불교』에 논설 「정교를 분립하라」 「인도 불교운동의 편신(片信)」 「국보적 한글 경판의 발견 경로」 발표. 24일 윤치호, 신흥우 등과 나병 구제연구회를 조직하고 여수·대구·부산 등지에 간이수용소 설치 결의.

10월, 『불교』에 시론 「한갈등」(閑葛藤) 발표하기 시작(다음해 9월에 끝냄). 『불교』에 논설 「중국불교의 현상」 「조선불교의 개혁안」 「불교 개신에 대하여」 발표.

11월, 『불교』에 「타이의 불교」 발표.

12월, 『불교』에 시론 「중국혁명과 종교의 수난」 「우주의 인과율」 등 발표. 잡지 『혜성』에 수필 「겨울 밤 나의 생활」 발표.

김법린·김상호·이용조·최범술 등이 조직한 청년승려 비밀결사 만당(卍黨)의 영수로 추대.

1932년(54세) 1월 『조선일보』에 수필 「평생 못 잊을 상처」 발표. 『불교』에 「원숭

이와 불교」 발표.

2월, 『불교』에 논설 「선과 인생」 발표.

3월, 『불교』에 「사법개정에 대하여」·「세계종교계의 회고」 등 발표.
계선불교 대표인물 투표에서 최고득점으로 압도적인 지지를 받음(한
용운 422표, 방한암 18표, 박한영 13표, 김태흡 8표, 이혼성 6표, 백
용성 4표, 송종헌 3표, 백성욱 3표, 3표 이하는 생략. 『불교』 93호에
발표).

4월, 『불교』에 「신도의 불교사업은 어떠할까」 발표.

5월, 『불교』에 「불교 신임간부에게」 발표.

8월, 『불교』에 「조선불교의 해외발전을 요망함」 발표.

9월, 『불교』에 「신앙에 대하여」 「교단의 권위를 확립하라」 등 발표.

10월, 『불교』에 「불교청년 운동에 대하여」, 기행문 「해인사 순례기」
등 발표.
잡지 『삼천리』에 「월명야(月明夜)에 일수시(一首詩)」 발표.

12월, 전주 안심사에서 발견한 한글 경판을 보각 인출(印出)함(당시
총독부에서 인출비용을 대겠다고 제의했으나 강경히 거절, 유지 고재
현 등이 출연한 돈으로 간행함).
일제의 사주를 받은 식산은행이 일본화정책으로 조선 명사를 매수하
기 위하여 선생에게 성북동 일대의 국유지를 주겠다고 했으나 거절함.

1933년(55세) 1월, 『불교』에 논설 「불교사업의 개정방침을 실행하라」 「한글경 인출
을 마치고」 발표.

3월, 『불교』에 「현대 아메리카의 종교」 「교정(敎政) 연구회 창립에 대
하여」 등 발표.

6월, 『불교』에 「선과 자아」 「신러시아의 종교운동」 등 발표.

9월, 『삼천리』에 수필 「시베리아 거쳐 서울로」 발표.

10월, 잡지 『신흥조선』 창간호에 논설 「자립력행의 정신을 보급시키
라」 발표.
이 무렵 『유마경』을 번역하기 시작.
이해 유숙원(俞淑元) 씨와 재혼함. 벽산 스님이 집터를 기증하고 방
응모·박광 등 몇 분의 성금으로 성북동에 심우장(尋牛莊)을 지음.
이때 총독부 돌집을 마주보기 싫다고 북향으로 짓도록 하였다는 유
명한 이야기가 있음.

1934년(56세) 9월 1일, 딸 영숙(英淑) 태어남.

1935년(57세) 3월 8~13일, 『조선일보』에 회고담 「북대륙의 하룻밤」 발표.

4월 9일, 『조선일보』에 장편소설 『흑풍』 연재하기 시작(다음해 2월 4일까지 연재).

대종교 교주 나철 유고집 간행을 추진(미완성).

1936년(58세) 『조선중앙일보』에 장편소설 『후회』를 연재하다가 이 신문의 폐간으로 50회에서 중단.

단재 신채호의 묘비를 세움(글씨는 오세창). 비용은 조선일보에서 받은 원고료로 충당함.

7월 16일, 정인보·안재홍 등과 경성 공평동 태서관에서 다산 정약용의 서세(逝世) 백년기념회를 개최함.

10월, 잡지 『조광』에 수필 「모종신범무아경」(暮鐘晨梵無我境) 발표.

1937년(59세) 3월 1일, 재정난으로 휴간되었던 『불교』를 속간하여 『신불교』 제1집을 냄(논설 「『불교』 속간에 대하여」 발표).

같은 날, 『신불교』에 소설 「철혈미인」 연재하기 시작(2호까지 연재하고 중단).

3월 3일, 광복운동의 선구자 일송 김동삼이 옥사하자 유해를 심우장에 모셔다 5일장을 지냄.

4월, 『신불교』 2집에 논설 「조선불교 통제안」 발표.

5월, 『신불교』 3집에 「역경(譯經)의 급무」 발표.

6월, 『신불교』 4집에 「주지 선거에 대하여」, 수상 「심우장설」 등 발표.

7월, 『신불교』 5집에 「선외선」(禪外禪) 발표. 『조선일보』(7. 20.)에 수필 「빙호」(氷壺) 발표

8월, 『신불교』 6집에 「정진」 발표.

10월, 『신불교』 7집에 「계언」(戒言) 발표. 『신불교』 7집에 「산장촌묵」(山莊寸墨) 연재하기 시작(이듬해 9월까지 연재).

11월, 『신불교』 8집에 「제논의 비시부동론(飛矢不動論)과 승조(僧肇)의 물불천론(物不遷論)」 발표.

12월, 『신불교』 9집에 논설 「조선불교에 대한 과거 1년의 회고와 신년의 전망」 발표.

1938년(60세) 2월, 『신불교』 10집에 논설 「불교청년 운동을 부활하라」 발표.

3월, 『신불교』 11집에 「공신주의적 반종교이상(反宗敎理想)」 발표.

5월 18일, 『조선일보』에 장편소설 『박명』(薄命) 연재하기 시작(이듬해 3월 12일까지 연재).

5월, 『신불교』 12집에 논설 「반종교 운동의 비판」 「불교와 효행」 「나치스 독일의 종교」 발표. 7월, 『신불교』 14집에 「인내」 발표.

9월, 『신불교』 15집에 「3본산합의를 전망함」 발표.

11월, 『신불교』 17집에 「총본산 창설에 대한 재인식」 발표. 만당 당원들이 일제에 피검되자 더욱 감시를 받음.

조선불교사를 정리하려는 구상의 일단으로 '불교와 고려제왕'이란 제명으로 연대별로 고려불교사의 자료를 정리, 편찬하려고 자료를 뽑기 시작(미완성).

1939년(61세)	7월 12일(음), 회갑을 맞아 박광 · 이원혁 · 장도환 · 김관호가 중심이 되어 서울 청량사에서 회갑연을 베풂. 이 자리에 오세창 · 권동진 · 홍명희 · 이병우 · 안종원 등 20여 명이 참석함.

11월 1일, 『조선일보』에 『삼국지』를 번역하여 연재하기 시작(이듬해 8월 11일 중단).

1940년(62세)	2월, 『신불교』에 논설 「'불교'의 과거와 미래」 발표.

5월 30일, 『반도산하』(半島山河)에 수필 「명사십리」 수록.

박광 · 이동하 등과 창씨개명 반대운동을 벌임.

「통도사적」을 편찬하기 위하여 수백 매의 자료를 수집(미완성).

1942년(64세)	신백우 · 박광 · 최범술 등과 신채호 선생 유고집을 간행하기로 결정하고 원고를 수집. 이때를 전후하여 『태교』(胎敎)를 번역 강의함(프린트 본으로 간행하였으나 현재 전하지 않음).
1943년(65세)	조선인 학병의 출정을 반대함.
1944년(66세)	6월 29일(음 5월 9일), 심우장에서 영양실조로 입적. 유해는 미아리 화장장에서 다비한 후 망우리 공동 묘지에 안장. 세수 66. 법랍 39.
1948년	5월, 만해 한용운 전집 간행위원회가 최범술 · 박광 · 박영희 · 박근섭 · 김법린 · 김적음 · 장도환 · 김관호 · 박윤진 · 김용담에 의하여 결성되어 자료를 수집하기 시작.
1950년	6월, 6·25전쟁이 일어나 전집 간행사업이 중단되었으나 전쟁이 끝난 뒤 간행위원으로서 조지훈 · 문영빈이 새로 참가하여 제2차 간행사업을 계속하다 사회 사정으로 중단되었다가 최범술 · 민동선 · 김관호 · 문후근 · 이화행 · 조위규 등이 제3차 간행위원회를 조직.
1960년	박노준 · 인권환이 『한용운연구』(통문관) 출간.
1962년	대한민국 건국공로훈장 대한민국장 수여.
1967년	10월, '용운당 만해 대선사비 건립추진회'가 발족되어 파고다 공원에

「용운당 대선사비」건립.

1971년 만해 한용운 전집 간행을 위하여 신구문화사는 만해 한용운 전집 간행위원회에서 수집·보관중인 원고를 인수하고 김영호의 적극적인 협조로 누락된 원고를 다수 수집하였으며, 최범술·조명기·박종홍·서경보·백철·홍이섭·정병욱·천관우·신동문 등을 위원으로 한 편찬위원회를 구성.

1973년 『한용운전집』 전 6권(신구문화사) 간행.

1974년 『창작과비평사』에서 '만해문학상' 제정.

1980년 김관호·전보삼 등이 중심이 되어 신구문화사에서 '만해사상연구회'를 결성하고 『만해사상연구』 제1집 간행.

1985년 홍성에 만해 동상 건립.

1991년 한계전·김재홍 등이 중심이 되어 '만해학회'를 결성하여 1993년 『만해학보』 제1집 간행.

1992년 백담사에 만해의 「오도송」이 새겨진 시비가 세워짐.

1992년 만해 생가 홍성군 결성면 성곡리 박철 부락에 복원됨.

1995년 제1회 '만해제'가 만해학회 및 홍성문화원 주최로 홍성에서 열리고 생가터에 만해 추모 사당 만해사(萬海祠) 준공.

1996년 만해사상실천선양회(회장 조오현 신흥사 회주) 결성.

1996년 8월 15일, 독립기념관에서 불교청년회 주최로 만해어록비 다시 세움. 기념관 건립.

1999년 8월 13~16일, 제1회 '만해축전'과 '만해학국제학술대회'가 내설악 백담사에서 개최됨.

2000년 8월 8~11일, 제2회 '만해축전'이 내설악 백담사에서 개최됨.

참고문헌

고은, 『한용운 평전』, 민음사, 1975

고재석, 『한국근대문학지성사』, 깊은 샘, 1991

『국어국문학논문요지집』 제5집, 동국대대학원, 1989

국어국문학회 편, 『현대소설연구』, 정음사, 1982

김열규 외 편, 『한용운 연구』, 새문사, 1982

김용직, 『한국현대시연구』, 일지사, 1974

김우창, 『궁핍한 시대의 시인』, 민음사, 1977

김윤식, 『한국근대작가론고』, 일지사, 1974

『나라사랑』 제2집, 1971

『동국사학』 19·20, 1986

만해사상실천선양회 편, 『한용운시선집』, 장승, 1998

『만해학보』 창간호, 1992

『만해학보』 제2호, 1995

박노준·인권환, 『한용운 연구』, 통문관, 1960

박희승, 『이제 승려의 입성을 許함이 어떨는지요』, 들녘, 1999

비숍, 이인화 옮김, 『한국과 그 이웃나라들』, 살림, 1995

송건호, 『한국현대인물사론』, 한길사, 1984

송욱, 『시학평전』, 일조각, 1970

_____, 『전편 해설 님의 침묵』, 일조각, 1974

신동욱 편, 『한용운』, 문학세계사, 1993

안병직 편, 『한용운』, 한길사, 1979

이숭원, 『한국 현대 시인론』, 개문사, 1993

임중빈, 『만해 한용운』, 명지사, 1993

전보삼, 『푸른 산빛을 깨치고』, 민족사, 1992

정한모, 『한국현대시문학사』, 일지사, 1974

정해렴 편, 『한용운산문선집』, 현대실학사, 1991

『조선불교총보』 3, 1917. 5.

조연현, 『여백의 사상』, 정음사, 1962

_____, 『한국현대문학사』, 인간사, 1961

『조지훈전집』, 일지사, 1973

한용운, 이원섭 역주, 『불교대전』, 현암사, 1980

한용운, 한계전 편, 『님의 침묵』, 서울대출판부, 1996

『한용운사상연구』 제1집, 민족사, 1980

『한용운사상연구』 제2집, 민족사, 1981

『한용운사상연구』 제3집, 민족사, 1994

『한용운의 채근담 풀이』 해제, 태학원, 1994

『한용운전집』, 신구문화사, 1973

『한용운-한국시문학대계 2』, 지식산업사, 1981

『현대시의 반성과 만해문학의 국제적 인식』, 만해사상실천선양회, 1999

찾아보기

지은이 고명수는 경북 상주에서 태어나 동국대학교 국어교육과를 졸업하고 같은 학교 대학원에서 석사·박사학위를 받았다. 성균관대학교 사회복지대학원을 졸업하고 현재 동원대학 복지계열 교수로 있으며, 시인 겸 평론가로 활동하고 있다. 시집으로『마스터 키』『금시조를 찾아서』 등이 있으며, 저서로는『한국 모더니즘 시인론』『시란 무엇인가』 『문학의 이해』『21세기의 교양』『시와 불교』『대학인의 교양한문』『어린이 글쓰기 치료』 『역사에서 배우는 리더십』 등이 있다.